第一恋爱

轻喜剧

不是风动·著

DIYI LIAN'AI QINGXIJU

时代出版传媒股份有限公司
安徽文艺出版社

图书在版编目（ＣＩＰ）数据

第一恋爱轻喜剧/不是风动著.—合肥：安徽文艺出版社，2020.11
ISBN 978-7-5396-5598-7

Ⅰ.①第… Ⅱ.①不… Ⅲ.①长篇小说－中国－当代
Ⅳ.①I247.5

中国版本图书馆 CIP 数据核字(2020)第 021499 号

出 版 人：段晓静
责任编辑：秦 雯　王婧婧　　　　　　装帧设计：小　乔

出版发行：时代出版传媒股份有限公司　www.press-mart.com
　　　　　安徽文艺出版社　　www.awpub.com
地　　址：合肥市翡翠路 1118 号　邮政编码：230071
营 销 部：(0551)63533889
印　　制：杭州日报报业集团盛元印务有限公司　(0571)86909347

开本：880×1230　1/32　印张：9　字数：250 千字
版次：2020 年 11 月第 1 版
印次：2020 年 11 月第 1 次印刷
定价：38.00 元

(如发现印装质量问题，影响阅读，请与出版社联系调换)

版权所有，侵权必究

目 录
MU LU

第一章 ▶ 001
所谓"眼见他起高楼、眼见他宴宾客、眼见他楼塌了",这是众人对纪家的评价。

第二章 ▶ 020
玄关处,身材高大的男人抬头看了过来。他眉峰如剑,有一双淡漠薄情的桃花眼,眼里映着她的影子。

第三章 ▶ 040
阮好风弯了弯唇角,耐着性子,打断了她的话:"我已经结婚了,妈。"

第四章 ▶ 058
阮好风愣了一下,耳朵上很快泛起一缕薄红,连忙移开了视线。他看起来像一个青涩的少年,有一点可爱。

第五章 ▶ 078
她回头去看阮好风,就见到他对她比了一个口型——"晚安"。
于是她也悄悄地对他比了个口型——"晚安"。

第六章 ▶ 098
她虽然温柔大方,却不代表她会逆来顺受。

第七章 ▶ 117
他俯下身,看着眼前的小姑娘,然后轻轻地在她柔软的脸上落下一个吻。

第八章 ▶ 136
"还记得那句台词吗?"阮好风复述了一遍,"No mistakes in the tango, not like life.(探戈中没有错误,它并不是生活。)演戏也一样,它不像人生,溪溪。"

目 录
MU LU

第九章 ▶ 156

纪溪笑着说:"不管谁来,我都会第一个冲上去要签名的。"话虽如此,可她的心却扑通扑通地跳了起来,她想到了一个人的名字。

第十章 ▶ 175

她正犹豫时,突然又看见合同背后的一张纸条,那是阮好风贴的,上面写着:"签吧,别担心,签了这份合同就是我家的人了,以后要跟我回去见我妈的。"

第十一章 ▶ 194

他歪了歪头,故意凑过去,看见她眼里的慌乱之色,便知道了她刚才的心思,逼问她:"说实话,你刚刚是不是以为我是歹徒,忘记自己已经跟我结婚了,阮太太?"

第十二章 ▶ 213

纪溪特别乖巧,他说什么她就做什么。阮好风在她面前蹲了下来,她就爬了上去,任由他背起了她。

第十三章 ▶ 233

纪溪的心脏又一阵狂跳,脸也不禁红了。阮好风吻着她的嘴唇、眉眼、脖颈,最后搂着她的腰将她抱在怀里,仿佛想将她揉入身体中。

第十四章 ▶ 251

纪溪的嘴角带着一抹俏皮的笑意,像一只小狐狸一样,道:"阮好风,我想起你是谁了。你老实交代,你是不是在高中的时候就暗恋我了?"

尾 声 ▶ 271

在无人期待的舞台上独自跳舞的女孩,和在大雨中无声等待的男孩,终于重逢了。

第一章

01

"小纪,醒一醒,你的电话响了。"

浅灰色柔软的椅子上,手机在震动。手机的屏幕亮了,显示的备注是"姑妈"。

抱着戏服蜷缩在椅子旁边的女孩睁开了眼。剧院里空调的温度调得很低,她的指尖泛着一丝凉意,手指跟嫩嫩的白茭似的,好看得让人移不开眼。

她不认识那个叫醒她的人,那人见她醒了,笑着点了点头便走了。

女孩接起电话,声音沙哑地说:"喂?"

她刚开口,一道又尖又细的女声便从电话那头传来:"溪溪,你在哪里?怎么下飞机了也不到我这里来?我听别人说你进剧组了,是不是?你这个孩子,家里出了这么大的事情,你还……"

接着,那人的话像细密的雨点连续不断地传了过来,让人听得头疼。

纪溪将手机从耳边拿开,随手放在了椅子上,随后弯下身去,系她的鞋带,借此让她的头脑慢慢清醒过来。

她穿着一双红色的细高跟鞋,不过这双鞋被刻意做成了舞鞋的样式,绑鞋子的丝带很滑,她要费很大的劲儿才能穿上。为了不让丝带滑下去,她在接口处用透明胶带缠了两圈。

纪溪的美是很有冲击力的。一头乌黑的发丝如瀑布似的披散着,衬得她的肌肤越发白皙。她抬头看人时,似秋波流转,能把别人看得脸红心跳。不过她年纪小,身上还有一股学生的气息,加上她两颊有点丰润,看上去更偏甜美些。

等她穿完舞鞋,电话中的唠叨声也停了下来,对方似乎在等她说话。

她拿起手机,说:"嗯,进了一个剧组。"

那头的人立刻说道:"你现在还能接到什么戏?小溪,你可别骗姑妈,现在姓纪的人都是烫手山芋,谁敢要你?"

纪溪的声音仍然有些沙哑,说:"这是B大音乐剧表演系的毕业节目,它的出品人是我大学社团的师姐,他们正好缺舞台指导。"

"那能有多少钱?你八辈子也填不上你爸弄出来的那个窟窿!"

她的姑妈恨铁不成钢地抱怨了几句,听到她不说话了,又苦口婆心地劝她:"听姑妈一句话,你是你们家的小女儿,现在还没进娱乐圈,好脱身,趁着这个机会赶快找个人嫁了,给自己找一处庇护所。你想象不到那些人有多凶,他们卖完你家的房子和公司,发现没钱了,可不就要找到你的头上吗?这圈子乱,你长得漂亮,又是大学生,还出过国,那可……"

纪溪轻轻地"嗯"了一声,表示自己在听她说话。

"姑妈知道,你们这个年纪的小姑娘都贪玩,不想结婚,但现在是没办法了!听话,溪溪,一会儿姑妈派车去接你,我跟你说一说相亲的事……"

电话那头的人又唠叨起来了。

休息室旁边就是化妆间,在走廊的尽头,导演探出脑袋,冲纪溪比了一个"OK"的手势。

纪溪点了点头,表示她知道了,又冲导演比了一个"马上来"的手势。

她轻轻地咳了一声,打断了她姑妈的话,说:"可是现在家里……爸爸和姐姐这个情况,应该也没有人愿意娶我。姑妈,我会自己还钱的。我这边还有事要忙,就先挂了,劳烦您操心了,谢谢您。"

她的声音十分甜美,即使她疲惫地说着话,也会让听的人觉得她温和有礼。

对方还没来得及说话,电话就被她挂断了。

纪溪整理了一下裙子,起身往走廊的尽头走去。

现在的场地是剧组租来的,费用高得吓人,每一分钟都耽搁不起。这个剧组还没拿到正式的演出批准文件,但明天会进行最终的评审。所有人都不敢偷懒,忙得连轴转,不愿意浪费一分一秒。

纪溪下了飞机就直接赶过来了,中间没有休息,她已经快二十八个小时没合眼了。她之前才小憩了一会儿,姑妈就打电话过来了。现在她稍微清醒了一点儿,但还是有些沉闷。

好在整个剧组的策划人和演员都是学生,他们既活泼又开朗,现场的气氛并不沉闷。

纪溪看上去年纪比 B 大这群学生还小一些,所以他们也很照顾她。

她姑妈说,如今网络上除了有关纪家陷入经济危机的消息外,还有许多纪家触碰了法律红线的不实流言。现在娱乐圈的大部分人谈到"纪"这个姓氏就像见了瘟神,唯恐避之不及。不过这群学生还比较单纯,半只脚都没迈进娱乐圈,并不知道她的姓氏代表什么,所以他们都是发自内心地照顾她。

纪溪从记事起就知道家里前几辈就有人演戏,从话剧、电影再到电视剧,都有他们纪家人的身影。

到了她这一代,自然也不例外。

近年来,网络发展迅速,娱乐圈的人从中获益匪浅。趁此机会,纪父带着大女儿纪玢也从中分得一大杯羹。一夜之间,他们的身价便跃居娱乐圈前列了。然而,纪父与纪玢投错了一笔生意,导致公司陷入巨大的经济危机中，在一夜之间变得一无所有。

现在诸事都不明朗，唯一明朗的只有一件事，那就是得还一笔巨大的债务，那可是一个相当可怕的数字。

所谓"眼见他起高楼、眼见他宴宾客、眼见他楼塌了"，这是众人对纪家的评价。

那段时间，纪父和纪玢每天待在公司里，焦头烂额地忙着周转资金。虽然他们知道已经无力解决，但还是期盼能有奇迹发生。纪溪年幼时丧母，那时纪父忙于事业，不想年幼的她感到孤单，便把她送去了外公外婆家。

十五岁后，纪溪离家去国外求学，读的是冷门的音乐剧专业。今年，她刚大学毕业，也满二十三岁了。

从小到大家里人都宠着她，出事了也不告诉她，因此她对家中除了破产要还债以外的事情一无所知。

现在纪溪能担任这个剧组的舞台指导，其实是大学师姐有意帮她，也给了她很高的工资。

因此，她丝毫不敢怠慢。

导演对她很客气，和颜悦色地道："小纪老师，你看看他们演一遍第一幕，再跟小姜讲讲戏，我总觉得差了一点感觉。"

纪溪点了点头。

另一边，被叫作小姜的女主角满脸不高兴，暗自翻了一个白眼。

纪溪安静地等台上的人摆好姿势，进入状态。她回忆了一下师姐给她的资料，想起了这个"小姜"是谁。

她叫姜果，以"B大校花"之称出道，走的是"学霸美人"的路线。不过她学的是舞蹈，转型当演员还是显得有些生涩。

对于一个顶着B大招牌的演员来说，选择演音乐剧实在是不太明智，还不如拍电视剧赚钱。不过，这部音乐剧是进入传统表演圈的一张"门票"，如果能够在这部剧中大放异彩，那么必将被更多圈内人认识。

故而，不止姜果，还有很多女演员就算挤破了头也都想得到这个看起来拿不出手的资源。

02

这个剧组选择的音乐剧是根据一部世界名著改编的。它讲述了一位性格泼辣张扬、长相美艳动人的少女的冒险故事。

这部音乐剧在舞台上大多是以西班牙弗拉明戈舞剧的形式出现的。剧中的女主角穿着红裙翩翩起舞，十分惊艳。

作为 B 大投资出品的学生毕业作品，这些学生们对它大胆地进行了改编——舍弃弗拉明戈舞剧的形式，舍弃歌剧的古典音乐，将其改编为用歌声述说故事的音乐剧，剧情也相应地做了巨大的调整。

在这样改编之后，这个音乐剧几乎变成了另外一个故事，但原著中的人物形象没有变。

姜果身段优美，柔韧性也好。集中培训了一段时间后，她的歌喉和舞蹈动作算是比较稳定了，一颦一笑之间尽显风韵。

看美人总是能让人的心情变好。

姜果在舞台上跳着舞，体态轻盈得如同一只小鹿。

在这边排练的另外几个剧组正逢中场休息，那些演员都被这边的动静吸引了，三三两两地走过来观看，还时不时地发出惊叹声。

姜果在舞台上跳着舞、唱着歌。

观众席空空荡荡的，但剧院的看台和后台上都挤满了前来围观的人。

二楼看台上的一个包厢中，有人嗤笑了一声，道："这是谁？她是疯了吗？这个大剧场是给她卖弄身段的地方吗？我怕她唱着唱着就会抛媚眼。阮好风，阮先生，你的钱很多吗？别告诉我你带我过来是想要投资这部剧，你现在喜欢这样的音乐剧？"

阮好风没接话，他看了一眼舞台上的人，一双桃花眼眯了眯，漠不关心地收回视线,说:"看看而已,又没说要投资。"

咔嗒一声,古铜色的打火机跳出火焰。阮好风刚想点烟,余光却看到了柱子旁边的禁烟标志。他站起身,打了一个招呼,说:"我出去抽烟。"

第一幕结束,姜果转身跟导演说话,挑衅般看着纪溪,说:"我说洪导,她一个小姑娘能指点我吗?我们都是慢慢地练上来的,基础都差不多。你说她术业有专攻,我也没听说她演过什么有名的剧啊!她出过国就高人一等了吗?出品人怎么想的?我瞧纪家也完了,她还能得到什么好处?"

她的声音不大也不小,纪溪刚好能够听到。

导演觉得有点尴尬,正想说些什么缓和气氛。

纪溪抿了抿嘴,平静地说道:"我来试一遍吧。"

她把借来保暖的宝蓝色戏服外套脱了,仔仔细细地叠好,放在椅子上。

只有一套演出服,但纪溪今天穿的本就是一条红裙。虽然她的裙子没有姜果的那一套演出服华丽,但也符合剧本中的人物形象。

她走上台,屏气凝神。

第一幕,女主角引诱军官的部分。音乐响起,热辣的舞步与歌声慢慢契合,引人堕落的妖精从梦中苏醒,好像有另一个灵魂从纪溪的身体里活了过来。剧中人物的热情与魅力被她诠释到了极致!

纪溪穿着红色高跟鞋,鞋跟敲击着地板,仿佛敲击在人的心上一样。

她一头乌黑的长发摇曳着,她的每一个动作、每一个表情仿佛都在说,她就是那个少女。

不少没接触过音乐剧的人被眼前的一幕惊艳了。

在场的众人突然理解故事中的那个军官为何被引诱了。

如果说姜果的表演像含苞待放的玫瑰花骨朵,那么纪溪的表演就像一朵怒放的红玫瑰。

纪溪表演到一半便停了下来,然而众人还久久没回过神来。

她走下台,重新穿上那件宝蓝色的戏服外套,认真地对姜果说:"音乐剧通过歌曲、台词、音乐、肢体动作等，把故事情节以及其中所蕴含的情感表现出来。剧中人物的情绪除了依靠歌曲，还得依靠演员的肢体动作与神情表达出来，因此可以尽量做得夸张一些。所以，你应该更放开一点。"

　　说完后，她看见放在一旁的手机屏幕亮了。她拿起来看了一眼，整整十七个未接电话，都是她姑妈的司机打来的。

　　纪溪吓了一跳，她向来最怕耽误别人的时间，于是赶紧对导演说道："我家里还有点事，可以先走吗？衣服是我向道具组借的，等我洗了明天再还给他们。"

　　导演还没从震惊中回过神来，看她这么着急便让她走了。

　　纪溪拿起自己的行李——一个巨大的双肩背包、几大袋的剧本和资料，穿着细高跟鞋就往门口跑去。

　　阮好风穿着黑色的衬衫，肩上搭着一件西服外套，站在门边看完了纪溪的表演。还没等他回过神来，就见她拿着大包小包急匆匆地跑了过来。

　　他原以为她的年纪有些大，因为她在台上是那样妩媚成熟。可离得近了他才发现她很年轻，她的眼神干净、澄澈。他想，即便她已经踏入社会，想必时间也不长。

　　阮好风还没回过神来，也没来得及避让，被纪溪的双肩背包撞了一下。同时，面前的女孩也被撞得倒退了好几步。就在阮好风认为她会摔倒时，她又敏捷地稳住了自己的身体，将包抱在了怀里。

　　背包挡住了纪溪的半张脸。阮好风低头打量了她一下，看见她露出的那一截又细又白的小腿，细得似乎微微用力就会被折断。然而，她身材匀称，整个人看上去很有活力。

　　阮好风站在门口，背着光，纪溪看不清他的脸，便眯着眼道歉："不好意思，可以借过一下吗？不好意思。"

　　她一连说了两个"不好意思"。

阮好风随手替她拉开了沉重的剧院大门，同时也感受到了外边的热气，又听到她说了几声"谢谢"。

阮好风愣了一下，视线落在了她的背影上，但她跑得飞快，一会儿就没影了。

他收回视线，回到了二楼的包厢内。

"阮哥，你看见刚才那个小美女了吗？她简直太漂亮了！"好友凑过来说，"我刚刚打听到了她的名字，你知道她是谁吗？你绝对猜不到！她是那个纪家的小女儿，叫……"

阮好风冷静地打断他，说："我知道。"他轻轻地说出了两个字，"纪溪。"

03

而另一边，纪溪来到餐厅见了她的姑妈。

"溪溪，你看，这个人……这是你姑父的一个远房侄子，MY 公司的大公子。"

在纪溪的对面坐着一个衣着华丽的女人，她正用手指有力地敲着桌上的文件。

"你可能不记得了，但是我对这个孩子有印象，他隔三岔五就问你的情况。因为你在国外，他家里又管得严，所以他没有去国外看你。溪溪，你看怎么样？"

纪溪侧过头看了一眼，声音软软地说："可是姑妈，这家公司不是半年前就被爆出生产不合格疫苗了吗？"

她用手指滑动着自己的手机屏幕，新闻页面上显示着标题——《MY 有限公司宣称从不生产不合格的疫苗！医疗事故是谣言！他们为什么百般推诿？》

纪安荣愣了一下，脸上的笑意僵了一下，随即又恢复如初。

"你的意思是看不上？不要紧，我这里还有几个人的档案，你慢慢看。这一个……"白色的 A4 纸又被她翻过了一页，出现了另一个人的资料。

纪安荣暗自观察她的表情，慢条斯理地喝了一口茶。

"先别问，溪溪。我先跟你说，这是 CA 集团的董事长。虽然他今年五十七岁了，但为人稳重、事业有成……溪溪，你在听吗？"

纪溪"嗯"了一声，表示自己正安静地听她说。

"说实话，溪溪，估计你以前看不上这些人。你是学艺术的，身边肯定有很优秀的人，但那是以前，你懂了吗？"

纪安荣摆出一副她惯常教训人的样子，有些严厉地说道："姑妈都是为了你好，你现在嫁过去了还能落个清白的好名声。要是你一直不嫁人，那些难听的话别人都说得出来。我瞧着 CA 集团的董事长就不错，溪溪，你好好考虑一下。"

纪溪垂下眼帘并不接她的话，只是把档案又往后翻了一页。她还未翻完，纪安荣就眼疾手快地把那一沓资料收了过去。

"没什么好看的了，后面都是些歪瓜裂枣，配不上咱们家的溪溪。"

她收得太快，纪溪只瞥见了一个名字，还有后面的学校名称。

阮好风，B 市 T 大附属高级中学。

跟她一个学校？那个名字她也有点耳熟，却想不起来是谁，大概只是读书时听过这个名字。

"溪溪，你觉得怎么样？"纪安荣似乎更想让她选择第二个人，想让她嫁给年纪比她父亲还大的男人。

纪溪轻轻地摇头，说："姑妈，我觉得不合适，结婚这件事以后再说。"

纪安荣的声音一下子变得又尖又细，说："不是我说你，溪溪，我都跟你说了多少遍了，现在不比以前，你没得挑，听懂姑妈的意思了吗？你这个孩子，姑妈会害你吗？这个人不合适，那个人也不合适，那你觉得谁才合适？"

纪溪还是那一副温文尔雅的模样,眼底甚至泛起一丝笑意。

她沉默了一会儿,才说:"姑妈,还是算了吧,我还是自己……"

"你自己能赚多少钱?你到哪里去赚那么多钱?姑妈跟你说,你跟别人结婚了,把你家存留的股份和不动产交出来,请人帮你打理,这样不是皆大欢喜吗?"

纪溪失笑,原来姑妈说了这么久,是打着这个算盘。

纪家的公司确实是陷入了巨大的经济危机中,资金链断了,家中的不动产被拿去抵押了。不过,公司积累的人脉和部分市场份额依旧让一些人虎视眈眈。在这种情况下,有些人认为与其投资纪家的公司让他们重新振兴起来,还不如等纪家彻底树倒猢狲散,再将其瓜分吞并。

纪溪礼貌地说:"姑妈,我还有一点事情,先走了。另外,我家的公司是我爸爸和姐姐的。你也知道,我一直在国外念书,不知道公司里的这些事情,我没办法插手。"

纪溪把自己撇得干干净净,表示她在这件事情上没有选择权,话说得很客气,但语气已经相当冷淡了。

纪安荣听到她的话,立刻变了脸色,说:"你这是什么意思?你们家这么宠你,你爸和你姐姐暂时脱不开身,你怎么能这么忘恩负义?更何况,我早就知道他们把股份都留给了你,现在他们出了事,和你也没关系,你只要……"

纪溪从座位上站了起来,笑了笑,说:"不好意思,姑妈,我真的赶时间,现在得走了。至于你说的话,我暂时不是很清楚,就这样。"

纪安荣的脸色完全变了。

纪溪走出店外,坐上了公交车。这时,手机发出了一声消息提示音,她低头一看,是一条短信,发信人是姑妈。

"纪溪,你厉害!你们家现在欠下的那笔巨债是什么概念,你知道吗?我看你怎么还那么多钱!"

纪溪的手指轻轻地点着屏幕,将这条信息删除,将联系人拉入了黑名单。

公交车停在一栋又老又旧的居民楼站台前,纪溪背着她的大背包下了公交车。这里是她的家,房屋合同上实实在在地写着她的名字。

不是别墅,只是一套一居室的单元房。这是她初中时以优异的成绩换来的礼物。当时,她姐姐跟她许诺,她要是能考第一就送她一只猫,她做到了。于是她不仅得到了一只漂亮的暹罗猫,还有一个配套的猫舍以及这个房子。

这个房子当时离她们外婆住院的医院很近,方便她们去探望老人。后来她要去国外上学,不得已将猫送了人,再后来外婆也去世了。不过,这套房子却一直保留了下来。

纪溪进门后脱了高跟鞋,找了一双比较干净的棉拖鞋穿上,环顾了一圈,然后扎起头发,开始仔仔细细地打扫卫生。她先打开门窗通风,然后将室内打扫得窗明几净,再把包里的东西拿出来摆放整齐,将床单、被褥洗干净后晾晒。

纪溪打扫完后,下楼买了一大堆生活必需品,又去物业处交了一年的水、电、燃气费,这才回到家。她冲了一个澡后抱着一个抱枕坐在沙发上,低头翻看手机。

手机屏幕上一个聊天框弹了出来,来信人的备注是"师姐"。

"小纪,今天姓姜的给你脸色看了?师姐会好好去教训她的,你别难过。"

过了一会儿又有一条转账信息。

"'师姐'向你转账50000元。"

"小纪,师姐知道你现在遇到了困难。如果有什么需要帮忙的地方你一定要开口。这些钱是你的加班费,你先收着。我听别人说了你今天在舞台上的表现,你很优秀!"

纪溪的手指在屏幕上停了片刻,打了几行字,又一行行地删掉,最后只发了几个字。

"谢谢师姐。"

对方显示"正在输入",一会儿,对方又有信息发了过来。

"小纪,我这边有一个文工团的名额,你想过来试一试吗?如果能争取到这个名额,你现在也能安全一点。"

纪溪低头想了一会儿,这次发消息的时候更加谨慎了。

"已经麻烦师姐很多次了,真的非常感谢师姐。不过我想给家里还债,要辜负师姐的心意了。"

"还债?你想做什么,告诉师姐,我帮你参谋一下。"

纪溪这次不再打字,她摁下语音图标,小声道:"我想进娱乐圈。"

04

公司陷入巨大的经济危机中,负债累累。纪溪没有时间去迷茫,没有时间去悲伤,更没有时间去崩溃。

同样,外界的传言一个比一个难听,她也不知道她的父亲和姐姐是否做了违法的事情。无论是真是假,她要想和那些藏在背后的竞争公司对抗,如同蚍蜉撼树。

她打算替家里还钱,还打算继续支付外公的医疗费。她有能力做音乐剧,也有能力当翻译,但这些都不是赚钱快的路子,她要赚钱,赚很多钱。她唯一能选择的路就是她父亲和姐姐走过的路。

事实上,纪溪在上飞机之前已经投了许多简历。除了这次剧院的舞台指导,她还通过了一个网络剧的试镜。

现在纪家出了事,正规的公司不会聘用她。她的目标是刚起步的工作室和网络剧剧组。

在流量至上的娱乐圈,偶像甚至可以像流水线产品一样被打造出来。在这种模式下,运气和个人实力就显得特别重要了。

而纪溪与别人相比，运气暂且不论，她的个人实力不容小觑。

她注册了多个社交平台的账号，主要用来宣传自己，算是工作账号。这些账号统一的用户名为："从零开始的纪溪同学"。

做完这一切后，她统一上传了一个十秒钟的视频。

视频中，她穿着休闲的居家服，化着淡妆，笑着看向镜头，落落大方地说："大家好，我叫纪溪，小溪的溪。我的爸爸是纪一岚，我的姐姐是纪玢。我刚刚回国，请大家多多关照。"

不到半个小时，纪溪的这个视频已经被转发超过三万条了。排在热搜第一的消息是"纪一岚小女儿回国疑似要出道"，其余几条消息紧随其后："纪溪""纪玢""一家人就是要整整齐齐"。

她点进评论区一看，众说纷纭。

"这个人是谁？纪家还有一个小女儿？她不会是来给她姐和她爸澄清的吧？真恶心，欠债还钱！"

"这个小姑娘可真好看！纪家的人真的个个都好看！好羡慕。"

"这是什么意思？趁着老爸和姐姐出事的时候出道？她是来蹭热度的吧！谁要关注她？现在真是什么人都能混娱乐圈了。"

"看见没有？先不提其他的，她还故意提了爸爸和她姐姐的名字，就是来博眼球的。"

纪溪忽略了这些负面消息，她拔出手机卡，换上了另一张新买的手机卡。目前她没有能力做很多事，但她依然能够尽最大的努力去完成她想做的事。

她用新的手机号码注册了另外一个账号，作为她的私人账号。新账号的头像就是十五岁时的她，不过这张照片很模糊。

名字是"小溪快变强"。

纪溪又用这个私人账号发了两条动态：

"从零开始，努力加油！"

"从今天开始充实自己。在回来的飞机上看了梅里美女士的《嘉尔曼》，情节相似的情况下，个人认为比她的《卡门》更有深度。"

和工作账号不同，这个私人账号发出的动态须臾之间就被淹没在了信息的海洋之中。做完这一切，她关了手机，躺在沙发上，不知不觉地睡着了。

"阮好风，快看热搜，是今天那个小美女！"电话里传来好友激动的声音。

阮好风一边听着他的话，一边登录了自己的社交账号——他忽略了上百万条粉丝的私信，直接点开了新闻头条。

好友感叹道："原来以为她是一个'冰山小公主'，结果是为了博眼球的，你说她……"

"闭嘴。"阮好风冷冷地说，他对人一贯温和随性，很少有声色俱厉的时候。

好友在电话那头被吓到了，说："你吃火药了？"

阮好风浏览了一遍，又点开了那个只有十秒的视频，看了一会儿后，叫秘书进来，吩咐道："查一下这件事。"

在他等待的空隙，桌面上的视频自动重复播放着，那张兼具妩媚与天真的脸反复出现在他的眼前。

秘书很快赶了过来，小声地告诉他："目前联系不到纪溪小姐，但是通过调查，发现纪溪小姐今天还开了另外一个账号。除了最近试镜了一部网络剧以外，纪小姐没有其他工作……老板，纪家这次的事情跟我们也有关系吗？"

阮好风没理他，自顾自地拿起文件看了起来。

纪溪的履历干净得像一张白纸。

除了她今天被官方认证的那个叫"从零开始的纪溪同学"的账号以外，那个叫"小溪快变强"的账号也很容易就被查了出来。

阮好风输入她另外一个账号的名称,看了一下,一眼扫到那条最新的动态:"从今天开始充实自己。在回来的飞机上看了梅里美女士的《嘉尔曼》,情节相似的情况下,个人认为比她的《卡门》更有深度。"

他情不自禁地笑了起来,随后慢慢地收起了笑意,一副若有所思的样子。

梅里美其实是男人,《嘉尔曼》就是《卡门》的别称。纪溪是学音乐剧专业的,她不可能不知道原作者的性别,也不可能不知道这两个剧名指的是同一部作品。

这是纪溪为自己以后准备的,一个待挖掘的、充满令人难堪的信息的"明星小号"。

秘书向来跟他关系好,凑过来也看了一眼,疑惑道:"她是疯了吗?她还没出道就给自己惹污名?"

阮好风低声说道:"不是,她是故意的。"

"故意的?"

"娱乐圈最稳妥的两种发展方式。第一种,由黑到白,观众疲于谩骂之后,触底反弹,更容易发现明星身上的闪光点;第二种,陪伴与成长,看莽撞少年变成成熟男人,看花瓶少女变成敬业演员。她注册这个账号是为了以后让别人翻出来。她在演,演一个博眼球的'黑心花瓶'。"

阮好风停顿了一会儿,接着说:"纪溪……在这方面,有优势。"

唯独说出"纪溪"这两个字的时候,他的声音才有了细微的变化,仿佛变得更轻、更柔软了。

听他这么一说,秘书立刻明白了,道:"难怪!如果一开始就树立完美的形象,观众对她的忍耐力会变低,包容度也会变低。如果剑走偏锋,从底层一路往上走,反而会显得她很不容易。说起来……她姐姐纪玢就是形象过于完美,这些年越来越维持不住,现在终于崩塌了。"

秘书随后又感叹道:"这个女孩不简单!老板,你是想让她来我们公司吗?这可是一场豪赌啊!现在谁敢要纪家人?"

阮好风的公司刚上市不久，也刚打入国内市场，暂时还在起步阶段。今天他之所以会被拉去剧院，也是因为听了出品人的建议过去看的。

阮好风没有丝毫犹豫，低声说道："是的，我要她。"

05

纪溪试镜成功的网络剧是根据一部言情古装小说改编的。剧本比较普通，是一个中规中矩的古代爱情故事。

在此之前，因为类似的故事已经被翻拍了无数次，所以观众对此类题材要求比较低。纪溪将目标锁定在这类项目上，绝不是病急乱投医。她当初选的几个剧组都是她认为有一定潜力的剧组。这个剧组之所以会被她注意到，不是因为他们的剧本好，而是因为剧本的原著作者。

原著的作者成名多年，按道理来说，以这个作者的身价，其作品不应该被拍成一部网络剧。

纪溪在网上搜索之后发现，这位作者还写了许多历史小说。而他的这部小说却卖给了没有名气的工作室，实在让人难以理解。

后来她阅读了原著，发现了其中的原因——从某种意义上来说，这部作品成也历史，败也历史。

它不红，正是因为作者几乎将它写成了历史科普文。各种细节精确到可怕的程度，对历史的考证严谨到令人发指。对比之下，作品的故事性就不强了，人物塑造也很一般，很难有读者愿意认真看下去。

而这又正是这部剧的优势——不歪曲历史，不抹黑民族英雄，不误导青少年等。而原著被改编之后，可以避开其中所有不当之处——

第一，原作者作为编剧直接进入剧组，保证剧情走向完全符合史实。

第二，剧中的女主角并非一个完全正面的人物，她热烈张扬，具有反抗精神，但同时也是权力争夺下的牺牲品。这部剧虽然重在讲述历史，但也有主要人物的感情戏。而且，关于女主角感情的这段历史本身就具有一定的深度和价值。

因此，纪溪决定赌一把。

她在国外攒下来的钱加上之前长辈们给她的零花钱，足够让她在几年内衣食无忧。纪溪知道拿这些钱去还债无异于杯水车薪，钱要花在刀刃上。

她相信这部网络剧的制作组会用专业的态度去完成这个项目，因为他们选了她当女主角。现在的纪溪除了有在国外演出戏剧时积累的经验以外，其余的演出经验几乎为零。

如果势头不对，她可以变成投资方。虽然只是一笔小钱，但她可以为自己争取一部分的话语权，至少她可以保证自己的戏份不被删减。

第二天，天还没亮纪溪就醒了。

手机已经充好了电，她刚打开手机就看到了无数的电话、信息以及社交账号接收到的私信，过了好一会儿，她才慢慢地筛出了重要的信息。

一个是她师姐发来的信息，说目前可以替她争取到的资源还需要花时间仔细地研究。另一个是剧组的行程安排，说上面空降了一个投资方，之前完成的试镜流程需要再进行一遍，投资方点名要纪溪去见他。

这不是一个好消息。

但剧组什么都没有提，导演只是在电话中告诉纪溪："对方是突然找上门的，我们之前也不清楚这个情况。总而言之，小溪，你做好准备。"

纪溪说："好。"

导演又说："小溪，昨天的热搜……"

纪溪笑了，说："趁着还有热度，我会尽早宣传，也算为大家尽力。"

听她这么说，导演如释重负，他本来还有点难为情，实在不好意思开口让她替剧组打广告。虽然是共荣共存，但纪溪一夜"成名"，他主动开口听上去像在占她便宜一样。

纪溪挂断电话，又浏览了一下手机里的消息。她统一回复了信息，把其他各种各样的经纪人邀约统统删除了。

她的社交账号一夜之间增加了二十万粉丝。她本来想关注其中的一些演员,但在各种各样的信息中她根本分辨不出来谁是演员,于是放弃了。

她又切换到自己的私人账号。

作为一个私人账号,"小溪快变强"连浏览量都没有多少。纪溪并不在意,她发了一条新动态:小溪快变强要出门啦!昨天睡得不太好。

她刚点击发表,右下角就多了一个小红点。

纪溪疑惑了一下,她点开未读消息,发现自己多了两个粉丝,还有一个点赞。

其中一个是发布广告的账号,另一个账号名称是"堂吉诃德"。

纪溪立刻就想到《堂吉诃德》也被改编成了音乐剧,对方难道是同行?对方不是被官方认证的账号,也没有留言,只是给她的动态点了一个赞。

纪溪喜欢音乐剧,也喜欢一切与之相关的东西。她顺手关注了对方的账号,然后放下手机,去厨房给自己做早餐。

第二章

01

高楼林立，天色昏暗，大楼里的灯一盏一盏地熄灭了。

在一栋大楼的顶层办公室中，一个巨大的电视屏幕被挂在执行总裁的私人休息室里。

荧屏上投射出一个模糊的影像，那是一个舞台。画面中露天的横幅晃动着，上面写着"B大附属中学文化艺术节"。镜头晃得很厉害，周围是一片嘈杂声，还时不时有雨点打在镜头上，显然这是很早的一段影像了。

台上正在演一段小品，而荧幕前的男人并未分给它半个眼神。阮好风坐在沙发中，点了一根烟却不抽，任暗红色的光点在黑暗中闪烁。也不知过了多久，直到手机屏幕亮了，他的身体才动了动。阮好风掐灭烟头，拿起手机，看见上面发来了一段信息。

发信人是他的好友，就是那天和他一起去剧院的人，叫江醒。

"阮哥，我让人查了，还是不建议你把她招进公司。她家就是一个烂摊子，欠了那么多债，再多的资金都填不上那个漏洞。现在她家的那个项目已经成了所有人的笑柄了，只能拆东墙补西墙，要是没有办法跟其他股东交代，还不上钱，那是要走司法程序的！现在她姑妈给她牵线搭桥，想要她和别人结婚,其实就是想骗她家公司的所有权……就是这个名字……你认识这个人吗?她公开说要给侄女相亲,这跟坑蒙拐骗有什么区别!"

阮好风又发了一条信息:"不认识。但我知道这件事,我也去报名了。"

好友:"什么?"

阮好风:"她不知道这件事。"如果知情,她就不会这么拼命地赚钱了。

阮好风在二十岁时被人提携,意外地拿了一个国际大奖,回国后也是一帆风顺。虽然他拿了这个知名奖项,但作品不多。因为他还很年轻,又迅速地积累了一大批被他的外形所吸引的少女粉丝,所以他一直在实力派和偶像派的定位中徘徊不定。

支持和恶意攻击他的人都有。不过,他这一路走来,用"青云直上"来形容也不为过。

阮好风虽然性格沉稳,但是看到一些负面评价偶尔也会感到有些不舒服,更别说纪溪这个刚出大学,还背负着舆论与家庭压力的小姑娘。她这样毫不犹豫地选择顶着舆论压力出道,算得上破釜沉舟。

纪安荣那边没有回应,阮好风便知道他不过是给人当了陪衬。想到这里,他的眼里闪过一丝冷意。对方还没有回复,他又发了一条信息:"我会亲自跟纪溪谈一谈。"

这次江醒回得很快:"谈什么?"

阮好风:"结婚的事。"

纪溪顺利地来到了剧组的工作室。

目前这部网络剧还未正式开拍,前期准备工作都在导演的工作室中完成。

纪溪以为自己会在这里见到那个空降的投资方,然而导演接了一个电话后,表情突然变了,看向纪溪的眼神也有点复杂。

纪溪一脸疑惑,她安静地等到导演挂了电话后才问:"怎么了?是对方临时有事来不了吗?"

导演无比尴尬,说:"不是这个问题,他们说之前没沟通好,原本见面的地方不是定在公司,而是定在你那边。"

"没沟通好"的结果就是投资人想要换演员。一般这种情况不会明说,只会让她第二次试镜,以第二次试镜不符合要求为理由将她辞退。但是,他们选择的地点太奇怪了。

纪溪皱起眉头,说:"我那边?"她感到很疑惑,她虽然电话一直没有停过,但目前为止,没有任何一家媒体、经纪人能找到她的居住地。

"准确地说,对方……"导演小声地告诉她,"说最好约在纪小姐的家中。"

谈工作为什么要去她家里?导演的脸上明明白白地写着"小心有诈"四个大字。对方的意图已经十分明显了。

纪溪没想到自己出师不利,还没开始就碰到了这种事。去还是不去?

导演盯着她,尴尬得已经不知该说什么了,过了一会儿才道:"纪小姐,剩下的……你看着办吧。需要我陪你一起去吗?"

纪溪想了想,没有拒绝导演的好意,问:"您有时间吗?"

导演点头说:"有时间。这样,纪小姐,我让同事开保姆车过去,让他们在楼下等你。一旦有什么情况,你直接打电话给我们。"也只能这样了。纪溪点了点头,轻声说:"好。"

她特意去买了防狼喷雾、震楼式报警铃,还拿了一把小刀带在身上。这些装备实在拙劣,但她如今举目无亲,信得过的人也只有自己。

她觉得这件事有些蹊跷,谁会中午来做这种事?对方还选择在她家里见面。如果不是图谋不轨,那么对方显然考虑到她是女孩子,想让她更自在一些。

于是,她又回到了自己家中。纪溪安静地坐在沙发上,等待着对方。

离约定时间还有十分钟时,敲门声响起。

纪溪有点紧张，她没有站起身，只是对着门口说："门没锁，您可以直接推门进来。"

对方显然听到了，咔嗒一声，门被推开了，又被关上了。

玄关处，身材高大的男人抬头看了过来。他眉峰如剑，有一双淡漠薄情的桃花眼，眼里映着她的影子。"阮好风。"他向她伸出修长的手，礼貌地说，"初次见面。"

阮好风？纪溪一下子就想了起来，她见过这个名字。昨天她姑妈压着不让看的名单中，下一页就是他的名字。

她站起身走过去，伸手与他握了一下。

对方很礼貌，手只握住她的指尖部分，轻轻地握了一下就松开了。

他们是初次见面，可纪溪觉得阮好风有点眼熟，下意识地问："我们是校友？"

没想到她会问这个问题，阮好风愣了一下，笑了笑，说："是吗？我初中、高中读的都是T大附中。"

那就是校友了。但是阮好风看起来比她大了几岁，他们应该不是同一届的。

纪溪也不知道自己为什么会提这个话题，这不算一个很好的开场白。

她问："阮先生喝点什么吗？"

阮好风倒是很放松，随意地在沙发上坐下了。

"白开水就可以。"

02

阮好风看起来温和有礼，不像她想的那样。但是她暂时还没有打消疑虑，仍然有些谨慎地看着他。纪溪倒了水，他们一人一杯，用的是两个很可爱的小熊杯子，她的是淡绿色的，他的是蓝色的。

她注意到阮好风还带来了一沓文件，很厚。她在他前面坐下，道："阮先生,现在可以开始了吗?"

阮好风喝了一口水,桃花眼眯着,道:"好。"

他继续说道:"我今年二十四岁了,纪小姐。"

纪溪说:"啊?"

她有些不知所措,本来想问能否直接试镜,结果对方比她先开口,还是这样一句让她摸不着头脑的话。

阮好风垂着眼帘,视线停留在他带来的文件上,说:"我比你大三岁,偶尔抽烟……如果你不喜欢,我可以戒掉。我和你一样,刚回国不久,也是一个演员。在国内开了一家公司,暂时只买了一套房,喜欢养猫。其他方面,这里面写得都比较详细,你可以现在看一看。"

纪溪愣了一下,说:"啊?"她以为不管什么情况,话题都是围绕演员能否拿到角色展开的。现在这个场景怎么好像她成了投资方,阮好风反而开始介绍自己了?

阮好风长得很好看,从骨相到皮相都很好。薄唇、桃花眼,眼角和眉梢虽然带着一点凉薄的味道,却被他周身淡然的气质淡化了不少。他坐在那里就能让人感觉他很温和。但如果看到他那一双深不见底的眼睛,又能感受到他温和之下隐藏的攻击性和强势。

他瞥见纪溪的表情,眼中有一些疑惑,问:"怎么了?"

纪溪想了一下,小声地问道:"我们今天来这里……"

"不是谈结婚的事吗?"

"不是谈工作的事吗?"

两个人同时开口,却给出了完全不同的答案。

阮好风和纪溪面面相觑。

纪溪很快就反应了过来。对于她姑妈给她列的那个备选名单,显然男方是事先知情的,甚至默许了这一场"相亲"。只是,她姑妈显然已经另有选择了,所以其他人全都成了陪衬。

而她当时只来得及看到阮好风的名字，也没有去想后面的事情。现在阮好风是想越过中间人直接跟她面谈？

纪溪还没来得及说话，便听到阮好风蹙着眉说："他们没跟你说吗？我说是私事，不是公事，这……"

然而他下一刻就反应了过来。他觉得这件事很有意思，笑了起来，说："原来是一个乌龙事件。"说完，他弯下身看着纪溪，继续道："是我唐突了。但是请问纪小姐，现在你本人是否考虑过结婚这件事？"

纪溪正斟酌着该如何回答时，阮好风却道："如果没有考虑过，现在可以考虑一下了。"

他说话相当有分寸，即便主导着话题，但语气、神情都让人感觉非常放松，就像在和老友闲谈一样。

纪溪失声笑了，歪着头看着他。她眼里带着一点好奇，还有一点茫然，好像只是在用眼神问他为什么。

"目前纪家四面楚歌，纪小姐一个人打拼会很艰辛。如果这个时候有一个伴侣便能省掉很多麻烦。"

阮好风的声音很低沉，带着一丝磁性，他说："不过婚姻是大事，的确需要时间来考虑。我担心纪小姐怕我居心不良，所以把所有家底都带来了。"他指了指眼前的文件。

纪溪想了想，说："我考虑过。"这句话是真的。她回国之前就做好了一切准备，包括嫁人。

纪家不反对联姻，她姐姐和前姐夫就是奉双方父母之命假扮情侣，还差点就要去领结婚证了。如果她没有这个打算，她也不会去赴纪安荣的约。只可惜纪安荣不安好心，想榨干她身上最后一点价值，她就把这个想法搁置了。

但是阮好风却突然出现，使这件事有了变数。

她忍不住问："阮先生，和我结婚对您有什么好处？我家的状况我也不打算隐瞒。如果您娶了我,对您的声誉会造成巨大的影响,恐怕后患无穷。"

即使明摆着要往火坑里跳,她也要探一下阮好风的口风。让她没想到的是,阮好风的回答非常简单:"抵制催婚。"

纪溪怀疑她听错了。

阮好风笑着瞥了她一眼,再次肯定道:"我家里催我结婚催得很厉害,普通姑娘也不愿意嫁给我,所以我才来找纪小姐。"

纪溪笑了,问:"会有女孩不愿意嫁给您?"

阮好风轻轻地笑了,道:"我不太会照顾人,而且我刚回国不久,基本上是白手起家。外表看着风光,但其实没有多少存货。我平时工作忙,估计也没有女孩能受得了。我手里也只有几个小产业而已,别人犯不着在我这里浪费时间。"

纪溪明白了,他是一个大忙人,没有时间陪女朋友,自然就成了黄金单身汉。其实,这也是她单身的原因之一。虽然她在国外有很多追求者,但她一直没有谈恋爱。一是没有遇到让她心动的人;二是每次演出,她忙得妆都没时间卸就睡着了,哪有时间谈恋爱?

阮好风捧着她的小熊水杯,问道:"你对你的未来伴侣有什么要求吗?"

纪溪想了想,许久之后,才憋出两个字:"顺眼。"

她其实还没有往这方面想过,也没有计划过,想来想去觉得顺眼就好。

她反问道:"阮先生呢?"

阮好风听见她说出"顺眼"两个字后就笑了,跟着说了两个字:"顺眼。"

纪溪不知道说什么了。

阮好风低头看了一眼手表,问她:"你现在有时间吗?这件事情已经谈妥了。你刚刚说你是来试镜的,那我们现在就过去。"说完,他站起了身。

这就……谈妥了吗?可是"谈妥"是什么意思?

纪溪正在思考时手机震动了。她接起电话,导演的声音从那头传了过来:"纪溪,你……那边没事吧?这边来了几个娱乐记者,你下来时小心别被拍到了。"

"娱乐记者?"她看了阮好风一眼,心想大约是跟着他来的,便说了一声,"我知道了,我这边谈好了。不过要麻烦您先回去,过会儿我们还要去工作室试戏,到时候再见。"

03

阮好风上去不过十分钟,导演终于松了一口气,看来是没发生什么事,他应了一声"好"就挂了电话。

阮好风站在玄关处,回头看她,问:"楼下有记者?"

纪溪手里还拿着电话,点了点头,像不知道怎么应对这种情况似的,问:"要不您先下去,然后我再……"

"你跟我一起下去。"阮好风利落地打断了她的话,"你坐我的车。我的车停在地下车库,他们暂时找不到那里。"

纪溪第一次知道她住的这个小区竟然还有一个地下车库。

阮好风的车与他这个人风格完全不一样,从款式到颜色都十分张扬。纪溪看了一眼他的车就笑了,难怪他会被娱乐记者跟着,这也太招摇了。为了防止被偷拍,她安安静静地坐到了后座。

阮好风发动车,带着她安全地离开了车库,上了马路。等红绿灯时,阮好风说:"空调的温度调得有点低,你要是冷,后座有毛毯。"

纪溪道了一声谢。她是一个怕冷的人,立刻就把毛毯拿了过来。裹上毛毯后,身体逐渐暖和起来。车里太过舒适,疲惫感瞬间袭来,渐渐地,她睡着了。

阮好风从后视镜中看到她睡着了,便把行驶速度放缓,选择了一条寂静的道路,慢悠悠地开着车。

纪溪也不知道她为什么就这样安心地睡着了,这还是她头一次在刚见面的人的车上睡觉。不久,她感到车速突然加快了,像在不停地拐弯,于是慢慢地醒了过来。

"怎么了?"她刚睡醒时的声音软软的。

阮好风淡淡地说:"被娱乐记者追上了,有点麻烦。你睡吧,我来甩掉他们。"

纪溪听他这么说,反而提起了兴趣。她直接把毛毯裹住全身和大部分的脸,小心翼翼地只露出眼睛往后看。

她有国际驾照,也开过车,一眼就看出后边至少有三辆车在追赶他们,并且还不停地对着他们拍照。

她赶紧躺了下去,怕被拍到了会对阮好风造成不好的影响。

阮好风笑了,说:"坐着吧,他们拍不到的。你晕车吗?"

纪溪摇了摇头。

他说:"那我加速了,先甩开他们,你把安全带系好。"

引擎声轰鸣,车突然提速,纪溪感觉她整个人往后倒去,心脏也跟着加速跳动起来。

阮好风开车时很沉稳。踩离合、换挡、踩油门,这一系列动作他完成得游刃有余。不一会儿,车上传来一道冷冰冰的声音:"已关闭自动驾驶校正系统,请注意,时速即将违规。"

声音刚落,一辆车飞速切入车流空隙,又猛然抽离。轮胎与地面摩擦产生了刺耳的响声。

阮好风又看了纪溪一眼,问:"晕吗?别害怕。"

纪溪摇了摇头,回头看了一眼,说:"已经甩掉两辆车了,还有一辆车。你要继续加速吗?"

阮好风摇了摇头,说:"不了,跟它耗一会儿。你看它的车型,会比我们先没油。我们现在就绕着这边转圈。"

纪溪觉得有点好笑,软软地说了一声:"好。"

阮好风直视前方，问："你的户口簿带了吗？"

纪溪愣了一下，说道："带了。"

她一直把她所有的身份资料、工作资料带在身边，从不离身，因为不知道什么时候就需要用到它们。

"那好。"阮好风说，"一会儿我们顺便去领个证吧。"

纪溪又愣了一下。

他们绕了几圈，阮好风将车驶入了附近一个商场的地下车库中。刺眼的日光渐渐地隐去，四周变得凉爽起来。

周围很空旷，阮好风拉了手刹，将车稳稳地停住。

他漫不经心地看着导航地图，说："民政局附近没有停车位了，从这里走过去要二十分钟左右。如果你没什么问题的话，我们现在就走过去吧。"

纪溪想了想，小声地问："不需要做个公证什么的吗？比如婚前财产公证之类的。"

阮好风笑了笑，说："不用。如果你需要，到时候可以办。"

"婚前协议呢？"纪溪又问他。

阮好风摊了摊手，说："我没想这么多，不过那个可以和财产公证一起做。目前我没什么想法，你怎么看？"

纪溪笑了，说："阮先生什么都没有准备就打算跟我结婚，你就不怕我骗财、骗色，捞一笔钱就跑了吗？"

阮好风咳了一声，说："还是有准备的。"

他下了车，伸手替纪溪拉开车门，眼里带着一点笑意。

纪溪把毯子叠好放在原处，然后下了车。她今天穿得很像一个学生，简单的白衬衣、浅蓝色的牛仔裤。她下了车，一抬头就见阮好风拿出了一个相当精致的蓝色盒子。

在她面前，他轻轻地把盒子打开。

阮好风低声问："你愿意嫁给我吗，纪溪小姐？"

那是一枚戒指。银色的圆环，圆环里面镶嵌着碎钻，圆环外面的纹路是偏向新古典主义的风格。戒指看上去不仅非常有特色，而且十分漂亮。显然，阮好风也是花了心思的。

纪溪早在他说出"有准备"这三个字时就预感到了什么，此时看着眼前的戒指，她不知道该说什么，脸上虽然有些发烫，但还是带上了一丝笑意。

"愿意。"她说。

这是他们第一次见面，两人没有任何感情基础。

就算没有签婚前协议书，纪溪也能想到这将是一段彼此互不干涉的婚姻。往后阮好风如果安定下来，找到了心仪的女孩子，或者两人之间发生了什么不可调和的矛盾，离婚是难免的。

阮好风在这件事上有些随意了。不过无论是他选择的见面地点，还是他处理各种事情的方式，包括现在的这枚戒指，都让纪溪感受到了他对她的尊重。

她将那枚戒指从盒子里取出，戴在了自己的无名指上，落落大方地伸出手指给阮好风看。

纤细白净的手指戴着这枚独特的戒指，显得格外好看。

阮好风的眼底闪过一丝笑意。他把手放在纪溪的头顶轻轻地揉了揉，像哥哥对待妹妹一样。

他长得很高，纪溪仰头看他，视线却被他的胳膊挡住了，只能望见他被衣服包裹住的手臂显现出的肌肉线条，以及袖口处被扣得紧紧的扣子。

纪溪觉得这个人有点奇怪。这么热的天气，他的领口和袖口都扣得严严实实的，似乎他是个很严肃的人，却开着最张扬的车，有着十分随性的性格。

"快走，"阮好风弯了弯眼角，带着一点笑意，"二十分钟内不能让人发现，跟我来。"

04

他似乎对这一片区域很熟悉，没有带她走正门，而是走了楼梯。在拐了七八个弯后，他们走进了一条小路。

阮好风取下了墨镜和口罩，在前面带路。他大步流星，但是在注意到纪溪离他比较远后，又会停下脚步等她。

这是一个很平常的工作日，来民政局登记结婚的人不多，排的队也不长。

纪溪有些紧张，她没经历过这样的事情。

阮好风站在她身边，轻声向她解释道："这个过程会很快。我们去前台那里打印证件、签字，旁边有拍照的地方，拍完后再交九块钱就行了。"

纪溪看了一眼拍结婚照的地方，是一个有些陈旧的窗口，上面贴着快要掉落的红色字条：拒绝找零。

她迟疑道："要交现金吗？"

她在国外一直用信用卡支付，很少用现金。回国后，她基本上也没有用过现金。有一次她去买东西，老板没有零钱，便手把手地教她注册支付账户。从此以后，她出门有手机就够了，连零钱都不带了。

阮好风默默地伸手给她看，他手里拿着五张崭新的钞票，都是零钱，一张五元，四张一元。

纪溪又笑了，俏皮地问："这也是提前准备的？"

阮好风承认了，说："是。我倒车时，顺手查了结婚需要准备什么东西，刚好车上还有点零钱就拿了过来。"

纪溪突然觉得眼前这个男人有点可爱。其实，结婚这件事带给他的紧张感并不比她少。相处了半天，在他的沉静外表下，她总算感觉到了他真实和孩子气的一面。

阮好风将钱收好，看着队伍前端，突然淡淡地笑了，道："不知道你是不是这样的，我刚回国时，像刘姥姥进大观园一样，闹了不少笑话，连付款都不会。"

纪溪好奇地问道："你是什么时候回来的？"她对阮好风了解得不多，只知道他说他刚回国不久，白手起家，有一个公司。

阮好风说："今年一月份从H国回来的。我听说你也在那里念书，是不是？"

纪溪点了点头。

阮好风低声笑道："H国的音乐剧很出名，你应该会很喜欢那里。我第一次去剧院看音乐剧是别人送的票，那次准点入场。除了觉得演出精彩以外，只觉得人太多了，很挤，连洗手间都人满为患。不管你是哪个区座的，不管你离洗手间的距离是近是远，就是难以进入洗手间。若是中场在外边逗留久了，保安还会赶人。"

纪溪笑了，她不进剧组的时候也会一场不落地去听她喜欢的音乐剧。

剧场里的确是挤，场地里密密麻麻地排满了座位，人们在进场和散场时都很困难。像棕熊似的外国人蜷缩在座位上如同一只虾米，但他们还是会聚精会神地观看节目。

她感同身受，又冲阮好风眨了眨眼，说："几千人的剧院，洗手间只有一人间的，我一般是跑出去找快餐店的洗手间。"

阮好风认真地听完她说的话，说："我记住了。"

两个人因为留学这个话题而打开了话匣子。纪溪原以为阮好风这种富家子弟，在家里肯定被捧着、宠着，出国之后也无后顾之忧，毕竟她也有这样的同学。

但在谈话间，阮好风却透露了一些与她的想象相反的内容："我家里管得严。前几年，我说我想演戏，家里的老人不准，说我会收不住心。我那时候很惨，只会说英语，不会当地的语言，最后只能去华人区打工，半年后才勉强学会基本的口语。后来接戏时，台词都是硬背的，每天跑四五个剧组，还要天天挨骂。"

纪溪感到很好奇，问："你演过什么？我或许看过，没准我们两个人的剧组还撞上过。"她学的是音乐剧，很少接触本专业以外的东西。而且，她回国不久，不了解国内的音乐剧圈以及娱乐圈。

阮好风还没来得及回答，他们便到了队伍的最前面。

纪溪按照工作人员的指示，填好相应的表格之后，看到阮好风已经在旁边等她了。

"走，去拍照。"

拍照的场地是一个简单的铺着红毯的舞台，以国徽为背景。拍完几张照片后又换上了红幕布，说是证件照，一会儿要被贴在结婚证上。

拍着拍着，摄影师突然激动起来，不敢相信似的喊道："阮好风？"

那个摄影师很惊讶，激动不已，冲上来问阮好风能不能给他签名。

阮好风被认出来其实是意料之中的事，B市就这么大，谁没见过几个明星？工作人员虽然有自己的职业操守，不会随意透露消息，但见到他时却不免有些激动。

纪溪被推了一下，阮好风眼疾手快地扶住了她，抬起头，笑着道："你认错人了。"

简单的话，非常礼貌的声音，却让人隐隐感觉到压力。

他揽着纪溪的肩膀，把她护在怀里。这是一个代表着绝对占有和保护的姿势，但动作却很温柔。

陡然这样亲近地接触，纪溪却没有感到任何不适，只觉得安心。

摄影师立刻明白自己冲动了，讪讪地道了歉。

阮好风的姿势却没再变过。

拍照结束后，他低头把墨镜和口罩给纪溪戴上，仍旧揽着她，去登记窗口领证件。

有了这个突发情况，纪溪感到大厅中打量他们的人渐渐多了起来。

"真是阮好风？"

"不会看错了吧？新闻上不是说他今天上午在参加什么开机仪式吗？不是本人吧？"

"结婚？那个女的是谁？没见过。"

自始至终，纪溪都看不见其他人的视线。

阮好风这个人生得高大，像揽妹妹一样揽着她。他让她走在里侧，不仔细看还真看不出他怀里有一个人。

阮好风轻声道："对不起，一会儿就好了。"

纪溪摇了摇头，说："没什么。"

她还有心思跟他开玩笑："声东击西？你没告诉我你这么有名，阮先生。"

她的声音软软的，因为离得近，他能透过墨镜看见她一双水汪汪的眼睛。夏日，人们穿得单薄，她的体温透过衬衣传了过来，阮好风感觉她的身体很柔软。

阮好风知道她是为了让他放松下来，低声应道："也还好。"

当结婚证被递到他们手上时，阮好风反而愣了一下，问道："在哪里交钱？"

工作人员一时没听懂，问他："什么钱？"

阮好风指了指旁边的"拒绝找零"，说："九元，办结婚证的钱。"

工作人员抿嘴笑了起来，说："那是老窗口的规定了，现在办理结婚证不用花钱。"

看来他查到的信息过时了。

纪溪扑哧一声笑了，抬头跟阮好风对视了一眼，说："我们走吧。"

阮好风也笑了，终于放松下来，带着她走了出去。

出去之后，纪溪还觉得很不真实。

短短几天，她就成了已婚人士了。

05

阮好风接了一个电话，挂了之后对她说："一会儿我公司的人会来接我们，我先送你回家。"

纪溪有些疑惑，问："那你的车呢？"

"先停在那里，一会儿会有人帮我开回去。"阮好风说，"已经很晚了，试镜就改天吧，我们去吃饭？"

纪溪点了点头。

一路上，阮好风的电话铃声一直在响。显然，他为了见她而耽误了工作。他们走出来没多久就有一辆车在他们面前停下了。随后，车子绕路把他们送去了纪溪家附近。

纪溪主动地说："中午了，我请你吃饭。"

阮好风倒是没跟她客气，答应了。

不知道阮好风的口味，纪溪便在附近挑了一家私房菜馆，各种菜系都有。

阮好风点了几个菜，放下菜单后看了一眼窗外，忽然问："你要搬去我那里住吗？"他看了一眼纪溪，知道自己这话恐怕会引起她的误会，又补充道，"这边靠近市区，私密性不是很好。而且这里鱼龙混杂，以后你在国内发展，一直住在这边恐怕会有一些麻烦。"

纪溪摇了摇头，说："我暂时……还不打算搬走。"这里离医院近，她外公因为突发脑血栓在住院，她住在这边看望老人会方便一些。现在家里出了事，外公应该还不知情，她也想将这件事瞒下来。

她咬着唇，看着阮好风，忽而想到了什么，说："如果需要我在伯父伯母面前……的话，我就搬。"

按道理来说，他们都结婚了，见家长也是应该的。

"没事，他们住得远，平常也不来，这件事不急，看你的意愿。"阮好风没忍住笑了，"慢慢来，没关系。"

随后，两人又聊了别的话题。

他们都出过国，又曾读过同一所学校，还是有很多共同话题的。

纪溪跟阮好风聊天感觉很舒服。他说话非常随意、自然，与他聊天，像在和一个认识多年的好朋友聊天一样。

菜端上来后两个人都没吃多少。快结束时，纪溪说她去一下洗手间，再回来时阮好风已经付了钱。

阮好风把她送到楼下，把他的电话号码告诉了她："这是我的两个号码，一个工作用的，另一个是私人的。如果你有急事，可以直接联系我。如果我没来得及接电话或者回复你，你就打工作用的号码，联系我的私人助理小周。我公司的地址写在给你的文件里，以后找我不用预约，跟前台报名字就可以了。"

纪溪认真地记下了。

阮好风又伸手揉了揉她的头发，说："我就不上去了，公司那边还有点事。"

纪溪知道他忙，于是点了点头。等到他要离开的时候，纪溪又叫住了他。暮色中，她拿出了一个白色的盒子递给他。

"袖扣。"她的眼睛很亮，"送你的。"

原来她刚刚不是去洗手间了，而是去给他买礼物了。

"还有礼物？"阮好风笑着接过来，眼底带着一丝讶异。

"新婚礼物。"纪溪说。

她的手有点凉，应该是紧张的缘故。不过她笑起来很甜，这笑容仿佛能撼动人心，带着热度和光芒。她抬头看他时，眼底有一丝天真与妩媚。

"新婚快乐，阮先生。"

说完，她有些不好意思地对他挥了挥手，转头跑了。

就像那天她在剧院门口撞到他一样，如一只轻盈的小鹿，从他眼前溜走。

那对袖扣很精致，虽然是深蓝色的，但是在暗处也有光泽，仿佛夜晚的星光。

纪溪回到家中，打开笔记本电脑，低头翻着通讯录。她大学时四处接戏，课堂作业也是写剧本和论文。当时她抽到了一个课题，就是将曾经风靡A国的一部电影改编为十五分钟的短剧，他们花了整整一年时间来完成这个课题。

原电影牵涉了很多法律方面的知识，为此纪溪辅修了一门法律课。在这门课中，她接触过几个婚前协议之类的案例，现在要草拟一份相关的文件并不困难。

她用笔记本电脑很快地拟了一份草稿，像给阮好风的那样，她也给自己列了一个表格。

其中，她特意将负债和是否公开婚姻关系两项放在了前面。

她不想把阮好风扯进来。

公司的共同债务人是她的姐姐和父亲。当初纪家为了给她创造一个良好的环境，特意没有把她牵扯到公司的事情上来。现在公司出了事，从法律的角度来看，纪溪是不需要承担的。

但即便如此，她还是得面对父亲和姐姐在公司里留下来的烂摊子。现在家中老人卧床养病，她必须独自肩负起家庭的责任。

阮好风看起来一副无所谓的样子，但他如果帮她，连他自己的名声都可能受到影响。这也是她特意提出"暂不公开婚姻关系"的原因。

她和阮好风的事业都在国内。按照今天在民政局的情况来看，阮好风人气很高。如果这个时候传出跟他结婚的消息，这对阮好风的事业会产生很大的负面影响。除了这些以外，纪溪还列了几个选项，让阮好风自己选择，比如是否约束配偶的感情。

她对国内的事情略有耳闻，但她不知道阮好风的想法。毕竟他给她的结婚理由是他被催婚，以后种种，皆未可知。

拟好协议书的草稿，纪溪检查了一遍，然后把文档发到阮好风的微信上。阮好风的微信昵称就是一个简简单单的"阮"字，他的头像是一只猫，显然是他自己养的。

手机上显示文件传输成功。

阮好风很快发来了一个问号。

纪溪慢慢地打字，跟他解释："今天有点匆忙，还有好多事没来得及说，我想问问你的意见。"

几秒钟后，那边回复了一条消息。

"好，稍等，我看看。"

在手机上聊天，阮好风的冷淡就渐渐显露了出来，和与他当面说话时的感觉不一样。

他的话很简洁，就像他扣得很严实的袖口与领口，一丝不苟。

一分钟后，阮好风给她发了一个截图。

纪溪点开一看，发现截图显示的正是她提出的关于"不公开结婚关系"的内容。

"不公开吗？"

纪溪的手指停顿了一下，仿佛是她的错觉，她竟然从这四个字里看到了微微的失望？她还没有想好如何回复他，那边又发了一条消息过来。

"也好，慢慢来。"

随后，阮好风把文件发了过来。但是他把"是否约束婚内感情关系"标记成红色的，在括号里加了一句话："小朋友，我是认真结婚的。"

他还配了一个生气的表情图片。

他未免太孩子气了。

纪溪看到这里笑了，明白了阮好风的意思。她思来想去，不知道怎么回复他，也发了张类似的表情图片，图片中两只眼睛亮闪闪的。

一会儿，她又像想起什么似的，补了两个字："收到。"

阮好风没动静了。

第三章

01

纪溪洗漱完换好衣服，去医院看望外公。她外公前些日子才做了一个大手术，要卧床静养。此时，他的身上插了各种管子，连抬头看她一眼都很困难。

家里的事情大家都瞒着老人家，没让他知道。

她外公是老一辈的艺术家，起初是画画的，最后转行做了传统戏剧演员。他和纪溪的父亲之间有着不可调和的矛盾。

她外公认为现在的娱乐圈乌烟瘴气，大外孙女纪玢进去就是被糟蹋。他不想让小外孙女和她姐姐一样，所以当初纪溪决定出国念书时，他完全支持，并不允许任何人阻拦。

后来纪家发达了，她外公也没松口，不肯住到纪家来。他每个月靠着微薄的退休金过日子，也不要纪家人给的钱。后来他生病被送进医院，人也变得有点迟钝了，经常认不出人。

纪溪过去时，她外公是醒着的。

他看见纪溪时情绪很激动。他喉咙里插着胃管，没办法说话，只能热切地看着她，眼里满是慈爱和心疼。

纪溪坐下来跟老人说了一会儿话："外公，爸爸和姐姐出国旅游了。我回来找工作，以后我陪着您，好不好？"

外公费力地点了点头，伸出粗糙干枯的手，握住了她的手，似乎想说些什么话。

纪溪告诉他："您不用担心，我不进娱乐圈，我已经考进一个文工团了，各种福利都有。还有……我快结婚了，外公快点好起来，到时候参加我的婚礼，好不好？"

她还特意带了照片来给她外公看。

拍照片时，她请摄影师多洗了几张照片。

证件照一般不会很好看，然而她和阮好风都长得非常标致，证件照自然也就比一般人的好看了。

她外公瞪圆了眼睛，又惊又喜，一副很迫切的样子。

纪溪笑了，说："您放心，我挑人的眼光很好的。他很踏实，人也稳重，就是工作忙，改天我带他过来给您看看，今天就只给您看照片了。"

她外公伸出手指，在病床上写了一个"合"字，他想看更多的合照。

纪溪说："好，下次给您看。"她又絮絮叨叨地说了许多话，哄得外公非常开心。

直到夜深了，纪溪才离去。她把带来的新衣物、营养品整理好，交给护工，又给护工买了一些水果，护工十分不好意思，连连对她说"谢谢"。

她回到家里的时候，已经是凌晨了。

剧组恰好发来消息，通知她明天早上六点开会，然后去拿剧本，拍宣传时要用的定妆照。他们已经提前确定好拍摄地点了，届时会直接坐飞机去S市的某个影视基地。

她现在还有五个小时可以休息。于是她干脆不睡了，逐一安排手头上的事情。

她把协议书的定稿给阮好风传真过去，然后回房收拾行李。自她回国之后,这个行李箱基本上就没有动过。第一个晚上,她在椅子上小憩了一会儿,第二个晚上,她却一夜无眠。

收拾好后,纪溪又抽空在网上接了一份翻译的工作。她上学时为了练习口语和提高阅读能力,经常做这样的工作。

一开始,她翻译得很困难,后面熟悉了,就用语音录下来,再花时间校对,八千字的稿子,她用平时的零碎时间就能完成。

这种工作报酬很高,每一份稿子翻译完成后纪溪都能拿到相对高的酬劳。不过唯一的缺点就是这样的机会不是很多,不是每天都能抢到这么好的机会。

今天纪溪接的活儿来自一个中国女生,对方希望将自己写的几首情诗翻译成 H 国语言。

她对着手机和平板电脑轻声地念:"只要我望着你时,我就抵达了我童年的梦……"

手机和平板电脑对照着看,她的眼睛有些干疼。纪溪滴了几滴眼药水,觉得有些困,于是站了起来,一边踱步一边念。

她打开窗户,B 市难得有这么温柔的夜风,风轻轻地吹了进来,外边的天空渐渐变亮。

长发女孩穿着白衬衣,蓝色的裤脚被卷了起来,她在暖黄色的灯光下踱步。木地板被擦得干干净净的,她那白皙细嫩的脚踩在地板上,没有发出一点声音。

纪溪的手机突然震动,手机屏幕的画面改变,微信视频的画面显示出来。

纪溪没反应过来,下意识就接通了。

阮好风的声音从另一头传了过来:"你怎么还没睡?"他的声音有些低沉,很好听。

纪溪"啊"了一声。

旁边的传真机嘀嘀响了两下,纪溪才想起她凌晨三点给阮好风发了传真。她下意识地撒了一个谎:"睡得太早,半夜醒了。你呢?传真内容有什么问题吗?"

对方沉默了片刻。

"没什么问题。我刚好醒着,想不想出来吃夜宵,纪溪小姐?"阮好风在那头问。

纪溪笑了,说:"都这个点了,是吃夜宵还是吃早餐?"

"我的夜宵,你的早餐。"阮好风似乎心情很好的样子,"来吗?一会儿我去接你。"

他的语气十分随意,好像在约一个普通朋友。

纪溪轻轻地道:"好。"

天还没亮,纪溪坐电梯到了地下停车场。

停车场里的灯坏了,一片漆黑。纪溪走出电梯,有点怕,正想伸手打开手机上的手电筒,便听见了汽车鸣笛的声音。车灯照亮了漆黑的停车场。

阮好风把车停在之前的那个位置,依旧是那辆张扬的车。

周围很安静,纪溪快速地走了过去。阮好风偏过头看着她笑了,说:"以后就停在这里了,记住啊,小姑娘。"

纪溪轻轻地点头,看他准备发动车了,突然开口问:"那个……我还有一件事。"

阮好风闻言停了下来,那一双桃花眼微微地眯起,问:"怎么了?"

"我外公想看看我们的合照,现在拍一张可以吗?"纪溪觉得有点不好意思,声音也很小,还补充了一句,"不会流传出去的。"

阮好风淡淡地笑了,说:"正好,我爸妈也说想看儿媳妇的照片,我也正要跟你说这件事。"他又打量了一下四周,"这里光线不好吧?"

不过,纪溪已经伸出手臂,凑了过来,咔嚓一声,拍下了两个人挨在一起的照片。

她这款手机摄像头的像素不高,拍出来的照片也不太清晰。不过因为他们长得好看,所以拍出来的效果也不差。

在这张照片里,她因没听清阮好风的话而有些诧异的那个表情被拍到了。她看着他的方向,眼睛很亮。

阮好风不说话了。

02

"要换你的手机拍吗?"纪溪转头问他。她坐在副驾驶座上,两个人往中间靠拢了一点,她的发梢拂过他的肩头。

阮好风身体绷紧,从他身上传来一股说不清道不明的冰冷气息,那是他紧张时下意识的反应。

纪溪没听见他的回答,又开口说:"看镜头,我拍了。"

咔嚓咔嚓,又拍了几张照片,纪溪查看手机相册,小声地说:"第一张拍模糊了。"

她正准备删除,阮好风却伸过手来,拦住了她,说:"都发给我吧,这张好看。"

因为在这张照片里,她是望着他的,单凭这一点就让他心情很好。

阮好风看着眼前这个脸上带着笑意的小姑娘,明白对方大概是把自己列为"审美缺失"的那类人了,不过他没有说出来。

纪溪乖乖地把照片发给了他。

阮好风的手机响起消息提示音,但他没看,只是直视前方,笑着说:"好了,走吧。"

阮好风带她去吃面。车子驶入一条林荫道,这条道路让纪溪有种熟悉感,她突然想起什么,高兴地说:"这是我们的学校!"

现在时间还很早,早点摊也才出来。

阮好风笑着瞥了她一眼,说:"附近有一家面馆非常好吃,只在周六开放,我们今天赶上了。"

纪溪立刻接过话,道:"我知道是哪一家!他们家的刀削面很好吃。"

两个人都笑了。

阮好风说:"当时高中部每周六放半天假,初中部每周日放一天假,就那么一点时间,还有那么多人花好几个小时排队来买。买了来不及吃的人,端着面就往教室里冲,边跑边吃面条,门卫就在后面追着。"

他描述得很夸张,纪溪也笑着跟他分享自己的经历:"我不一样,我是课代表。那时候我耍小聪明,每次一到周日,我就把作业本推到放假前的最后一节课收。老师问我为什么不在自习室,我就说去给其他课的老师送作业了。实际上,我每次都提前半节课跑出来。我们宿舍的几个女生一起往外面跑,都没人拦我们。"

阮好风也笑得眉眼弯弯,说:"这么厉害?"

纪溪点头,道:"对啊!那时候我们几个女生要帮整个班的同学带东西。门卫大爷都认识我们了。"

他们学校的伙食其实很好,荤素均衡,连水果、夜宵都备齐了,只是大多数人在家里不允许吃零食,可他们嘴馋,什么都想尝尝,吃厌了食堂里的饭菜就会往外边跑。

有的人并不喜欢那些吃的,只是因为学习太苦了,所以喜欢偷偷地往外跑的刺激感。

阮好风想停车,可后边巷子窄,光线又有些昏暗,他看不清楚,纪溪就下车帮他。她弯着腰,小声地说:"倒,倒……可以了。"

阮好风下了车,跟她一起往里走。

现在才凌晨五点,还很早。

店主很热情地招呼他们:"吃面?您二位是这个学校的学生吧?回来看老师的?咸菜、卷饼不要钱,豆浆自己盛。"

老板的话好像撒豆子一样停不下来。当他的视线落在阮好风身上时,他愣了一下，随即乐呵呵地擦着手，说："我这是什么运气！撞见大明星和他女朋友了。你们快坐，一会儿能签个名吗？"

阮好风笑了笑，给他签了名。

店主又把本子给纪溪递了过来，说："姑娘，你也签一个名，我沾沾喜气。"

纪溪笑着把自己的名字写在了阮好风名字的下面。

两个人坐在长凳上，都有些出神。

纪溪双手托着脸颊，看着店外烟青色的天幕，阮好风则看着她。

小店的长凳是没有靠背的，阮好风端端正正地坐着，一副认真又冷淡的模样，安静地望着她。

眼前的纪溪睫毛极长，眼尾上翘。这眉眼有一种冷艳的美，可如果她睁大眼睛往上看，又会显得很乖巧。她纤长的手指托着脸颊，指甲被修剪得整整齐齐，很干净。

从她的坐姿就能看出她的家教极好，落落大方、不矫揉造作。

纪家出了名地急功近利。曾有传闻，纪溪的姐姐纪玢刚走红时还被公司要求去学礼仪，免得贻笑大方。然而就是这样的家庭，居然培养出了纪溪这样一个像公主一样的姑娘。

"我们吃完就去剧组开会，他们大概下午动身，我叫人送你。"阮好风说，"东西都收拾好了吗？"

纪溪起初还没反应过来，过了一会儿才想起来，阮好风正是导演所说的"投资方"，他们现在也算是一个剧组的。

她说："收拾好了。"

阮好风刚想继续说话，面就端上来了。老板乐呵呵地招呼他们，两个人的对话被打断了。

在热腾腾的两碗面前，阮好风只看见纪溪张了张嘴，小声地跟他说了些什么。他没听清，又问了一遍："什么？"

纪溪压低声音凑了过来，抬头看着老板走远，一本正经地问道："阮先生，你真的很火吗？刚刚老板叫你大明星，我听到了。"

阮好风先是一愣，然后笑了，说："你没在网上搜我的名字吗？"

纪溪摇了摇头，声音很小，说："还没有。"

她竟然把这么重要的事情给忘了。不仅如此，她连阮好风给她的那沓厚厚的资料都没来得及看。这两天事情太多了，她忙得晕头转向，完全没顾上。

"你还担心我被你骗财、骗色，我看你才是要被担心的人吧，纪小姐？"阮好风笑了，"几年前我在国外的一个剧组中扮演了一个角色，正好碰上一个评奖活动。那次评比中，有几个剧组及其演员不知何故退出。我运气好，托了导演的福，拿了一个奖。"

纪溪很感兴趣，问："什么奖？不会是我想的那个奖吧？"

阮好风报了一个奖项的名字，随后含笑看着她。

纪溪倒吸一口凉气，她赶紧去网上搜索，阮好风的个人信息就出现在了她的手机屏幕上。

03

阮好风坐在她的面前垂着眼，神情紧张。

他其实不太确定纪溪知道真实的他后会是什么反应。这个姑娘太固执了。一个敢为家人担下所有责任的女孩，会因为他之前刻意隐瞒的真相而觉得被冒犯了吗？

纪溪注意到他紧张了起来，很快便猜到了阮好风的心思。手指划过屏幕，她渐渐露出了一丝促狭的笑意。

她小声地念："阮好风，史上最年轻的大奖获得者。他的昵称有奶风、风风……"

听到她的话，阮好风的耳朵上泛起了一丝不易察觉的微红，他站起身来伸手要抢她的手机。

纪溪大笑起来，举高手机不让他抢。两人面前都放着碗筷，桌子很窄，纪溪一边躲他，一边腾出手去拿快要滚落下来的筷子。然后，她那白皙的手腕就落入了阮好风的手掌中。

两人瞬间静止不动，似乎连空气都有了片刻凝固。

阮好风的桃花眼微微地眯了起来，故意沉声说："没收三十秒。"

他松开了手指，温柔的触感消散。纪溪笑着收回手，没跟他抢，看着他将手机拿了过去，和他的手机一起放在旁边。

她没有再提这件事，只是跟阮好风讨论："以后我要是有了粉丝，不知道他们会叫我什么，溪水？"

阮好风淡淡地笑了，说："还有溪风、溪岚，都好听。"

其实她已经有一个称呼了，是别人故意给她取的，称她娱乐圈"吸血鬼小公主"。其中就有她姐姐纪玢的粉丝——"粉饼"。"粉饼"们大部分骂她只会吸血，还有一部分人则在观望。

毕竟她家人将她保护得太好了，纪玢也很宠她，从不在工作中提起她的情况。然而，不少粉丝拿这个当作她们姐妹不和的证据。自从纪家出事以后，"粉饼"们被网上的人嘲讽，于是，他们就把怒气撒在了纪溪身上。

这些谩骂声，纪溪平静地接受了。

吃完饭后，纪溪跟着阮好风去开会。两个人同时到达，纪溪先下车进去了，阮好风又开着车兜了一圈才进去。

开会时，纪溪见到了她未来的同事们。他们这群演员都不出名，除了纪溪因家里的事有了点热度以外，还有点热度的，恐怕就是一个突然请假没来的男配角——陆域。

陆域，因参加男子团体而出道，现在准备转型，朝影视方面发展。去年，他虽然靠着和队友互动红了一把，但是红得快，落得也快。

陆域的经纪人急于帮他摆脱固有的观众印象，却苦于没有合适的资源，只好让他来演一个男配角。此举可谓煞费苦心，因为这部剧的两个男配角都是性格张力极强的角色。

他这次没来参加会议，据小道消息称，他不是因为行程排满了而没来，而是他同时接了四部戏。相比之下，这部网络剧的地位不高，因此他也不在意。

纪溪这次拿到了完整的剧本，她从头到尾快速地浏览了一遍，她演的是女主角。

故事是从男主角的儿童时期开始的，还包括他的少年时期、青年时期。因为这个角色有年龄跨度，所以剧组找了三个不同年龄阶段的演员来演这个角色。

女配角则是一位新创的人物，是编剧为了推动剧情而设立的角色。

至于请假的陆域，他这男配角的戏份非常有意思。

总而言之，剧中人物的关系可以用四个字来概括——交错复杂。

这部剧讲述了女主角与她生命中最重要的三个男人之间的故事。

这次她扮演的角色，其实与她上次参与指导的音乐剧中的角色有些类似。但不同的是，这一次她是女主角，这非常考验她的演技。

会议期间，导演特意点了纪溪的名。这个导演公事公办，平时相当好说话，可一到工作场合，却是一副声色俱厉的样子。

他指出纪溪的问题，道："小纪，你之前是演音乐剧的，我相信你的演技。但是电视剧和音乐剧还是有本质上的区别，我希望你不要掉以轻心。就试镜内容来说，你表现得用力过度了，台词功底也欠缺了一点，我希望你有……"

导演的话还没说完就被打断了。

"我倒不这样觉得。"一直没吭声的阮好风忽然出声。

他原本低着头，冷冷地看着眼前的笔记本电脑，此刻却抬起头来看了一眼导演，说："音乐剧演员是演员，影视剧演员也是演员，这是共通的。

以小纪的领悟力，我认为问题不大。反而是那位没来的，他的态度恐怕有点问题。"

阮好风这个投资方一开口，所有人都不敢说话了。

眼前的人年纪轻轻就拿了一个国际大奖，虽然他一直为人诟病，有人说他资历尚浅、风格不明确。但不管怎样，他现在是这个剧组的投资方。

所有人都没注意到他对纪溪的偏袒，反而在意他的后半句话。看投资方的意思，这位没来的男配角恐怕日子不好过了。

04

纪溪得到了一张工作安排表，而后和其他几位主演一起前往摄影棚，拍摄定妆照。

阮好风作为最大的投资方，一直默不作声地坐在屏幕前，静静地等待着。

化妆师、服装师轮番上阵，不出片刻，纪溪已经被他们打扮成了亭亭玉立的古代美人。

第一组照片是女主角的少女时期。纪溪穿着黛色的大襟窄袖的裙装，腰间系着丝巾，带着少女的青涩与天真。

这一组照片拍得非常快，纪溪站在那里就进入了状态。

导演在旁边看着，赞叹道："纪小姐的镜头感非常好。好了，可以拍下一组了。"

他们直接拍第二组照片。

这组照片表现的是女主角的晚年境况，情人死亡、与儿子也断绝了关系。因此，纪溪的脸部还经过了特殊的化妆处理，多了一些细纹。

"小纪，打光可以了，看镜头……"导演在旁边指挥着，捏了一把汗。

这是所有人最担心的部分。

剧组选择纪溪，一是因为片酬低，二是因为她的外形符合这个角色。不过，一个二十多岁的小姑娘能否将女主角这样复杂的人物诠释得清楚，还是一个未知数。

纪溪虽然在试镜中表现得不错,但那仅限于开场第一幕的镜头。

所有人都屏气凝神,看着纪溪微微地抬起脸,目光一瞥——

在场众人没见过,阮好风却见过。几天前他见到了他的小姑娘在舞台上仿佛变成了另一个人的模样。

纪溪弯了弯唇角,脊背挺立起来,依旧是一副妩媚的模样。她的眼神却满是茫然,整个人变得空荡荡的。她的灵魂仿佛被抽走了一部分,只剩下一个躯壳。

出乎意料,她真的把那种感觉演出来了。

导演一看到她这个眼神就狂拍大腿,吼道:"赶快拍!拍!"

拍摄的最后一组照片,是女主角的鼎盛时期。

纪溪穿着华丽繁复的服饰,按照导演的要求,拍摄一个回眸的镜头。她面朝绿色幕布,听着导演喊倒计时的声音。当她回头看时,眼角轻轻地向上扬起,一双眼睛仿佛要把人吸进去一样。

就在她回头时,她看见坐在场外的阮好风也举起手机对着她拍了一下。阮好风十分随意地坐在空位上,看见她望过来,无声地说了一句"好看"。

当天晚上,制作组加班加点地处理好了照片,在剧组的官方微博账号上发布了定妆照。

这个剧组的官方微博账号本来十分冷清,每一条动态的评论、转发和点赞都只有几十个。

不过,现在有了阮好风这个投资方,一切都不一样了。

剧组雄赳赳地买了一个广告位,发布的动态瞬间就被推上了热搜榜的前列。

很快,剧组就收到了大量反馈意见——统统都是负面的。

"现在什么剧组都可以买广告位了吗?烦死了,一天天的。"

"这一看就要赔本,你们到底请了多少人帮你们说话?"

有眼尖的纪玢粉丝发现了，说："这个谁不是那个'吸血鬼小公主'吗？家里出了这么大的事，她一声不吭，说不过去吧？"

"新网络剧扮演者"这个话题中并没有提到纪溪的名字，但是点进去之后，出现的是九张纪溪的图片——三组定妆照，还有相关的动态图片。

由于演员事先都签了合同，配合剧组在宣传期做相应的宣传工作。因此，剧组与纪溪商量过后，以固定合作的营销号发布动态的方式，主推纪溪和这次请假没来的男配角陆域。

对他们而言，纪溪要利用这部网络剧奠定基础；而陆域所在的男子组合正面临解散，他也急于摆脱现状。三方商定后，初步的计划是让纪溪和陆域两人在宣传期间和剧集播出时相互配合、多互动，以此来增加剧组的话题热度。

和别人组成荧幕情侣这件事，早就被纪溪列入了婚前协议书中。对此，阮好风也没有其他的要求。他们都清楚，在娱乐圈和别人组成荧幕情侣是常有的事。对于现在没有任何基础的纪溪来说，这次的合作是双赢。

纪溪和陆域互动之后，剧组得到了一些关注度，关注点主要还是在纪溪身上。

她的外形的确让人印象深刻。而且，那几张定妆照突出了女主角的个人风格。这九张图片带来的效果是惊人的，尤其是她最后一张回眸的动态图片，不少人看了都惊为天人。

纪溪的那九张图片非常吸引人，因此还得到了一些不关心娱乐消息的人的关注。他们不参与纷争，只是看她的照片。还有一些关注度来自纪玢的粉丝，对于他们的谩骂，纪溪已经习惯了。

除此之外，纪溪还在她的粉丝列表中找到了陆域的粉丝。

原来，支持陆域所在的男子组合的粉丝们从剧组的海报中发现了异样。纪溪和陆域在着装上带有情侣风格，各种细节能对上，这让粉丝们心里敲响了警钟。不久，因为他们二人的互动，网上又掀起了一场粉丝之间的纷争。

05

纪溪用私人账号围观了这场纷争,虽然觉得这些粉丝很可爱、很有趣,但这件事同时也在她心里敲响了警钟。

她之前一直知道公开恋情或者婚姻状况会对圈内人造成影响,特别是粉丝们会有很大的反应。但这回,她第一次直观地感受到了粉丝的力量。

用假扮银幕情侣的方式吸引粉丝们的关注,在短时间内有效。可时间长了,可能会有相反的效果,所以这个分寸要拿捏好。

纪溪很清醒,如何把流量变为粉丝购买力,如影片票房、代言产品的效益,这才是她真正应该思考的。

纪溪搜集了另外几个和她一样遭受过不公正待遇的明星的案例,逐一分析后,她总结出了两点:第一,要有实力,心态要稳,成长进步也要实实在在的;第二,一定要保持长期的话题度和关注度,在不恶性竞争的情况下,避免淡出公众视线。因此,她需要非常专业的公关团队和工作策划团队。

她的缺点在于从音乐剧演员转型为影视演员时,演技能"放"但是难"收",存在用力过度的情况。她可以把自己的这个缺点放大,在初期营造一个"花瓶"的形象。

也就是说,她戏里要演,戏外同样也要演。

为此,她专门花时间在网上学习了娱乐圈营销学和其他相关的课程。这并不意味着她要当自己的经纪人。纪溪性格沉稳,在了解一个事物之前绝不会轻易做出决定。她清楚,以后她越来越忙的时候,经纪人和助理就是她的左膀右臂。

她的经纪人和助理要做事稳妥,而不能像纪安荣那样在背后捅刀子。

开完会后,导演给了他们三天时间准备,三天后再出发前往影视基地进行拍摄。

纪溪早已经准备好了，提前到达拍摄基地。她详细了解了拍戏中自己不懂的流程，然后又背了三天的台词。

其间，阮好风一直没有出现。他们每天会互发微信表情符号当作问候。在正式开拍前一天的早上，阮好风给她发了一条消息。

"安心拍戏。"

纪溪起初没看懂他是什么意思，觉得莫名其妙。后来她收到一条来自陌生号码的短信："纪溪，姑妈打电话你不接，所以又换了个号码找你。你这个孩子，结婚都不跟我们说一声……"

随后是无意义的长篇大论式的内容，又表达了一下对她的祝福，像在试探纪溪的态度。

纪溪看得有点想笑。

她这下想明白了，阮好风应该是帮她清理了一些麻烦，包括她姑妈的纠缠。

从她刚下飞机起，那些连续不断的催债短信，以及来自纪一岚以前合作伙伴的面谈、邀约都统统消失了，她终于不用再紧绷着，时时提防有人对她不利了。

这也是他承诺过的，会给她的东西。

她给阮好风发了一条消息："谢谢你。"

过了一会儿，阮好风又发了一条消息过来。

"给你联系了一个保镖，大概两天后到。"

阮好风发来的信息显得很冷淡，公事公办的样子。

纪溪愣了一下，刚要发消息说自己用不着，又看见阮好风发了一条消息过来。

"我妈说他们忙，来不及给你见面礼，但是女孩子一个人在外面要注意安全，所以找个人来保护你。保镖的个人信息一会儿我发给你。"

阮好风的妈妈？纪溪做好了准备，却没想到这么快就要见家长了。

她头一次觉得跟阮好风说话有点紧张，消息的内容酝酿了好久，才说："谢谢伯母，如果伯父伯母有时间了，我一定会好好准备一下再去见他们。请代我道个歉，真的非常不好意思。"

阮好风却发来了一条语音消息，纪溪插上耳机，点开消息。

阮好风低沉的声音传来："别担心，家里的事情我会沟通的，你安心做你想做的事情就好。我爸妈长期在外面旅游，一时间也顾不上见我们。"

纪溪松了一口气，也回了语音："我知道了。"

纪溪看了一眼现在的时间，是早上七点，阮好风肯定又是才结束工作。她犹豫了一下，还是发了一条语音消息："早点回家睡觉，注意休息。"

B市的雾霾很严重，但并不包括阮好风所在的这个区。

他所处的位置靠近大学城，这里的绿化是整个B市做得最好的。早上七点从窗口望出去，外面是一片绿色，还有烟青色的天幕。这里不管何时看，都像要下雨一样。

阮好风习惯性地扯掉领带，解开衬衫扣子，仔细地将袖扣取下来，敞开袖口。女孩甜美的声音传过来，好像这个城市难得温柔的晨风，阮好风听了一遍又听了一遍，然后笑了。

就在这时，座机电话响了起来。

阮好风的手机常年设置为静音，公司的对外联系事务都交给了他的助手，这个座机很长时间没人打过了。如果别人有急事就会直接联系他本人。某种意义上来说，这个座机电话也是他的私人电话。因为今天有一个好天气，阮好风决定接听这突如其来的电话。

他按下免提："喂？"

话音刚落，电话那头就传来了一个女人的声音："你怎么不接电话？短信也不回？我们好不容易来一次B市，你连抽空见我们一面都不行？你爷爷那边还有一大帮人等着你，你不去怎么行？这像什么样子！"

"妈，"阮好风说，"我已经跟老爷子们报备过了，我现在的确太忙了，抽不开身。你和我爸回来了直接回老宅不用等我,我让人安排好了。"

"不行,你必须来,这次有个熟人的孙女要介绍给你认识,妈妈去见过了,人长得漂亮,性格也好,我……"

阮好风弯了弯唇角,耐着性子,打断了她的话:"我已经结婚了,妈。"

第四章

01

或许是这个消息来得太突然,电话那边突然像哑了一样,一个字都没说出来。

阮好风又说了一句:"领证好几天了。"

电话那头的人喊道:"你说什么?跟谁?不,我不管你跟谁……马上离婚!这么大的事情你都不跟我们商量一下?当年出国是这样,现在结婚也是这样,你到底有没有把自己的终身大事放在心上?妈妈会害你吗?你非要这么伤我的心,你是想我死吗?我十月怀胎辛苦生下你,为了你连舞都不跳了。你小时候,你爸不管事,那么一大家子,一个个都看不起我,说我是戏子,是跳舞的,只配在家里带孩子……一个男孩子,离了婚照样抢手,咱们不怕,赶紧离婚!"

接着,她的声音又变得有些沙哑,道:"妈妈上次在电视里看到你,你说你身边都是什么人!娱乐圈里的女孩一个个搔首弄姿的,我要是没管住你,让你跟那种不三不四的女孩结了婚,那就是对不起你家祖宗!你可千万不要被那些狐狸精给骗了,尤其是……"

阮好风眉眼中透出一丝冷漠,伸手挂断了电话,顺手把电话线也拔了。

他低头解开自己的衬衫扣子,打算起身去冲个澡。他的手指修长有力,肌肉结实的躯体藏在一丝不苟的正装下,如同剑入剑鞘一样,将所有的攻击性、侵略性收藏得严严实实。

阮好风是一个矛盾体,有时很温和,有时又比较张扬。他身边的莺莺燕燕即使攻势再猛烈,也能被他像打太极一样挡回去。

这么多年来,没有人挖出他的任何丑闻。攻击他的人想方设法地去调查他的高中成绩,想要打破他名校海归的形象,却反而让他更红了。

从小到大,阮好风的成绩在班上一直都是第一名,从没掉下来过,年年被老师表彰。他为人低调,母亲是有名的舞蹈艺术家,父亲则是有名的企业家,家教很严。

外人只知道阮好风像一个机器人一样,精确、完美地青云直上,进退有度,游刃有余。他只有二十四岁的年纪,可记者们就是找不出可以借题发挥的地方。

他说话滴水不漏,心思缜密,态度谦和,举手投足之间十分有礼,让人钻不到空子。不过,这个人从骨子里透出来的冷淡,让他不像一个身在娱乐圈的人。

洗完澡,阮好风拿起手机低头看了一眼。

剧组导演建了一个微信群,每天例行发通知,纪溪也在群里。

他一进群,之前热热闹闹的微信群里立刻没人说话了。

不一会儿,女配角小心翼翼地发了一个消息:"真的是阮好风吗?我竟然跟他在一个群里,上次开会时,我还以为自己出现幻觉了,瑟瑟发抖。"

好半天没人理她。

导演慢腾腾地打着字,道:"是的,阮先生就是你们的老大,好好工作,要对得起阮先生对我们的信任!没事少在群里说话。"

少在群里说话?不可能的!这个不红的剧组从场记到策划人都是新人,不在乎那么多规矩,群里的气氛很好。

很快,群里热闹起来。大家的话题从奖项转移到 S 市的天气,再转移到场地的盒饭,有人说:"听说隔壁剧组的盒饭只有两素一汤,我们不会也这么惨吧?"

导演发了一个生气的表情,说:"不好好拍戏,两素一汤都没有!都给我打起精神来。"

这条消息立刻被淹没在了众人的消息大海里。过了一会儿,有一个人突然发了一条消息:"@阮老大!我们的盒饭是什么样的?"

消息一出,群里又冷场了,一个个都不敢说话,纷纷在心里嘀咕:这个呆子,居然直接问起待遇问题了!

突然,让阮好风感到眼熟的一个头像跳了出来。

是纪溪。

"@阮老大,影视基地的盒饭只有米糠和野菜,我们想吃鸡腿!我们要得不多,每人五百个火鸡腿就够了!"

众人立刻开始哈哈大笑,立马有人在群里回复:"什么?五百个火鸡腿?小纪,你是不是疯了?"

那一丝尴尬气氛立刻就因为纪溪的话消散了,众人很快开始跟着发消息:

"每人五百个。"

"火鸡腿,老大看看我们。"

"我比较想吃恐龙腿……"

纪溪看着屏幕轻轻地笑了,又顽皮地说着有关恐龙腿的话题。

群内的气氛再次活跃起来。

阮好风入群后迟迟没有说话,看起来他是没有要现身的意思了,这样也好。

纪溪正要关闭手机睡觉,另一边正津津有味地玩手机的场记突然叫了起来:"小纪,你快看!大老板说要给我们加餐!"

她低头看了一眼,发现阮好风果然说话了。

"恐龙腿没有,火鸡腿有。明天开机,我远程请大家吃烧烤,希望大家好好努力。"

第二天,大家陆陆续续地来齐了。

阮好风果然让人空运过来一大堆烧烤设备,其中包括几大箱冷冻火鸡腿,还有各种各样的生鲜美食。

跟纪溪同住一间房的场记,是个小姑娘,她感叹道:"打游戏都没这么幸福!纪小姐,你是不知道我以前跟过的一些剧组,别说加鸡腿了,吃饭的时候还要分三六九等。我做场记之前当过群众演员,连蹲着吃饭的地方都没有,太惨了。不管剧组预算多少,所有人都是连轴转,没人在乎你。有的大腕演员,轧戏,不背台词,导演连话都不敢说。"

纪溪听得兴致勃勃,诧异地问道:"连台词都不背,怎么演?"

小姑娘跟她比画,活灵活现地往那一站,端出一副傲慢的样子,道:"纪小姐,你看,就这样——助理在场外念一句,演员在里头学一句,特别耽误时间,后面全靠剪辑,但谁敢吭声?"

这小姑娘名叫李钰,是一个人精,放得开,与人自来熟,但又不至于过分地打扰别人。

她听说过纪溪家里出了一些事情,却不清楚具体的细节,可能把纪溪当成一个白手起家的小演员了。她鼓励纪溪:"小纪,你有演技,性格好,人缘好,不愁出不了头。三年后我们再来看,你一定会拿很多奖的!"

纪溪知道这小姑娘以后想当制片人,笑着说:"借你吉言!不知道以后能不能有幸参加你的制作?到时候我不会客气的。"

一番客套后,二人接着各忙各的事情去了。

02

从李钰身上,纪溪大概了解这一行的某些现状了。从场记到导演,他们恨不得一天有四十八小时,连续几天熬夜都是常事。

第一天开拍时,纪溪已经把剧本看了好几遍。

前三天主要拍女主角少女时期的戏,跟她搭戏的是一位年纪稍长的演员。对方很专业,在场下也时不时地给纪溪讲戏,拍摄气氛很好。

然而第四天,却出了一点岔子。

本该和纪溪拍对手戏的男配角陆域姗姗来迟,待了两三个小时便不辞而别。拍摄时,纪溪明显感到对方没背好台词。每次她花时间调整好的情绪还没来得及发挥出来,对方就挥手示意要停下来。

停了二十多次之后,陆域开始骂骂咧咧,烦躁地抓着头发道:"不对,不对!给我一点时间,我还没进入状态。纪溪,你的节奏明显不对吧?你说话太急了,台词之间连个过渡都没有,谁接得上?要不是我看你是新人,啧……"

那一声"啧"带着非常明显的烦躁感和怒火。

这一幕戏,导演停了几十次,想骂人也骂不出口,只能压着火气,顺着对方的意思说:"小纪,你注意配合一下。"

不是她的错,却只能推到她的身上。

陆域是红过的人,背靠大公司,脾气也是出了名的暴躁,谁敢骂?

纪溪抿了抿嘴,特别礼貌地笑了一下,说:"那就按你的节奏来吧。"

主动权被交到了陆域的手里,他这下放松了。

他漫不经心地演着,纪溪也跟着不动声色地演着。效果虽然不太好,但也没有一停再停。

导演却着急起来,把这几场戏拍完后就没再拍了。

换成了与女配角搭档的戏份,纪溪这才松了一口气。

她走下去前,陆域竟然还厚颜无耻地瞥了她一眼,冲她一笑,道:"你别放在心上,我这人脾气臭,刚才没发现,你长得还挺漂亮的。"

令他们没想到的是,换拍女配角的戏之后,陆域直接走了。他借口说去洗手间,却把一干人撂在这里等了半晌。导演见他半天没回来,于是去看了一眼,才发现他已经趁着这个时间去了另一个剧组。

他前几天还写了一张请假条,这次连请假条都不写了。

中午吃饭时,导演整个人都处于暴躁的状态,情绪很差。其他人也没敢吭声,闷头吃饭。

纪溪吃得少,很快就放下了饭盒,低头玩着手机。

那个年纪较长的演员则在旁边皱着眉,闷头吃饭,看导演走了后,才过来跟纪溪说:"小纪,你是新人,遇见这种事别闹情绪,也别跟对方闹,好好演就行。以后这种事还多着呢,你要是不让着他,人家还会说你是'戏霸',急于出头。"

纪溪点了点头,说:"我知道。"

他又说:"小纪,你要是有时间,一会儿收工前单独找人再配合演一次,让后期制作的人把你单人的戏份剪接上去。"

纪溪想了想,说:"这不是让所有人陪我加班吗?"

他摇了摇头,道:"现在不拍,后期也是要补拍的,杀青后全靠剪辑,有的地方接不上,经常要回来再拍一次。陆域刚才那段戏算是废了,后期还要拍的。做这一行,从来不怕苦和累,就怕磨洋工,那才叫耽误时间。"

当晚收工后,纪溪还没来得及去找导演,导演就先来找了纪溪。他非常客气地要她把白天的戏份再补拍一遍。

结束的时候已经凌晨三点了。

纪溪以前也有熬夜排练的时候,所以很快适应了这个节奏。补拍时,她的态度一直很温和。她表现得好,稍微平息了导演的一丝怒气。

但是第二天,导演的火气又上来了。

陆域那边一直没有消息,也没给一个交代。陆域饰演的角色在剧情中期不仅和纪溪有大量的对手戏，而且剧组为了凸显这个角色的形象，在道具和布景上都花费了大量的金钱和精力。

他现在不来，不仅把原来的计划全打乱了，服装和道具的钱也都浪费了。

在拍摄过程中，纪溪演技很好，跟她搭戏的人都是老戏骨，导演没地方撒气，最后只能把气撒在了那个新人配角身上。

这个配角性格比较内向，上场时因为紧张，念错了一句台词，导演就突然破口大骂："不认字吗？台本都是怎么背的？花钱请你们是来吃白饭的，等着收钱啊？难怪红不起来，都这么做事，再干八百年都只能给人提鞋子、扮尸体！"

他骂得很凶，声音很大，女配角直接被骂哭了，但她还是红着眼睛演着戏。

化妆师赶紧把她拉了下来，滴了几滴眼药水。过了一会儿，她又接着拍戏，一声不吭。

纪溪在这个剧组待了不到两天，已经觉得有点压抑了。

李钰听了这件事，回房后跟她讨论，叹气说："这种事情谁说得清楚？导演也就是欺负她没背景，还不红。"

纪溪每天回房后除了温习剧本和台词，就是接翻译的活，经营自己的社交账号，计划自己的发展路线。

前几天，她的宣传图片引发的关注度已经渐渐地消退了，不过她还是增加了不少粉丝。

纪溪挑了几张好看的照片，更新了账号动态。同时，她在征得剧组同意后，用最近很火的一个手机应用拍摄了一个特效短视频——她在镜子前走过，依靠特效不断地换装，像会变身的小超人一样往一个方向冲刺，让看到的人感觉十分奇妙。

她穿着道具组的服装，换了三套不同的古装服装和一套干净清爽的日常服装，蹦蹦跳跳地拍完了这个短视频。

在这个短视频中,她还摆出了各种造型,除了剧中女主角不同阶段的造型外,连发型散乱、蹲在角落里吃盒饭的造型都有。她仿佛只是一个想展示自己的普通女孩,十分接地气。

随后,她又切换到了私人账号,思考了很久之后,她发布了一条动态:"今天加班津贴三十块,本来想存起来,可是没忍住,买了一份冰粉和串串,都花光了。工作好苦、好累,真想哭,什么时候才能一夜暴富啊!"

输入这些文字时,她面不改色。一个怕苦、存不住钱的女孩形象跃然纸上。至于如何丰富这个形象,则是她之后要考虑的事情了。

这个动态发布完毕后,仍然没有什么浏览量,只有上次那个叫"堂吉诃德"的粉丝给她点了一个赞。纪溪点击对方的主页,好奇地瞅了一眼。对方仍然没有新的动态,每天就是转发一些时政消息和有趣的新闻。

纪溪揉了揉眼睛,在浏览对方的主页的同时,顺手也转发了一些自己感兴趣的东西。

"堂吉诃德"显然在线,也一一给她转发的消息点了赞。

03

到了第七天,剧组的拍摄工作逐渐步入正轨。

陆域也补上了进度。

导演除了在拍戏时容易变得暴躁、不分青红皂白之外,其他时候对剧组工作人员都很好。其他人对导演又爱又恨又怕,因此,剧组的气氛虽然压抑,但不至于死气沉沉。

唯一放松的时候,大概就是阮好风给他们加餐的时候。

上一次的烧烤盛宴后,所有人都以为有一次就已经是享福了。结果到了第二周,阮好风又给他们空运了一大堆零食和小吃过来,比如奶茶、炸鸡,甚至还有火锅,连火锅台都被搬了过来。

世界上唯有美食与美梦不可辜负。

这件事很快又在剧组里引起了轰动，剧组的微信群里活跃极了，他们一一感谢了阮好风。然而这次跟上次不一样，阮好风没有在群里回复大家。

最近几天阮好风好像很忙，连之前每天早晚例行的表情包都没有给纪溪发。

纪溪和他的聊天记录中，除了之前的表情包，便是上一次的保镖合同信息。合同纪溪已经看过了，阮家为她找的保镖看起来很威武，曾经在特种部队服役，照片上的人背光，看不清五官。合同里说她签字后保镖会直接来找她，但是目前仍没有消息。

这天，纪溪要拍一场和陆域亲密接触的戏份。

这场戏是整部戏中的一个经典片段——男配角得到了女主角的欢心，两人互诉衷情，情意绵绵。

拍摄时，周围里三层外三层挤满了人。因为这是一场重头戏，对男演员的演技要求非常高，所以不到三分钟的戏反反复复地拍摄了几个小时。

同一个表情，纪溪一直重复，最后她的脸都僵硬了。一个姿势保持许久后，她的身上也到处酸痛。

收工时，导演破天荒地给他们放了半天假，说："今天辛苦了，大家先休息吧，明天就换场地了，又将是一场硬仗。"

众人兴高采烈地准备去影视城周边的商业街逛逛。李钰和女配角过来找纪溪，想约她一起出去逛街。

纪溪实在太累了，回绝道："我不行了，我要先睡一会儿，你们先去吧。"

李钰问她："溪溪，你要我们给你带点什么东西吗？"

纪溪想了想，说："我也没想好，一会儿我睡醒了自己出门买。"

"那好，你要是出来了记得告诉我们，今天晚上我们在外边吃，你要过来就说一声啊！"

门被关上了，纪溪连鞋都没脱，倒在床上直接就睡了。睡了不到二十分钟，她的腿麻了，于是她半眯着眼睛脱了鞋袜和外衣，随手往床头一丢，然后裹上被子继续睡觉。

迷糊间,纪溪听见自己的手机铃声响了起来,她无力地按下电话,口齿不清地说了一声:"喂?"

那头传来阮好风带笑的声音:"在睡觉啊?"

纪溪瞬间就清醒了不少,"嗯"了一声后,问他:"你怎么打过来了,有什么事情吗?"

她声音里透出浓浓的睡意,鼻音有点重,听起来软软的。

"没什么事,晚上再说,你先睡吧。"

纪溪虽然很困,但下意识地觉得阮好风可能有事跟她说,便把手机握在手里。

于是,她手里握着没挂断的手机,又睡过去了。她这边没挂,另一边的阮好风也等了一会儿。最后,阮好风在听见她翻身的动静、手机掉在地毯上的声音时,发出了轻轻的笑声。

然后,电话被挂断了。

纪溪这一觉睡到了傍晚,醒来后冲了一个澡,这才想起来阮好风给她打了一个电话。她看了看手机,阮好风没给她发新消息,于是她随手发了一个表情给阮好风,说:"我醒了。"

阮好风回复得很快。

"今天剧组放假吗?有没有什么计划?"

纪溪回复:"没有,一会儿大概要出去买一点东西。"

阮好风好像很忙,过了好一会儿才给她回复了一条消息。

"好好休息。"

过了片刻,他又发了一条消息。

"乖乖的,有什么事联系我。"

纪溪关闭聊天界面,觉得心情好了许多,换衣服准备出门采购日用品。

这个影视基地为了满足不同剧组的布景要求,每个区域都有不同的人造自然景观。他们剧组所在的地方和商业区之间隔着一大片人造沙漠,要过去就得乘坐沙漠越野车,不然只能辛苦地绕路。

越野车得有四个乘客才会出发,车费每人二十块。

纪溪在原地等了一会儿,打算跟其他准备坐车的人拼车。不过,现在天已经有点昏暗了,也到了吃饭的时间,想坐车的人并不多。有的车连驾驶位都空着,司机也不知去向。

这时,她听到了一声轻佻的口哨声。

"这不是纪溪小姐吗?"一辆越野车停在了纪溪面前,陆域从里面探出头来,挑眉问道,"一个人?跟我走吧,都这么晚了。"

纪溪礼貌地拒绝道:"不用了,我自己过去就可以了,谢谢你。"

陆域从鼻子中发出一声嗤笑:"客气什么,我们俩什么关系啊,今天早上还那么熟,怎么现在你就不认人了?"

这虽然是玩笑话,说的是他们今天早上拍的亲密戏份,但是这话从他嘴里说出来就变了味,有一种令人不适的感觉。

纪溪不想和他多费口舌,微微颔首后,往另一边快步走去。谁知,她身后的车门突然被打开,陆域走了过来想拉住她,说:"怕什么?过了今晚,明天就散了。你长得这么漂亮,我很欣赏你……"

纪溪没让他碰到自己,灵巧地躲开了,冷冷地说:"麻烦您从哪来的回哪里去。"

"够烈!我喜欢。"陆域反而兴奋起来,猛地凑了过来要抓她。一阵浓烈的酒气冲了上来,纪溪这下明白了,陆域已经喝醉了。

对方是一个一米八七的大男人,还喝醉了,她一个人是无法和他抗衡的。纪溪的第一反应就是跑,却被陆域轻轻松松地拦了下来。陆域抓住她往回拽,把她抵在了墙边。

纪溪的狠劲儿被逼出来了,她毫不犹豫地伸腿踢过去,然而没踢中。这一举动,反而更让陆域丧失了理智,他说:"减压,没听过?哟,反应这么大，纪小姐，嘶……还真有点疼……"

04

天色昏暗，周围又没什么人，纪溪只能靠自己。

两人力量悬殊，纪溪用尽全力也无法逃脱。她腾出一只手，往包里去摸她上次买的防狼喷雾，摸到后拿出来就对着陆域喷。因为她还在挣扎，摁下喷雾器开关的时候没对准。但就这一喷，让陆域整个人痉挛了一下，放开了她。

趁此机会，纪溪赶紧跑开。

"什么东西？别跑！"陆域的惨叫声在后面响起，接着是他追上来的脚步声。

纪溪的心脏扑通扑通地狂跳着，撒腿就往灯光明亮的地方跑去，跑到转角时遇见了一个人，她气喘吁吁地向那人求助："麻烦您帮我报警，麻烦了，后面有人骚扰我。"

巷子里太黑了，巷子外的光又很弱。她没看清眼前人的样子，只知道是一个男人，很高，背光对着她。

她跑不动了，只能停下来弯着腰喘气，还剧烈地咳了起来。

那人伸手把她挡在身后，转头看了她一眼，轻声地安抚道："没事，别怕。"

听到他的声音，纪溪愣了，她有些难以置信地抬头望过去，阮好风站在她面前，后面追上来的陆域被他撂翻在地。

阮好风拎着陆域的领子将他拖了起来，给了他重重一拳，陆域惨叫一声。随后，阮好风又是一拳砸在他身上，他已经痛得说不出话来了。

阮好风把陆域往墙边用力一甩，咔嚓一声，老旧的砖瓦发出沉闷的响声。

他眼神如刀，冷得吓人。

"溪溪，报警。"阮好风把人收拾完，回过头来对纪溪说。他之前都是叫她"小纪",这时喊的却是她的昵称。这一声很短促,声音很轻,几乎让人听不见。

纪溪低着头,声音沙哑地说道:"已经报了。"

他还没来得及说话,就听见眼前的姑娘嘟囔着:"阮好风,你怎么来了?"

阮好风沉默了一会儿,说:"我是来给你惊喜的——探班。那些娱乐记者挖绯闻的时候,不总说情侣们要互相探班吗?"

他像哄小孩似的跟她说着话,看纪溪低着头的样子,以为她哭了,觉得有点心慌。他眯着桃花眼,皱着俊秀的眉峰,连声音都比平常更温柔,道:"别怕。"

"我不怕。"纪溪深深地吸了一口气,然后抬头看他。

阮好风愣了一下,看向她。她虽然眼角发红,但是的确没哭。她脸上的疲惫多于恐惧,眼睛却亮晶晶的。她微微地弯起眼睛,小声地告诉他一个秘密。

"我录了视频。"纪溪说,她有点得意,"我不怕他,刚才的情景我都录下来了。等会儿做笔录时直接把视频给警察看就好,你没有受伤吧?"

阮好风凝神屏气,身姿挺拔。他虽然刚刚揍了人,但是衣服都没乱,还是平常那一副从容淡定的样子。

纪溪看了他一眼,得出结论:"看来是没有……"

她有点讪讪的,因为阮好风一直在看着她,那深邃的目光就这样望过来,也不知道他在想些什么。

阮好风什么话都没说,伸手揉了揉她的头发。

警察来得很快,带他们三个人去做了笔录。为了保护受害者,警察将纪溪和陆域分隔开,阮好风陪着纪溪。

有个女警察听说了这件事,怕纪溪害怕,过来问阮好风的身份:"女士可以交给我们来照看,这位先生您……"

阮好风平静地点了点头，说："她是我爱人。"

纪溪转头看了他一眼，一脸茫然。

"嗯……"女警察这才放下心来。她一时没认出阮好风，只觉得眼熟。影视基地常有各式各样的俊男美女，这边的警察见多了各种各样的事情，自然不会大惊小怪。

最后警察看了纪溪提供的视频，认定陆域有暴力倾向，又非法尾随纪溪，所以拘留了他。做了笔录之后，警察还坚持送给纪溪一袋热牛奶和一盒小熊饼干。

警察还夸纪溪："小姑娘很棒！懂得反击，及时取证，做得好，希望你以后不会再碰到这种事情了，赶快跟你先生回家好好休息吧。"阮好风又向他们道了谢。

出来时，纪溪用吸管吸着牛奶，将饼干外包装拆开，自己吃了一块，然后递给阮好风，说："草莓味的，好吃。"

阮好风接过来吃了一块。饼干的外皮是软的，咬碎后，混合着奶味和草莓香味，又香又甜，但是并不腻。两个人都没有说话，走在路上，你一口我一口地把这一盒饼干分着吃完了。

纪溪把包装袋丢进垃圾桶后才想到问他："先生，我们现在去哪里？"

她记得那个警察说"赶快跟先生回家"的话，现在看见阮好风一直不说话，于是很自然地问他。

阮好风愣了一下，耳朵上很快泛起一缕薄红，连忙移开了视线。他看起来像一个青涩的少年，有一点可爱。

他还没来得及说话，又见纪溪歪头看他，声音软软地说："你今晚住哪里？"

阮好风想了想，说："住剧组，我前几天忙完了手里的事情，所以过来看看你们。"

"那我们去买东西，好不好？"纪溪说，"剧组在人造沙漠的对面，附近没有商场，你刚过来，东西带齐了吗？"

阮好风忍着笑意说道："去吧。"

其实，他没带行李过来。他每次出差都不带行李，这些生活琐事都交给了助理打理。

阮好风站在原地打了一个电话，过了一会儿，就见到有人开了一辆越野车过来。阮好风跟司机打了一声招呼，他来开车，让纪溪坐了上来。

天已经黑了，车子横穿人造沙漠。车灯照亮了前面的路，只见沙丘上还有骆驼草、乱石、红柳，如同真正的沙漠。当灯光扫到这些东西，沙丘中会短暂地出现它们的投影，有点像鬼影在到处窜动。

"这片沙地还不小。"阮好风随口说。

纪溪兴致勃勃地往外看，道："好像在冒险一样，这里原来不会是真的沙漠吧？我以前听人说，晚上在沙漠里挖个洞，然后往上面盖一片塑料布，第二天早晨就能在塑料布上取到凝结的水。"

阮好风笑了，说："这里不是真沙漠，沙子都是运过来的，底下是模型，每天还有人开水车过来给沙丘定形。为了防止发生事故，沙子的厚度不会超过一米二。在真正的沙漠中，晚上会很冷，比现在冷得多。"

纪溪有点好奇地说道："这你也知道？阮先生，你别告诉我这里就是你建造的，我现在发动态说不想努力了，应该来得及吧？"

显然，阮好风已经有点习惯她时不时地插科打诨了，只是笑着道："我大学学的是建筑专业，这些事多少知道一点。我家里人原本计划让我学建筑专业，之后跟着他们经商。只是我大一读了不到半年就跑了，不过当时熬夜背的书倒是还没忘记。"

他开着车，转头看了纪溪一眼，说："不过你要是愿意，也可以不用努力的。"

听了他的这句话，纪溪一下子就不知道要说什么了。

她心想，哪有这么说话的人？

05

纪溪坐在副驾驶座位上,有点不好意思,便盯着外面看。她伸手抹开车窗玻璃上薄薄的水雾,渐渐地能看见商业区了。眼前一片灯火辉煌,和身后荒凉无人的景象完全不同。

纪溪这才想起来,在这个人多眼杂的地方和阮好风一起出现好像不太好。她问阮好风:"车上有墨镜和口罩吗?"

阮好风说:"没有。"

纪溪有点失望。

阮好风看着她皱眉的样子,连声音都温柔了许多,说:"没有也有没有的逛法。我要买的东西不多,我们两个不用走得太近,装不认识就好。"

纪溪又问他:"那你的行程呢?如果被人拍到了,会不会有粉丝围堵你?"

阮好风淡淡地笑了,说:"没关系,我有办法。"

纪溪猜想,阮好风这种人一定有他的办法。她这几天也听李钰说过,圈里的有些大腕会高价请替身,不是为了演戏,而是为了伪造行程。这样可以保障他们的个人权利。

想到这,她说:"那我们各逛各的,一会儿在停车场会合,好吗?"

阮好风点点头,说了一声:"好的。"他让她先下车,自己去停车。

纪溪下车后,发现整个商业街已经统一外包给了一家企业。进去之后,人们可以随便拿东西,出门后再统一结账就可以了。这里到处都是推着购物车来来往往的俊男靓女。纪溪找了一会儿,也推了一辆购物车,开始边走边逛。

她不知道阮好风在哪边逛,便先去商场买了一些日用品。她路过男士用品区看见剃须刀时犹豫了一会儿,拿了一个,她想阮好风一会儿未必会逛到这里来。

她很少跟男性一起生活，猜想阮好风如果没带行李过来，大概会需要这些东西。想了想后，纪溪还是拿出了手机，在通讯录里翻找了一会儿。

阮好风1，工作号码。

阮好风2，私人号码。

她翻到第二个号码，拨了过去，那边很快就接了："溪溪？"

纪溪小声地问："我在商场里，你过来了吗？没过来的话我先帮你把东西买了。"

"溪溪，往右边看，我在这边货架的旁边。"

纪溪按他说的望去，果然看见了阮好风。他正拿着电话站在七八米外的货架旁边，眼里带着笑意，朝她这边看了一眼。

"购物车放在那里，你先去买自己要的东西，这边的让我来。"阮好风说，"别挂电话，就这样走吧。"

纪溪很快就领会了他的意思。在人流中肯定会有人认出阮好风，不过看到他正在打电话，或许就不会上来打扰他。

纪溪将购物车留下，离开了原来的地方。

阮好风则像参加接力赛一样，也在这片区域停留了一阵。她走过的地方，他也走了一遍。

两个人始终保持着不远不近的距离，像陌生人一样，即使擦肩而过，也是偷偷地笑着，不去看对方。

他们就这样逛完了商场。阮好风拿了票贴在购物车的把手上，又推着车去下一个地方。

纪溪去买小吃，买的都是双人份的。队伍排成一条长龙，她回头看了看，人太多了，阮好风又不知道往哪里去了。

她电话还没挂，能听见阮好风那边传来的声音。手机中传来的商场失物招领的广播声和她听到的几乎同步，她知道这个人还没走远。

在人生地不熟的地方，知道有一个认识的人在身边，她有些心安。她在电话里说:"这里的天蚕土豆看起来很好吃,我买双人份的,好不好?"

阮好风则问她:"一会儿不吃饭了?天天吃零食,纪小姐,怎么不见你胖呢?你就是传说中的吃不胖体质吗?"

纪溪笑着说:"我不是,我还是会胖的。要保持身材,一要节食,二要健身。可惜我是一个俗人,觉得天下唯美食和睡觉不可辜负,不会在吃的方面委屈自己,只是后面得花时间锻炼了。"

"英雄所见略同。"她听见阮好风在那头说,电话里人声嘈杂,过了一会儿,她才听见他的声音,"我正在买这个……烤奶皮。我看这边好多小姑娘在买,一会儿带给你吃,也是双人份的,嗯?"

纪溪笑了:"好啊。"

他们两个人分别扫荡了整条商业街上的东西,买的都是双人份的。原本他们还计划找个地方吃正餐,结果一圈转下来,购物车已经被塞得满满当当的。纪溪买烤串,阮好风就买点心;纪溪排队买奶茶,阮好风就提着两杯咖啡走了过来。

阮好风说:"吃不完的,带回去给剧组当零食。"

两个人兜兜转转走了好久,他们的话反而越说越多,一路上都没有停下来。

他们逛得差不多了,只剩下最后一个"猫咖小书店"没有去。

纪溪先进去了。一进门,她就看见了好多只可爱的小猫,她高兴地跟阮好风说:"这里有好多猫!你快来,里面的人不多,和猫玩不用排队。"

她蹲下来,伸手去摸那一只胖胖的短腿的短毛猫。她从小就很受小动物喜欢,走在路上常被小猫、小狗跟着。只不过这次一进来,她就看见了熟人,李钰和剧组的女配角居然也在这里。

她们看见纪溪之后,赶紧打招呼:"溪溪!"

"你们也在这里啊。"纪溪闻声走过去,却下意识地往身后看了一眼。

阮好风没有走进来，玻璃门外没有人，兴许他是听见她这边的声音就走了。

纪溪的手机嘀了一声，电话突然被挂断了。

通话时长：两小时四十分钟。

连手机都开始发烫了。

电话突然被挂断，纪溪还有一点不适应，心里想着，阮好风不会遇到什么事情了吧？不过她想一想也知道他不会出事。

这里到处都有保安巡逻，只允许有拍摄许可证的剧组人员入内，就是为了防止粉丝进来太多。

她走过去坐了下来，顺手招来了两只猫，一只趴在她腿上，另一只抱着她的手不放。李钰和女配角跟她分享今天购物的小事，闲聊了几句，玻璃门突然被推开了。

李钰正跟纪溪说道："我当时正准备……"她的话戛然而止，众人的目光下意识地投向来人，室内突然静悄悄的，一时间没人说话了。

阮好风推门走了进来，低头看着手机，进门后抬头看了看，望见了纪溪身边的空位，然后往这边走来。

纪溪看着他离自己越来越近，察觉到旁边的李钰激动得快要尖叫出来，觉得好笑，又觉得有点紧张。

她也不知道在紧张什么，抬起头，看见阮好风离她很近。她坐着，他站着，他低头看她时，目光很深沉，藏着一丝让彼此心知肚明的笑意。

"请问这里有人吗？"他问纪溪。

第五章

01

纪溪摇摇头。

阮好风礼貌地颔首,像对待偶然撞见的陌生人一样,很快就漠不关心地移开了视线。就在这个时候,趴在纪溪手边的猫警觉地立起了耳朵,突然跳到了座位上赖着不走,跟阮好风对视着。

阮好风挑了挑眉,说:"小东西,我们打个商量,你把这个位子让给我好不好?我只待一会儿就走。"那只猫一动不动。

纪溪失笑,俯过身,伸手试探着把这只猫抱了起来,说:"现在可以坐了。"

阮好风说了一声"谢谢",坐下来后,往她们这边看了一眼,问:"是我们剧组的人?"

李钰和女配角这才如梦初醒,赶紧说:"是的,阮先生,好巧。"

阮好风对她们回了一个微笑,道:"今天休半天假吧,好好玩。"

小姑娘们立刻点头如捣蒜。

不一会儿,纪溪手机里的微信提示音就开始不停地响了。

"溪溪,他坐在你身边了!我们的老大,他坐在你身边了!溪溪,我们想了解一下你的心情！我刚刚都不敢出气了！吓死我了！"

"阮好风怎么会突然出现在这里？导演也没跟我们说啊，是来查岗的吗？"

一条条的信息，纪溪应接不暇。然而就在这个时候，又弹出了一条新的消息，发信人的昵称是"阮"，备注是"阮先生"。

"好像在偷偷地约会啊。"

纪溪看完这行字，心里一跳，下意识地抬头往阮好风的方向看了一眼。阮好风并没有看她，只是低头逗弄脚下的一只橘色的猫，唇边却扬起了令人不易察觉的笑意。

一群小姑娘坐在店里叽叽喳喳了半晌，起初是窃窃私语，后来看见这位老大没有架子，于是也跟他说起了话，几人很快熟络起来。

他们都是年轻人，喜欢玩，摸完猫后，又一致决定去唱歌。

阮好风说："我请客。"

李钰在剧组的微信群里发了一条消息，瞬间一呼百应。

在商业区这边的几个主要演员都过来了，他们的关系好，聚到一起便开开心心地唱了起来。

纪溪不怎么听流行歌，不过当话筒被塞到她手里时，她就顺着调子，努力跟着唱了几句，有时候跑调了，大家就看着她笑。

她的声音很好听。唱音乐剧的演员都有一副好嗓子，干净柔和，让人听着很舒服。

有人起哄："小纪，你会唱歌，给我们唱一首你会的歌！"

于是，纪溪就拿起手机翻看歌单。

影视基地这边，吃喝玩乐的设施一应俱全，连唱歌的包厢里都有电子琴和架子鼓。翻了半天，纪溪没翻到歌曲的伴奏乐，便落落大方地站起来，说："我边弹边唱吧，这首歌大家都听过的。"

她弹的是一首英文歌，这首歌是获过国际大奖的一部电影中的插曲在场的人都听过这首歌，也都能跟着调子唱。

纪溪弹这首歌的时候降调了，这样唱起来更加不费力，让人感觉非常舒服。

这姑娘仿佛会魔法，在舞台上表演音乐剧时，她狂傲、张扬，拒人于千里之外；这个时候，她又很平易近人。她的头发松松地绑着，脸颊边垂着细小的碎发，但是不杂乱，整个人看起来很乖巧。

一首歌结束，大家啪啪鼓掌，大声起哄让纪溪再唱一首。

纪溪笑着摇头："唱不动了！你们唱吧，我休息一下。"

阮好风坐在她身边，只听别人唱，自己不唱。

纪溪注意到他不说话，便站起来拿了零食和果盘过来，问他："我们是不是太吵了？"

阮好风笑着摇头，说："我只是不会唱歌。不吵，听你们唱歌挺有趣的。"

纪溪原地伸了一个懒腰，感叹道："好久没出来这么玩过了。"

阮好风没说话，心里想着，眼前的小姑娘大概很长时间没有好好休息过了。他前几天稍微了解了一下纪家的情况，知道她情况非常复杂。现在其他几个责任人、合伙人全部跑路了，留下一个烂摊子，全丢给纪家，此外还不乏栽赃诬陷的人，更有等着落井下石的人。

纪溪本人的诉求也很简单——替家人承担应该承担的责任。是非对错，自有公断，她已经做好了最坏的打算。

两个人安安静静地坐着，突然，纪溪放在桌上的手机弹出了一条来自陌生人的消息："您好，纪溪小姐。我是陆域的经纪人，明天有空出来谈谈吗？"

她没有设置接受消息时隐藏消息内容的功能，所以即使她没有打开锁屏，手机也会把短信的内容直接显示出来。

包厢里太暗，手机亮起时的白光很惹人注意。纪溪伸手去拿手机时，阮好风正好伸手去拿放在桌上的纸巾,她知道阮好风肯定看到了。

她低着头,想了想,打出几个字,按了发送键。

"您好,明天可能抽不开身,有什么事请在短信里说。"

对方回复得很快,态度很坚决:"发短信说不方便,还是面谈吧。明天剧组收工时去找您,您看方便吗?"

看对方这个意思,就算她拒绝了,对方也会找上门来。纪溪便不再回复,心里却有点忐忑。陆域的经纪人会找她说些什么呢?

"出去透透气吗?"阮好风低头玩手机,随口问纪溪。

纪溪知道他肯定有话要对自己说,于是点点头,向其他人打了一声招呼后便跟阮好风一前一后地出去了。他们走得不远,穿过走廊,来到喧嚣声较小的阳台。

纪溪刚走过去,就看见阮好风低头点燃了一支烟。看见她过来了,阮好风像想起什么似的,伸手要掐灭烟,却被纪溪制止了。

她说:"抽吧。"

阮好风看了她一眼,又问她:"你抽吗?"

纪溪笑着摇摇头,说:"以前试过,不喜欢。"

阮好风有些诧异,道:"你还偷偷地抽过烟?"

纪溪想了想,说:"那时候年纪小,什么都想试试。当时觉得那样很酷,但是后来才知道,不是什么事情都要跟风,还是自己喜欢最重要。"

阮好风只是笑了笑,跟着点了点头,说:"还是这样最好。"

"这几天拍戏还习惯吗?"阮好风看着她,"我这次过来,主要也是为了看看你。毕竟国内的圈子和国外不一样,你适应起来可能需要一点时间。"

纪溪想了想说:"习惯,也不习惯,其实都差不多。我以前还以为娱乐圈是……"

"是小说里写的那样?"阮好风笑了。

两个人心有灵犀。

在国外读书期间，纪溪读了这么多充满戏剧性、冲突性的故事，难免也带上了一些个人偏见。她以为娱乐圈和自己想象的一样，纸醉金迷，混乱复杂，是一个很深的旋涡。

然而，纪溪进入剧组一周多了，除了陆域以外，整个剧组的人给她的印象和普通的上班族没什么不同。从给她讲戏的老戏骨，到像个小超人一样认真负责的场记，每个人都认认真真地做着自己该做的事情。

一部注定红不了的小成本网络剧，背后也有无数人的心血和汗水。

02

"你以为的情况，其实也有。"阮好风说，"从供需关系来说，艺术市场不应该是这样的，这是一个历史遗留问题，不过以后会越来越好。你见到的现象取决于你自己的选择。每个行业都有人想走捷径，但是更多的人更爱惜自己的羽毛。"

纪溪安静地看着他，听他说着。她抬起头，看见阮好风的眼睛很亮，带着一点水润的光泽，透出一丝冷漠感，可他的声音却很温柔、很沉静。

"我也接触过很多一线明星，当中有沉下心来的老艺术家，也有刚出头的新人，年纪和你差不多。"阮好风提了一个人的名字，问纪溪，"听说过她吗？"

纪溪睁大眼睛，道："听过。"

阮好风平静地点了点头。

"我跟她合作过，她是很有灵气的一个演员。可后来，她太过于急功近利，拼命接戏、接代言，马不停蹄地工作。她在消耗自己前期积累下来的人气和资源，最近也在走下坡路。市场和观众是有自己的选择标准的，一分钱一分货，不能欺骗观众、消费粉丝。溪溪，你是从音乐剧演员转型当影视剧演员的，会有一个适应的过程。而这过程中，也会有静不下心来的时候。这些你可能会走的弯路,我先告诉你。"

"我明白。"纪溪很快就明白了阮好风的意思。

今天陆域的事情就是一个例子。

阮好风在拐弯抹角地告诉她:不要怕,也不要因为自己遇到的事情而气馁。毕竟这条路对于她来说完全是未知的。作为新人要吃的苦,她已经在尝了,现在正需要有个人告诉她应该怎么做,让她沉下心来。

纪溪眯起眼睛:"谢谢你,先生。"

阮好风伸手摸了摸她的头。

今天阮好风的这番话提醒了纪溪。明星打造自己的形象是常事,不过不能过分。如果有人蓄意作假,欺骗粉丝和普通人,可能会造成非常严重的后果。

根据她一开始为自己规划的发展路线,她发过一条"文艺青年卖弄无果,阴沟里翻船现场"的动态。如果有朝一日她这个私人账号被挖出来,她发过的这条动态可能会为她吸引流量和粉丝。不过,她的"花瓶"形象也很容易崩塌。

她是学音乐剧专业的,只要稍微对她的学历加以调查,就会知道她的一些举动是刻意为之的。其实,要想从负面评价中翻身,正确的路线应该是夸大她现有的缺点,暂时隐藏她的优点,然后让观众看见她的成长。

然而,纪溪的缺点并不多。不过,有两个因素可以帮她撑起"花瓶"的形象。

一是她的外形。她长得太漂亮了,以至于她的演技经常被人忽略。她接音乐剧时,也常常被业内人评价说:"溪,你应该去当明星,而不是来当音乐剧演员,你好看得有点不近人情。"她面容的可塑性不强,因为她的个人特征很明显,"妖艳"等词不可避免地会成为她今后的代名词。

二是她的演技。她成也演技败也演技,因为习惯了自己的表演方式,她会"放"不会"收"。在与他人对戏时,她经常会让人觉得有压力,因为演技太好，反而让对方出戏。她拿捏不好这其中的力度，是因为拍摄经验太少。

她要红，就需要从这两方面入手。同时，她也需要成长。想明白这两点之后，纪溪很快推翻了她之前设计的发展路线。

在回去的路上，之前那个司机又神出鬼没地出现了。司机开着车，坐在副驾驶座的女配角已经缩在座位上睡着了，其他人都自行离开了。

纪溪和阮好风并排坐在后座，有点挤。他们买了一大堆双人份的东西，后备厢已经堆不下了，于是放了一些在后座上。

纪溪抱着一个毛茸茸的小熊，把之前发布的关于音乐剧的动态删除了，然后又更新了一张照片，这是在剧组拍的。之前的热度已经过去了，她刚回国时第一条动态有四万多次的点赞，而她现在的动态每条转发和点赞平均不超过一千次。

然而，仔细看就会发现，这"一千次"里已经形成了一个比较稳定的粉丝团，其中主要是喜欢她长相的粉丝们。这是一个好现象，再过一段时间，她就可以建立自己的粉丝团了，也可以安排一些后续的事情了。

纪溪想着这些，注意到手机右上角的时间显示是凌晨三点了。离剧组所在地还有一段车程，她关了手机，闭上眼打算睡一会儿。

阮好风本来在低头看邮件，看到纪溪怀里的小熊不知什么时候被松开了，倒在了他身上，他便往旁边挪了一下。

身边的小姑娘身上散发着清新的香味，沐浴露的味道混合着她自身温热的气息传了过来，摄人心魄。

那点温热的气息不知什么时候变得更明显了，像薄如蝉翼的窗户纸被春风吹破一样，纪溪的身体支撑不住歪倒下来。阮好风突然感到肩上一沉，侧过头时，就看到纪溪的头靠在了他的肩上，她睡得很香。

阮好风连呼吸都停止了。他停下划过邮件的手。手机亮了一会儿，自动进入待机状态，屏幕一下子变黑了。他的呼吸趋向平稳，他挺直脊背，丝毫不敢放松。

他若放松下来，身边的小姑娘靠着不舒服，恐怕会被惊醒吧？

纪溪醒来时，发现她靠在阮好风的肩上。

车已经停了下来，司机不知所终。

女配角依然在副驾驶座上歪斜着睡着，裹了一条毯子。

夜幕下，车外一片漆黑，车里只有车顶的灯亮着。灯光是暖黄色的，将人的脸照得很柔和。阮好风闭着眼睛，他的睫毛很长，俊俏冷漠的侧脸此时也温柔了许多。

说不上是什么感觉，她只觉得这人真是长得好看……像一个好学长。

像纪溪中学时见过的那种干净温柔的学长。高、瘦、沉默寡言，白衬衣的袖子下是男生健壮的臂膀。

阮好风身材匀称，修长挺拔，身上仿佛有一股淡淡的薄荷香味，这香味混合着淡淡的烟草味，散发着成熟、稳重的气息，这些因素组合起来，就成了独特的阮好风。

纪溪推了推他，小声说道："先生？"

如同阮好风叫她"溪溪"，她也开始习惯在私下的时候叫他"先生"。她的声音很轻，轻得几乎没有力度。纪溪也不知道他发现了没有，她靠着他睡着了。

不过，这应该不算一个大问题吧？

她这么想着的时候，阮好风睁开了眼睛，他低头看了看时间，说："快四点了，赶快回去睡吧。"

03

他拉开车门，扶着纪溪走出来。他靠在车门边让大脑清醒一下，跟在车外抽烟的司机谈话。他的声音散在风里，听不清楚，只知道他说了几句之后，低声地笑了起来，低沉的声音格外好听。

纪溪叫醒女配角。

纪溪下午睡过觉，现在还算清醒。

她回头去看阮好风，就见到他对她比了一个口型——"晚安"。

于是她也悄悄地对他比了个口型——"晚安"。

第二天，纪溪起床开工的时候，阮好风早已不见人影。

剧组一下子好像少了很多人，连导演都不知所终，只剩下副导演安排拍摄的事情。

李钰一边核对场记板，一边告诉她："陆域好像出事了，不知道出了什么事。据说他已经被拘留了。现在他的经纪人正在联系他家人交钱领人。这部戏都拍了这么多了，要是现在换男配角，前面那么多对手戏岂不都白费了？导演现在十分生气，老大那边什么态度还不好说。溪溪，我们拍我们的，先把你的单人戏份都拍了吧。"

纪溪知道肯定是昨天晚上的事情。

她其实还有点摸不清阮好风的性子，不知道他作为投资方会怎么处理这件事。男配角出事，其实真正受影响的还是剧组。当时，陆域喝醉了，做事不合常理，她或许可以理解。之后在圈里，总归是抬头不见低头见，也不用追根究底。

纪溪档期较空，她虽然是女主角，但是在拍摄的时候，她大都是要配合别人的。今天是特邀演员过来拍戏，她的戏份并不多，拍完后就回了房间。

然而她刚换完衣服，就听见场记一边敲她的门，一边喊她："溪溪，有人找你！"

开门后，纪溪眼前站着的是她不认识的一个女人。

对方四十岁左右，保养得很好，举手投足间透着职业女性的干练。她伸出手来，自我介绍道："你好，我是陆域的经纪人，乔洁。"

纪溪请她在自己房间坐下，倒了茶水递给对方，而后礼貌地问道："请问您找我有什么事吗？"

"纪小姐，我昨天给你发信息你没有回复我，所以我只好过来一趟。"乔洁干脆利落，直切重点，"昨天陆域对你做出的事情，我们感到很抱歉，也愿意道歉。不过现在有一个比较麻烦的事情，那就是昨天陆域被带到警察局时被拍到了，照片中也有你，纪小姐。"

她递来一些照片。

纪溪看了一眼，是昨天晚上拍的照片。不知道是哪家的娱乐记者将警察扣押陆域、送他上警车的画面拍了下来，纪溪则被人保护着跟在后面。

这几张照片拍得很模糊，但能看清楚他们的脸。

纪溪身边神色关切的警察也被拍得很清楚。然而奇怪的是，一直跟在纪溪身边的阮好风却没有被拍到正面像，只被拍到他站在警察身前的背影。

纪溪抬头看向乔洁，问道："有什么需要我做的吗？"

"这件事一旦曝光，不管是对陆域，还是对纪小姐都不太好。"乔洁说，"陆域正处在事业上升期，有很多粉丝，而纪溪小姐刚刚出道，肯定也不希望闹出什么丑闻。毕竟只是一些照片而已，可以断章取义的地方很多。我希望纪溪小姐可以配合一下陆域，向公众说明你们是恋爱关系，并且说昨天的事是醉酒过后的互相打闹。当然，这种情况只是暂时的，等这一场风波过去了，我们可以向你支付一笔钱，是你现在片酬的五倍，你觉得怎么样？按照纪溪小姐目前的情况，再接五部戏也就是这个价格了。"

纪溪听到这段话后，先是觉得有些匪夷所思，接着非常果断地拒绝了："我不可能同意这件事。乔小姐，这件事情你最好让陆域主动承认错误并且道歉。毕竟他是喝醉了，粉丝和公众应该可以理解。但是让我配合……我不同意。"

"那么多钱，纪小姐，你不动心吗？"乔洁看着她，唇边忽而挂上了一丝嘲讽的笑意，"我忘了，您以前也是锦衣玉食的小公主，觉得这钱不多。但是对于现在的你来说，很需要吧？"

纪溪安静地看着对方，没有说话。

乔洁以为她动了心，摆出一副骄傲的模样，道："我们陆域虽然现在只是一个二线演员，还处在转型期，但是我们背靠 CA 集团，公司更是提供了大量资源捧他。就拿这个剧组来说，总投资方是阮好风，你知道吧？"

纪溪点了点头："知道。"

"我们老总跟他说句话、吃顿饭，演员就能换人。纪小姐，你好好想清楚，如果第一次参演网络剧就被投资方要求换人，那么以后多半接不到任何资源了。"乔洁笑着说。

但她没想到的是，纪溪听完这句话后，突然扑哧一声笑了出来。

眼前这个漂亮安静的小姑娘的眼睛弯成了月牙儿，她礼貌地站起来，打算结束谈话了："不好意思，我真的不能答应你。你们要让投资方换人，那就换吧。"

这次谈话，不欢而散。

纪溪根本没把这事放在心上，该拍戏时拍戏，该学习时学习。

阮好风不常出现，他这次来影视基地好像也有别的事情要忙，只是偶尔过来看看她。他每次给她带东西时，也都会给剧组其他人带一些，只是私下在一起时，会跟她多说几句话，问问她的情况。

几天过去了，剧组还真没人发觉他们不对劲。就算纪溪和阮好风单独走出去，他们也觉得这是大老板在和员工说话，交代事情而已。

陆域那边的事情，纪溪本以为乔洁会为难她。然而过了几天，她没有听到任何消息，就暂时没有管了。

没过多久，她却接到辖区派出所局的电话，打电话的是那天护着她的女警察。

对方显然比她还紧张，说："您好，是纪溪小姐吗？你是四天前的报案人，对吧？我们现在做一下当事人心理状态回访，请问您最近状态怎么样？"

纪溪有点惊讶,也觉得有点温暖,对方问的所有问题她都认真地回答了,又连忙跟对方道谢。

电话那头的女警察被她夸得有些不好意思,片刻后又有些紧张地问她:"对了,纪溪小姐,请问你最近有时间吗?"

纪溪愣了一下,问:"有什么事情吗?"

04

女警察说:"是这样的,我们准备拍摄一个女性自卫科普宣传视频,发布到网络上,让更多女性在遇到危险时懂得自我保护。我们讨论后,希望您能参加这个宣传片的拍摄,想知道您是否有这个意向。我们之所以会找您是因为一般受害人对类似经历比较敏感,而且她们处于被保护状态,我们一般也不会去打扰当事人。然而,在面对这件事时,您的应对措施很不错,还留有事件的视频证据。我们觉得您的做法值得鼓励,应该让更多的人知道。当然,如果您不愿意,我们也不勉强,具体还是看您的意思。"

纪溪听完了对方的话,立刻询问了拍摄的时间和地点。

女警察说:"明天上午八点左右,请问您有时间吗?"

纪溪说了一声:"稍等。"

她看了下行程安排,发现时间和自己的拍摄工作冲突了,于是小声地问正在旁边看书的女配角能否和她调半天戏。

女配角和她关系不错,很快就答应了。

纪溪说:"我这里没问题。"

这就把这件事情定下来了。

纪溪将调整拍摄的事情跟导演和阮好风都说了一声。

阮好风得知她要去拍安全教育宣传片,起初有点惊讶,过后又说:"也好,这是好事。不过明天早上我抽不开身,叫人来送你。"

纪溪说了一声"好"。

第二天，纪溪提着一袋子衣服如约到了派出所。因为她没有拍过类似的宣传片，不知道对着装有什么要求，所以各式各样的衣服都带了，方便配合警方的要求。

她今天穿的是一条修身连衣裙，脚上是一双小白皮鞋，看起来既文静又乖巧。

拍摄前，她见警察对她的着装没提出什么要求，于是主动问道："我穿裙子，拍摄的时候会不会不方便？"

这样的宣传片可能免不了有挣扎、逃脱之类的动作，动作大了不好，动作小了也可能没有效果。

警察笑了，说："没关系，你穿成这样很好看。我们的科普对象也是一些小姑娘，她们都爱美，将自己打扮得漂亮并不可耻，怎么学会保护自己才是重中之重。"

拍摄过程很顺利。纪溪镜头感很强，抽空还会和负责指导的摄像师讨论，一起完善这个科普视频。

拍摄完后，影视基地的派出所要给纪溪支付酬金，被纪溪婉拒，她笑着说："这是做好事，我不能收钱的。"

负责联络她的女警员觉得不好意思，道："不行的，这也太麻烦您了。您跑这么远赶过来拍这个视频，连钱也不收，我们过意不……"

纪溪笑着打断她的话，说："我不仅做好事，还蹭了镜头，这算是托了你们的福，不用客气。"

她坚持不收钱，女警察劝不动她，于是又塞给她几盒小饼干，就是她上次来这里吃到的那种小熊饼干。

纪溪拍完的时候，已经是中午了。

她是自己打车过来的，这会儿正准备去叫车，抬头却看见了一辆熟悉的越野车。阮好风全副武装，戴着墨镜、口罩和帽子，乍一看还真认不出来。

纪溪有点惊讶,她先看了看周围,似乎没有记者,于是快步走过去拉开车门。她坐上车,凉爽的空调风吹了过来,驱散了夏日的燥热。

纪溪问他:"我们不是约好晚上吃饭吗?现在还是中午,你怎么就过来了?"

阮好风目不斜视地开着车,一边看路一边答道:"晚上是晚上,中午是中午。我昨天发现一家好吃的私房菜馆,今天带你去吃。"他说得很自然。

纪溪也说了一句:"晚上是三个人,中午……"

"只有我们两个人。"阮好风的声音里含着隐隐的笑意,像在笑她像个孩子。

纪溪一下子就反应了过来,低头不说话,安安静静地吃饼干。

一盒饼干被她吃了一半,其他的被她放在了副驾驶座旁的扶手上。

阮好风瞥了一眼饼干,道:"记得少吃点,留着肚子。"说着,他也拿了一块饼干放进嘴里。

等红绿灯时,他没忍住又拿了一块,最终这一盒饼干还是被吃光了。

阮好风不知从哪里知道了她的口味和喜好,也许是第一次吃饭时他就发现了。纪溪喜欢吃辣,也爱吃甜食。

这家私房菜馆有各式各样的菜系,阮好风点了一些菜,又给纪溪点了一块爆浆冰激凌蛋糕。这蛋糕做得特别好,甜甜的冰激凌夹杂着薄荷碎,一口咬下去,凉意透入肺腑,甘甜回味无穷。

纪溪吃得很尽兴。

菜有些辣,又是夏天,即使店里开着空调,仍然让人感觉很热。

她找店家借来了头绳,将头发扎了一个马尾辫,看起来像一个学生。

扎头发时,她才注意到阮好风穿得很休闲,他穿着简单的T恤,看起来像一个大男孩。吃饭的时候,他的手机放在一边,屏幕朝上,屏幕忽亮忽暗地就没断过。然而他就像没看到似的,跟纪溪谈论着片场的趣事。

最后一个菜是辣味十足的炒牛肚,服务员端上来时一个劲儿地向他们道歉:"不好意思,先生,小姐。你们点的是微辣,但是现在新鲜腌制的牛肚已经没有微辣的了,只有这种'变态辣'。如果你们不喜欢,我们退款给你们。"

阮好风抬头看向纪溪,纪溪表示没关系。

她跃跃欲试地将筷子伸向这盘菜,说:"我没吃过'变态辣',有点想试试。"

阮好风眯着眼,看着她,笑道:"这么辣,你们女孩子不怕长痘吗?"

"谁说的,辣椒养人。影视基地这里好看的姑娘遍地都是,个个皮肤都好,这边出美人。"

她夹了一片牛肚放在自己碗里,又撺掇阮好风来一片,说:"先生,你试试?"

阮好风微微一愣,就见她已经将那片肉放入了嘴里,一副乖乖坐等辣椒释放威力的样子,他突然觉得有些好笑。

于是,他也效仿她,尝了一片,只是没过几秒钟,两个人的面容都扭曲了……

太辣了!

他们都是在北方长大的,平时吃的食物不会很辣,没想到这小辣椒的后劲这么大。

他们好不容易把牛肚吞进肚子里,又拼命吸气,找水喝。

此刻,即使号称喜欢吃辣的纪溪都受不了了。她的眼泪都流出来了,嘴唇红红的,眼中泛着一大片水光。她眼泪汪汪地说:"我再也不试了,真的好辣。"

阮好风没回答她,他也正忙着找水喝。他有点狼狈,连平时冷漠的样子都不见了。此时,他的整张脸都红透了,英俊的脸上因此多了几分平易近人的可爱。

两个人眼里都带着水光,彼此的视线一对上,先愣了愣,然后不约而同地指着对方，捧腹大笑起来。

05

纪溪只和女配角换了半天的档期，下午依然要赶过去拍摄。

回去之前，阮好风又换了一辆车。这次来的不再是上次那个神出鬼没的司机，而是他的助理。这也是纪溪第一次正式跟阮好风的助理见面，对方看起来很年轻，是一个和她差不多大的男孩，既爽朗又干练。

见她第一面，他就做了自我介绍："太太好，我是阮先生的头号助理，姓周。您叫我周助理就好了，有什么事情也可以交给我。"

纪溪笑道："助理还编排号码吗？不知道我能不能借几个过来？"

阮好风随意地揽着她的肩，说："别听他贫嘴，我只有他一个助理。他本事不大，脾气不小，天天让我加工资。"

周助理眉开眼笑，道："助理从一号到七号都是我，太太您随便使唤。以后有了您这个靠山，老板也不敢太压榨我。"

纪溪跟阮好风上了车后才知道，这个周助理做起正事来雷厉风行、八面玲珑。他不用备忘录，看了一眼时间，就已经事无巨细地将阮好风今天的行程安排报了出来，精明老练地介绍了各种情况和资料。他虽然如竹筒倒豆子似的噼里啪啦说了一大串，但是吐字清晰，思路明确。

说完，他回头看见纪溪在笑，反倒有些不好意思。

他们谈事时没有避开纪溪。

"老板，今天 CA 集团旗下工作室的乔洁想找您谈话，您要见她的话，我把时间和地点安排在晚餐之后，要是不想见，我就推掉。您明早六点半要坐飞机到 H 市参加开机剪彩仪式，后面还有两个采访……"

"乔洁？"阮好风问道。

听到这个名字，纪溪愣了一下，她是陆域的经纪人，原来她还真的打算来找阮好风。

"乔洁是陆域的经纪人,之前打过好多个电话了,我都说您行程忙,拒绝了。这次是他们老总特意来问我们,对方挺心急的。"周助理说。

"那就见见吧。"阮好风淡淡地说,"自己艺人做出的事,自己得担着。刚好我要跟他们谈谈合同期间艺人违约闹出负面消息的事情,这笔违约金可不少。"

他们送纪溪回了片场。

周助理特别谨慎,自己先下车在周围看了一圈,确定没有记者在周围后,才回头对纪溪说:"太太,可以下车了,我送您去片场吧。"

"不用,我去送,你把车停到外面去。"阮好风说。

他这几天偶尔也和纪溪同进同出,剧组里没人觉得有什么不对。

一般剧组外围都有安保系统,进出都要检查工作证,每个人会发一张卡牌,写着各人的名字和在剧组的职务。其余的地方,保姆车和录像车能围成一堵高墙,基本杜绝了被偷拍的可能性。

周助理犹豫了一会儿,看了他俩一眼,叹了一口气,说:"行,老板谈恋爱,小的去给您打掩护。"接着,他哼着小调把车开走了。

纪溪回头看了一眼,乐不可支地说:"原来你身边还有一个活宝。"

阮好风说:"他是T市人,说话像讲相声。有时候在饭局上都不用我说话,他一个人侃大山,能侃两三个小时,他有三寸不烂之舌。"

纪溪走到一半,突然想起了什么,说:"我的小熊饼干落你那了。"

阮好风瞥了她一眼,眼里充满了笑意,说:"我帮你照顾它们,你就别想了。"

纪溪也一本正经地瞅着他,道:"那你要照顾好了,这种饼干它每过一夜,自己就会长出一盒新的。明天我要看到双倍的小熊饼干。"

"幼稚。"阮好风也学着她严肃地说道,"哪有你这种不讲道理的人?明明是每过一夜,它们自己就会离家出走一盒,太太,你客观一点。"

两个人闹了半晌，纪溪才想起来跟阮好风说："那个乔洁……"她声音很轻，有点不确定这算不算干扰阮好风的正事，又或者说……算是告状？

阮好风却停了下来，神情变得有些凝重，问："怎么，她去找过你了？"

纪溪点了点头，把那天的事跟阮好风大概说了一遍，没说乔洁对她威逼利诱的细节。

阮好风认真地听完，问她："这件事，你想怎么办？"

纪溪想了想，说："剧组已经开拍这么多天了，男配角的戏份占得比较多。这件事如果经纪人不插手，我想让陆域给我道个歉，这事就算过去了。其实，出了这件事，剧组的损失也很大。"

她抬起头，看见阮好风像有话要说的样子，忍不住笑了，说："你是不是要说，换就换，预算够？"

阮好风没有说话。

纪溪笑眯眯地说："我知道我们剧组不缺钱，但是前期已经宣传了，粉丝反应也比较好。这个时候要是换演员，会伤筋动骨。"

阮好风准备开口，又被纪溪抢先了。她看着他的眼睛，嘟哝道："你投了这么多钱，怎么也不能赔本。先生，你不心疼家里的钱，我还心疼呢。"

她的眼睛发亮，盈盈动人。

这一眼，让人心中微震。阮好风的心跳渐渐急促起来，他低声说："那也好，就按你的意思办。"他的声音中夹杂着温柔和纵容，虽然声音压得很低，但还是让纪溪感觉到了。

言谈间，他们已经走到了片场外不远的地方。

阮好风停下脚步，说："我就送你到这里，先回去了。"

纪溪闻言也停了下来。

她仰头看着眼前这个身材高大的男人，还在回想他之前的那句话。

她跟他说了晚上见，阮好风却迟迟没有动。他只是静静地站立在原地，像要看着她走进片场，又像觉得这次谈话还没有结束，随时还能再说点什么一样。

他像在等什么，又不知道自己在等什么。

纪溪鬼使神差地又轻轻说了一句："那我先走了。"

接着，她踮起脚尖，如蜻蜓点水般在他脸颊边轻轻地吻了一下。

纪溪穿了一双细高跟鞋，踮脚的时候没地方借力，于是她轻轻地扶着阮好风的肩膀。两个人凑得非常近，近得纪溪闻到了他身上淡淡的古龙香水味，瞥见了他细密的发根。

温热的薄荷清香染上了男性温热的体温，转瞬即逝。

纪溪倒退了一步，放缓身子。她也有点慌，差点崴了脚。

纪溪觉得脸颊有些发烫，看到阮好风下意识地要来扶她，便急急忙忙地躲开了，对他挥了挥手："我先进去了！"

接着她头也不回地走了，长发随着身姿摇曳，像一个午夜时分逃离盛宴的小公主。

阮好风站在原地，先是愣了好久，然后才慢慢地笑了起来。他伸手摸了摸脸颊，放下手往回走了几步，又忍不住回头往纪溪远去的方向看，直到她消失在视线之内，他又下意识地摸了摸脸颊。

第六章

01

下午陆域仍然没有来，导演倒是回来了，也没说什么，只是让他们照常拍摄，但是把陆域的戏都推后了。

陆域三天两头地请假已经是常事，所有人都习惯了。关于他的信息被封锁得很好，也没有干扰到剧组的正常拍摄进度。

纪溪拍完今天的戏后提前收了工，回房间休息。原来她跟李钰一起住时，李钰有时候会连夜赶工，有时候也要帮忙做剪辑师的活。她睡眠不太好，也只能忍耐一下。

后来阮好风过来了，让剧组增加了五十个房间，每个主要演员都换了单独的房间。

纪溪现在的房间跟女配角的挨在一块儿，位于走廊尽头的倒数第二间，很僻静。

她把明天要说的台词拿出来温习了一遍，然后圈出了几个比较难演的地方，准备晚上去找老戏骨对戏。

做完这些事情后，她给自己定了一个二十分钟睡眠的闹钟，刚准备躺下来休息，却见到手机屏幕陡然亮了起来，来电显示"李钰"。

李钰作为金牌场记，一般是全天候在剧组。剧组入驻的酒店距离拍摄地点不到五十米，如果找她有事，喊一嗓子就行了，就算加上上楼，也就两三分钟的事情。

什么事情这么火急火燎地打电话来找她？

她还没来得及接，便看见一条条微信消息跳了出来。

"溪溪，接我电话！"

"小纪姐姐你在吗？你快去社交账号看一眼！"

纪溪闻言，心想肯定出事了。她下了床，先接起了李钰的电话，同时按下了桌上笔记本电脑的电源键。

李钰的大嗓门从那头传来："溪溪，你和陆域上热搜了。溪溪，这件事都没听你说过，怎么回事？那个热搜一看就是假的，你是不是惹到了乔洁？我听人说那天乔洁来找你了。"

纪溪的电脑还在缓慢地连接无线信号，页面暂时显示不出来。不过纪溪一听李钰这么说，心里已经明白了，先说了几声没事，让李钰和其他人不用为自己担心，然后挂断了电话。

李钰这边的电话刚挂断，她师姐的电话又打来了。纪溪应接不暇，一边回答一边看网上的新闻。

新闻热搜第十七的位置上是"陆域经纪人回应"。这后面跟着一个向上的箭头，表明热度正在上升中。紧随其后的还有"纪溪疑似用恋爱关系勒索""这个剧组为什么又在炒作"等，相关新闻的热度也在实时上升中。

就在纪溪点击这些话题的时候，"陆域经纪人回应"这个话题已经被顶到了热搜榜第二。

起初纪溪看到了一些照片，正是乔洁前几天给她看过的那几张，照片中她和陆域被影视基地的警察围着。此组照片的关键词没什么偏向，只说了"××剧组女主角和男配角疑似产生冲突，陆域被拘留"。

在那几组图中，陆域是被押着的，纪溪作为受害人也被拍得很清楚。

然而，这一组图片紧跟着就被几个有千万粉丝的知名账号转发了，图片下面还有他们的言论。

渐渐地，舆论开始变了，出现了煽动性的内容，诸如"不知真假，男方疑似被女方勒索，'吸血鬼小公主'打得一手好牌"。

大部分网友还在观望中，有理智的网友表示："就这几张图能看出什么？坐等后续发展。"

然而，陆域的公关团队立刻操纵舆论，发动粉丝去进行转发、评论，提高热度。

乔洁作为陆域的经纪人，更是发了一条动态消息："@陆域：风雨无惧，砥砺前行。错了就是错了，傻孩子，下次长点心吧。"

动态后面还有一张配图，是他们剧组第一次聚餐时的照片。那本来是一张集体照，纪溪左手边是女配角赵月函，右手边是陆域。席间大家互相递调料，照片里的画面就是纪溪从左边拿过调料，礼貌地问陆域需不需要。

图片被裁剪后放大，模糊了背景里的众人。只有纪溪眉眼含笑，高兴地望着陆域。她的这个眼神被人过度解读，还有人在图片下配上了"不言而喻"四个大字。

这件事的关键就在乔洁发的这个动态消息。

陆域的公关团队显然深谙操纵舆论的规则，先是承认错误，而后又含混不清地说让陆域"下次长点心"，含沙射影，配合宣传。

这样一番操作，任谁都会觉得受害者是陆域这个大男人。

陆域的粉丝骂道："破案了！'吸血鬼小公主'主动勾引我们家哥哥还敢反咬一口，连一个不出名团队的单飞成员也不放过，小公主还真不挑，我都心疼我们家哥哥！剧中不过是男女搭档，她就眼巴巴地贴上来了！"

纪玢的部分粉丝也参与了这场"混战"，跟着一起骂纪溪："都是一个家生出的女儿，怎么姐姐和妹妹就差了这么多？这还没红就闹出这么多事，真丢纪家的脸。"

偶尔有人客观发言，也会被认为是纪溪的粉丝。

纪溪的粉丝非常淡定。他们很多人本就是因为纪溪的长相而关注她的，本着"人品如何不重要，好看就行"之类的想法，不会特别在意她的其他事情。虽然他们不会站到纪溪的对立面，但是也不会站出来帮她说话。

因此，纪溪的声援者基本为零。

许多与这件事不相关的人也纷纷来掺和。有的人落井下石声讨纪溪，获得了大批粉丝的关注和好感；有的人理智地分析这件事情，被骂急后反而坚定地站在了纪溪这一边。

纪溪还发现，赵月函和李钰也加入了这场网上争执战。

她们直接以自己经过认证的个人账号参与了话题讨论，直接拿出了当天聚餐全场人的照片，为纪溪澄清。除了她们以外，还有一些纪溪平时不怎么记得名字的剧组工作人员也在为她辟谣。

不过，他们都不是红人，他们的举动连点水花都没掀起来。他们发的消息的阅读量不仅没有超过千人，还招惹了一堆骂他们的粉丝。

对此，纪溪没有办法，只能笑着叹了一口气。

她自己倒是不慌。

陆域那边之所以这么嚣张，其实就是欺负她是新人。在他们看来，纪溪背后没有专业的公司和公关团队，也没有任何宣传渠道。她若想以一人之力与陆域抗衡，无异于蜉蝣撼树。

更何况，经舆论引导，大部分网友是站在陆域那一边的。

但是对方却忘了，舆论虽然可以被引导，但是戏弄公众、捏造事实一旦被发现，也会很快遭到网友的炮轰。

02

纪溪手上有那天完整的视频，已经作为证据递交给警方，这是其一。所有的证据被递交后，隔离了犯罪人和受害人，警方非常保护受害者隐私。

陆域当时喝醉了,神志不清,助理和经纪人都不在身边,实际上陆域一方掌握的真实信息非常少。

其二,那些照片中还有一个人没有入镜,那就是阮好风。不知拍摄者是有意还是无意,阮好风留下的只是一个清晰的背影。

她和阮好风结婚的消息至今只有少数几个亲近的人知道。就乔洁前几天的表现来看,他们根本对她和投资方的关系都没弄清楚。他们也不知道,阮好风正好全程参与了这件事,是知道事情始末的人。

纪溪一边想着对策,一边玩着手机。

她被认证过的工作账号已经完全不能看了,上面是无数条谩骂的私信和转发的评论,让人目不暇接。叮咚声一阵一阵的,她一刷新首页,手机就卡了,她只能暂时放下手机。

她虽然早就做好了准备,但是面对比上次更加猛烈的谩骂和攻击时,她还是有点承受不了。很难想象会有这么多人隔着网络,将所有的恶意加到一个与他们素昧平生的女孩身上,并认为这是理所应当的。

她深吸几口气,站起身伸了一个懒腰,发出一声长叹,念出一段以前背过的文字:"故天将降大任于斯人也,必先苦其心志,劳其筋骨,饿其体肤,空乏其身,行拂乱其所为,所以动心忍性……动心忍性呀,纪溪同学!"

她打起精神来,一一回复了关心自己的人。

阮好风那边没动静,应该是还不知道这件事。纪溪想起他今明两天的行程,知道阮好风今天要辗转两个城市。忙完后,他还有几场采访,还要拍摄杂志封面。

她想了想,怕他担心,又怕他在这件事上花时间,于是也给他发了一条信息:"我知道你还没看到消息,不过我没事,你别担心,这件事我有办法解决,你忙你的。"

她联系了影视基地的警方,就是之前电话联系她的那个女警察。之前警方征求过她的意见,问是否能够把她录制的作为证据的视频当作女性自卫科普宣传片的素材。

当时纪溪考虑到剧组的声誉，觉得还是息事宁人比较好。如果公开这段视频，对于陆域来说，将是一次毁灭性的打击。

可是现在对方非但不道歉，还反咬她一口，纪溪也就不在意这些了。

她虽然温柔大方，却不代表她会逆来顺受。

纪溪把那个视频发给了女警，并且附上她的留言，没有提她的私事，只是非常礼貌地说她同意将这个视频作为开放素材，如果宣传片还需要这段视频的话，可以直接拿去用。除此以外，她还询问了她是否有权提前公开这段视频。

那边回复得很快："纪小姐，视频还在制作中，再次感谢您愿意提供素材！视频最终的处置权利在您手里，您放心去做就好了。对了，您现在还好吗？网上关于您的事情我们也知道了，我们警方会为您澄清真相的。"

警方的这种态度让纪溪有些意外，她松了一口气。

她虽然在拍戏，有那么一点知名度，但是她首先是一个公民，其次才是一个影视新人。她没有主动提这件事，也是认为让警方帮自己澄清这件事不太好。

纪溪将自己的顾虑如实说了，女警察却回答得很爽快："明星也是人，也是国家的公民，是受保护的对象。任何一个受害者被污蔑，从而引起网络舆论的不公平对待，出于保护受害者的考虑，我们都会站出来澄清真相的。纪溪小姐，您不用担心。"

其实这件事情在网络上发酵之后，连带着影视基地的派出所也受到了大量粉丝的攻击，指责他们颠倒黑白、污蔑公众人物。

不论是哪一方，都急切地需要一个真相。

在这个话题占据了热搜榜前列三个小时后，影视基地的派出所在其官方社交平台上发布了一个关于女性面对骚扰时应当如何应对的安全宣传视频，并且直接点明了纪溪的社交平台账号，后面有一行字：本视频特别感谢纪溪小姐@从零开始的纪溪同学的无偿出演。

纪溪也用工作账号转发了这个视频，却只字不提今天的风波，仿佛什么都不知道似的，只说了一句："希望所有的女孩都可以学会保护自己的方法，感谢所有致力于保护公民安全的警察同志！"

而陆域那边没有做出明确回应。

视频的开头，就是纪溪那天在慌乱的情况下拍下的画面。在此期间，她的自救措施有：大声呼救、报警、喷防狼喷雾、找机会逃跑、拍视频留证。这几点被视频中的解说员单独列出来分析，说明其中的必要性和风险性。接下来，还有另外几例受害人的案例视频，最后是纪溪那天前往警察局拍摄的宣传片。她配合警方，示范了不同场景下女性自卫的几种方法。

宣传片中，纪溪没有化妆，给人的感觉十分真诚和真实。她扎着马尾辫，穿着最普通的连衣裙，就和她这个年纪喜欢打扮的小姑娘一样，平淡而真实。

视频一出，谣言不攻自破。

半个小时之内，影视基地的派出所的这条动态被迅速地顶了上去，没有任何恶意的宣传手段，网友自发辟谣，这条消息的热度立刻超过了之前陆域经纪人发布的动态。

毕竟两边都不是什么大腕儿，大多数的网友真正感兴趣的还是事件背后的真相。网友的心思也很简单：之前顺手转发，骂错了人，现在再改口也不是什么大事，谁对谁有理。

与此同时，这个宣传片本身的教育意义也逐渐地展现出来。影视基地的派出所的用心制作使这个宣传片获得了极大的关注度。许多女孩都争相转发。

不一会儿，之前声势浩大的声讨纪溪的舆论也随着风向改变了。

虽然陆域的粉丝们仍然站在前列，执意支持陆域，但气势已经减弱了很多："我们相信哥哥，他会知错就改的。"这番言论立刻被网友嘲笑了，甚至还被人做成了搞笑合辑来供人娱乐。

03

这次事件后,纪溪收获了一批新的粉丝。

相比之前她通过发照片所获得的粉丝,这些新粉丝有的是因为这次事件而关注她的,有的是因为影视基地的派出所发的视频而关注她的。纪溪注意到,关注自己的粉丝中有大部分人转发了同一条动态。

那条动态的标题是《论陆域骚扰事件翻船始末》。这条动态虽然内容多,但是妙语连珠,把整个事件娓娓道来,让网友通过文字就看到了一出精彩的大戏。虽然略有一丝夸张性和戏剧化,但博主本人的文采和思辨能力非常突出。

该博主还绘声绘色地描述了这场粉丝之间的大战:"我们现在来说说这位纪溪,她可真是'人在家中坐,祸从天上来'。'粉饼'们正骂得起劲儿,抬头一瞅,你们'鱼露'凭什么也骂她?我们偶像的亲妹妹,是你们这些不出名艺人的粉丝能骂的吗?'粉饼'也是蒙的啊,打是情骂是爱,骂她那是想让她给纪家争气,你一个外人横插一脚算什么事?"

纪溪看了这位博主发的动态,笑得前仰后合。之前她被骂了半个下午,原本有些难受的心情顷刻间一扫而空。

她换成私人账号把自己今天的经历简单地记录下来,决定把这个账号当成自己的成长日记。

行得正,坐得端。她这次能化险为夷,也幸亏她去拍了这个宣传片。如果没有这个巧合,如果她真的只是一个毫无资历的演员,恐怕这次事件之后她就真的难以翻身了。

就在这时,她的手机屏幕亮了一下,纪溪一看,意外地发现发信人是乔洁。

"纪小姐留了后手,好手段。但是在我去见投资方之前,还请您再考虑一下我前几天找您说的话。何必拿自己好不容易争取到的角色来赌这一把呢?"

纪溪回得干脆利落:"您随意,下次有机会再合作。"

乔洁看着手机上显示的回复消息,冷哼一声。随即,她调整了一下表情,满面笑容地看着刚从会议室中推门出来的年轻人,说道:"您好,请问是周助理吗?我是乔洁,昨天跟阮先生预约了的。"

周助理看了一下时间,皱眉道:"时间还没到吧,乔小姐,您预约的时间是晚上十点。阮先生一会儿要陪太太吃饭,刚刚让司机去接人了,现在谈公事不太方便。"

乔洁十分坚持,道:"几分钟就好,不会耽误太多时间。"

谁也没有预料到事态会发酵至此,而且反转得这么厉害。乔洁本以为陆域稳占上风,没想到下午就已经被压过了一头。这次团队公关操作失败,直接影响的是陆域的名誉,时间拖得越久对他们越不利,她要赶在阮好风知道这件事之前换掉纪溪这个女主角。

CA集团和阮好风的公司是长期合作的关系,只要阮好风肯点头,她再对换女主角这件事情大做文章,说不定可以让事情反转,这样也能把损失降到最低。

圈内人都知道,阮好风率性随意,很少管闲事。他本人非常低调,自身也有过硬的能力,虽然回国时间不长,但是做事稳重,从不落人话柄,也不会在明面上跟谁撕破脸。

不过是换一个女主角,小事一件,陆域在合同期间闹出丑闻所赔付的违约金绝对抵得上换女主角的成本,只要他们这边愿意,阮好风也不至于和钱过不去。

阮好风开了一下午的会议,根本没空上网。

他刚出来,乔洁就准备上去打招呼,却被周助理眼疾手快地拦下了。周助理伸手挡在她和阮好风之间,提醒她冒犯了,嘴上却客客气气地说:"不好意思,乔小姐,请稍等。"

阮好风的这个助理也是出了名的人精，全球顶级大学出来的管理人才，做事滴水不漏，是业内的金字招牌，去哪里红哪里。许多人曾开出重金挖他，却从来没有成功过。

周助理低头跟阮好风说着什么事，阮好风皱起了眉。

乔洁脸色发白，她从他们对话中隐约听见的"热搜""陆域"等几个关键词判断，阮好风还是知道了这件事情。然而她表现得依然很冷静，现在说动他可能会有点困难，但也不是没有回转的余地。

周助理对阮好风说完情况后又接了一个电话，是前台打过来的。挂了电话之后，周助理跟阮好风汇报说："太太已经过来了，司机去接的她。"

"今天这么早？"阮好风有点意外。

"是，太太今天收工早。前台不认识太太，所以在楼下等了一会儿，我已经训过前台了。餐厅那边的预约时间也调整过了。"周助理说。

于是，阮好风的视线移到门口，不经意间扫到乔洁，他略微愣了一下，这才注意到她。

乔洁赶紧过来自我介绍，脸上挂起了几分职业的微笑，道："阮先生，您好，我是乔洁，陆域的经纪人。我来得不是时候，打扰您和太太的家宴了。"

她在一旁听了半天，获悉了一个重大信息——阮好风居然结婚了。

这事在娱乐圈内没有一个人知道，看来他是隐婚。这要是爆料出去，不知道会掀起多大的波澜。

阮好风摆了摆手说："没事，长话短说吧。"

"是这样的，关于这次××剧组的拍摄，女主角和我们公司的艺人起了一点冲突，具体……"乔洁正说着，突然听见身后电梯门开启的声音。

有人来了，她不由自主地停住，下意识地回头去看。

一个她认为最不可能出现在这里的女孩，此时出现在了她的身后。容貌俏丽的少女落落大方地对她颔首。

阮好风很自然地对纪溪伸出一只手，等她过来牵住他。而后，他对着乔洁笑了一下，淡淡地说："介绍一下，这是我爱人，纪溪。"

在纪溪出现的一刹那，乔洁的脸色就已经完全变了。

纪溪倒是落落大方地跟她问了声好，又说了一声"好巧"，接着在阮好风的示意下先进去坐着等他。

阮好风则挑眉看向乔洁，问："不好意思，刚刚打断了您的话，乔小姐刚刚想说什么？"

乔洁这下什么都说不出来了。

04

让投资方换掉自己的爱人？她这话一说出来，恐怕不止陆域要被波及，阮好风很有可能会直接撤掉对整个剧组的投资。不说这个剧组还能不能再拉到其他的投资商，现在前期宣传已经定下来了，播出时间也预告了，若是没了资本，对整个项目将会造成毁灭性的打击。

她还没来得及说话，阮好风像想起了什么似的，说："对了，我记得陆域是你带的，对吧？针对他这次违约闹出丑闻的事情，还需要乔小姐你们的人跟我的律师谈一谈，把违约条款再仔细看一遍。我和纪溪结婚的事情也会被写入保密内容，希望你这一次不要再违约。没什么其他事情的话，失陪了。"

周助理手脚麻利地领着乔洁往走廊尽头的律师办公室走去。乔洁全程有点蒙，根本没来得及应对。她恍惚间还生出了一点怀疑：这些人不会是事先串通好了，在这里等她的吧？

司机在门外等着，阮好风停了下来，嘱咐他几句话后，推门走了进去。他和纪溪对视一眼，两个人就笑了起来。

纪溪眉眼弯弯，笑道："我们好坏啊，好像在欺负人一样。"

她其实不打算这么早来的，不过阮好风派了司机来接她，她不愿意让人等。所以,等网上的风波平息了,她还没来得及换件衣服,就急匆匆地出来了。

阮好风则淡淡地说:"本来就是他们违约在先,不道歉还反咬你一口,泼脏水。这种事情没必要再忍让了。下次要是再遇到这种事,记得早点跟我说,别一个人扛着,知不知道?"

他走过来揉了揉纪溪的头发,然后对她伸出手,把她拉起来。

他带她参观了一下他的分公司。纪溪这个时候才知道,阮好风最近总往她这边跑,原来是已经把公司开到影视基地这里来了,入股了整个影视城,还参与了部分未开发景区的合资建设。

"这么说,我们以后说不定能经常见面了?"纪溪好奇地问道。

国内百分之八十的古装剧的取景地选在影视基地,百分之十在各景区拍摄,有时需要加特殊的布景,还有百分之十是去T市古建筑场所取景。

阮好风回国后一直低调做事,事业重心也逐渐往投资上转移,但是他的粉丝太热情了,希望他能够继续拍戏。

这方面,纪溪没有过问。这到底是阮好风的私事,不管他还拍不拍电影,她只要努力追上他的脚步,不给他带来麻烦就好。

阮好风看着她笑道:"是,你拍戏时,酒店那边要是睡不惯,也可以来我这边睡。"

纪溪看着他,有点惊讶他话中隐藏的意思,轻轻地"啊"了一声,歪着头看着他。

阮好风立刻改口:"我是说……这边有员工休息室,会比酒店那边住得舒服一点。离商业街也近,平常生活会比较方便,也有人照……"

他还没说完,纪溪就打断了他,干脆利落地说了一声:"好。"

他愣了一下,嘴唇紧紧地抿着,认真地凝视着她,耳朵上那一丝红晕尚未消散。纪溪的眼睛很亮,坦然地看着他。大家都是成年人了,还是已婚人士,阮好风却处处谨慎,简直像一个青涩的大男生。

他带她看了这一层的办公楼,最后又回到办公室。

纪溪趴在落地窗前往外看。快要入夜了,这边的落地窗正对着一大片人造园林,里面有假山流水、参天绿树,这些景物映入眼帘,别有风致。只是看着看着,天就黑了下去,华灯初上,空中飘起细密的雨点,远处响起阵阵雷声。

"下雨了。"纪溪说。

她有点失望。

她不怎么喜欢下雨,尤其是准备出门的时候。

影视基地的地下排水系统前几天还在整修,这段时间每下一次雨,积水都能没过鞋面。

"那还出去吗?"阮好风闻言也往外看了看,"不想出门的话,我们就叫外卖吧。"

纪溪知道他今天准备带她去一个评价很高的餐厅,现在不去了,倒也不失望。这种餐厅,从老板到服务生都十分骄傲,吃饭的时候规矩也颇多,特别烦琐。

想到可以点外卖,她又高兴起来,问:"那我们吃什么?我想吃炸鸡和烤牛舌。"

阮好风说:"原来订的不吃了?我让那家送过来就是了。"

纪溪睁大眼睛看着他,说:"这种餐厅还外送的吗?我……"

"早跟你说过你跟着我可以不用努力。"阮好风一本正经地说,然后又笑道,"不是我神通广大,现在全民吃外卖。冷链市场越发完善,连公司楼下的雪糕摊都有外送服务了,他们这些做高端服务的,跟不上时代就会被淘汰。"

纪溪总觉得他这话半真半假。阮好风和她说话总像在哄她,小心翼翼地不让她有任何不自在的地方。

她渐渐地习惯了他的这种说话风格。

最后，他们还是点了炸鸡和其他油炸食品，这些食物与高档餐厅的食物一起被送了过来。

两个人边聊天边大快朵颐。吃完后，纪溪习惯性地把桌上的东西整理干净，然后拿出去丢掉。

没吃完的，她用干净的饭盒装了起来，用保鲜膜封好，放进休息室的冰箱里，说："歇一会儿，晚上有力气了可以继续吃，当夜宵。"

阮好风也站起来帮她收拾。

只是在这个过程中发生了一点意外。休息室的厨房很大，但是进门后有一个大收纳橱柜，进出时都要低头，免得被撞上。

纪溪走出来时，正好撞到了端着剩下的汤走进来的阮好风，纪溪被泼了一身的汤。她的裙子沾了油污，不能穿了。还好这个汤已经凉了，她没被烫到。

阮好风急着把她拉出来，问她有没有事。纪溪只是摇了摇头，说："我可以用一下你们这的浴室吗？我去洗一下就好了。衣服烘干很快的。"

"这边休息室的烘干机坏了，员工休息室里的烘干机还没送来。"阮好风说得很快。

他知道纪溪有轻微的洁癖，油乎乎的汤水沾在衣裙上肯定让她非常不舒服，他不由分说地就把她往洗手间里推，说："你先洗，我找几件我的衣服，你先凑合着穿一下。我现在让周助理去给你买新的。"

他给她找来了他的衬衣和西装外套，裤子实在是没有合适的。纪溪却没有要求太多，说这样就可以了。

05

浴室里，水声哗啦响，雾气升腾。暖黄色的灯光亮了一会儿后，啪一声又关上了。湿漉漉的拖鞋踩在地上，发出咯吱咯吱的响声。接着门开了，里面的雾气散了出来，走出一个带着水汽的美人。

阮好风的衬衫对她来说还是太大了，下摆都快垂到膝盖上了，仿佛是一条衬衫裙。

纪溪的头发有些湿，连带着整个人都染上了一层润泽感，透出一丝温热的气息。她头发中夹杂着沐浴露的香味。即使她外面裹着西装外套，也掩不住其姣好的形体。

阮好风看了她一眼就立刻移开了视线："你先……坐坐吧，小周马上上来。"

纪溪很乖，趴在他办公桌上玩手机。她玩了很久，阮好风也没有再往她这里看，只是叫她名字时，他的声音有些沙哑。

"溪溪。"阮好风给她递来一沓文件，"现在已经确定要换男配角了，上面这些人都是公司可以争取到的艺人，你看看你想和谁合作？"

纪溪拿过来一看，这份名单中不乏有潜力的演员，还有近期红起来的新人。凭借这段时间做的功课，纪溪知道这份名单背后的价值。

她问道："你们想捧谁？"

"这份名单上的人是跟我们有合作的，都是适合的人选。不过这些都不重要，还是看你的意思。老板娘意下如何？"

"老板娘"这三个字吐字清晰，还带着一点调侃的笑意。

阮好风目不斜视地看着电脑。已经暗下来的天幕把落地窗映成深青色，落地窗中映现出纪溪纤长的影子，又折射到他的电脑屏幕上。

披着他的外套，纪溪端端正正地坐着，一页一页地翻下去，然后又跟他一本正经地讨论："都是这么好看的男孩子，我一个都不想错过了，干脆都请过来，我们改一下剧本，让女主角开个后宫怎么样？"

阮好风瞥了她一眼，说："我不许。"

纪溪冲他吐了吐舌头。

她低头认真地看了一遍，仔细想了想，然后认真地跟阮好风讨论："这几个艺人都非常优秀，但是这几位都是科班出身，今后可能要走传统路线，这部剧可能会影响他们今后的发展方向。现在剧组的资源其实比较棘手，因为……你这个老板投资比较晚。这是一个小成本网络剧，前期的策划和风格已经定了下来，这决定了它不能拍得太过严肃。说实话，现在不需要，也没必要再重组一次人员，对不对？目前来看，男配角的人选都不适合。"

"我也是这么想的，但是陆域这个人绝对不能再回来。"阮好风说，"你还有其他什么想法吗？"

纪溪安静了下来，再度陷入思考中。

阮好风这个时候将视线移了过来，静静地看着她。

纪溪的头发已经快干了，松散地披在肩头，既慵懒又好看。当她垂下眼去看眼前的文件时，便掩去她明艳的眉目，只留下她薄薄的唇和精巧的鼻子，显得锋利冷峻。

"我有一个想法。"阮好风突然说。

"嗯？"纪溪抬头看他，放下手中的文件，锋利冷峻的感觉消散了，她又变回了那个明媚的小姑娘。

"反串角色，你试过吗？"阮好风思索片刻后，报出一个剧目的名字。那是纪溪知道的一部经典音乐剧。

纪溪立刻就明白了，说："你想让我尝试反串，扮演男配角？"

音乐剧里反串角色并不少见。就她自己来说，在上大学的那几年，她参演过许多不知名的音乐剧，有时候角色找不到合适的人选，她就亲自披挂上阵。不过，她也只有一次反串经验，而且当时是蒙混过关的。演出时，她用油彩涂在脸上，因此有些男女难辨，观众对此却十分喜欢。

阮好风沉稳地点了点头，说："这只是我的一个建议，你的外形条件非常好，主要是可塑性强。"他的桃花眼微微地眯起来，一副认真打量她的样子，"想试试吗？但是可能会很累。"

纪溪笑了，道："我的外形可塑性强吗？其他人一直说我的长相限制了戏路，只能演一演巫女、公主……这些角色。"

"演公主不好吗？"阮好风问。

"不是不好，我也不知道该怎么说。我是外公和外婆养大的，他们虽然宠我但同时对我很严厉。小时候我经常和男孩一起玩，好长一段时间，我以为自己是男孩。"纪溪说，"小时候，我的梦想就是以后能演一个电视上的大魔王，要有大披风和长枪、长剑，还要配上一副王冠。小学三年级了，我还分不清自己的性别。"

"那后来是怎么知道的？你被人告白了吗？"阮好风突然很感兴趣。

纪溪撇了撇嘴，说："后来我就开始发育了。"

小学时都是一群扁豆芽，男孩跟女孩经常在一起玩。那时候也不懂表白，只知道喜欢就是喜欢。

纪溪第一次收到别人的告白信时已经是初中了。那时候都是十三四岁的人了，情窦初开，青春期的感情开始萌发。

纪溪发育得早，初二时已经出落得相当漂亮了。那时候的女孩们总是不肯坦然地面对成长和身体的变化，对相关的一切嗤之以鼻，纪溪还受到过不少白眼。

不过她不在乎，纪溪知道自己长得好看，别人也觉得她长得好看，这就够了。

纪溪说完，沉默了一会儿。

然而，阮好风的耳朵又红了起来。纪溪见他这样笑出了声，知道她又把她的先生惹得不好意思了。她看了看搭在自己身上的西装，认真地说："回去后，我让化妆师试一试？看看我的男装造型怎么样。"

阮好风说："过一会儿我让周助理直接叫造型师过来，我们看看上镜效果。"

纪溪听后，突然来了兴趣："可是有一个问题，我的身材可能撑不起这个角色，这要怎么办？"

"特效，现在已经能够直接录入人脸进行微调了，调整一下身材也不算什么难事。"阮好风见她很感兴趣就顺着她的意思,又发信息跟周助理说了这件事。

周助理原本正拎着买来的衣服往他们这边赶,接到阮好风的信息后又立刻去联系化妆师和造型师。

其间,纪溪兴致高昂,她像个发现了新奇玩具的孩子一样,认认真真地跟阮好风讨论着反串男配角的可行性:"对了,历史上女主角和男配角的关系十分复杂,这让很多编剧头疼,拍摄的时候也要注意很多细节。如果换成我反串男配角,那么拍摄就不会这么麻烦,角色的表现力也会更好。观众知道男配角是女性反串的,这样也会降低对青少年的负面影响。"

阮好风含笑地看着她,说:"这样对你、对这部剧的整体宣传也会好很多,这是一个新思路。"

第七章

01

  周助理做事利落干脆，很快整个造型团队就来到了公司。得知阮好风和纪溪的反串计划后，造型师又跟纪溪沟通了一下，而后确定了一个完整成熟的方案，立刻让纪溪试装。

  阮好风就站在一边，看着他的小姑娘被人改造，加深眉骨下的阴影，画上英气的长眉。那张精致的脸上只是换了一个妆容，却已经完全不一样了。

  最后纪溪戴上头套，发丝垂落，古代男子的风韵气度一瞬间就展现在大家眼前。纪溪站起来往镜中一看，看到了一个风度翩翩的贵公子。

  "是不是太秀气了？和角色不太符合。"化妆师不太满意。

  设计师却连连摇头，说："可以了，很好了，其余的我们后期可以解决。既然现在要换男配角，宣传照也要换，并且要赶紧换掉，我现在就去设计几组图片。纪小姐跟我来，我们先把你的模型扫一下……"说到这里，他下意识地看了一眼阮好风，不确定地道，"纪小姐确定要进行这样的尝试，对吧？"

  其实这是一个心血来潮的计划，纪溪连合同也没有签，只是试一试而已。除了周助理以外，这些人也不知道她和阮好风的关系。

阮好风侧过头看着纪溪，纪溪却没注意到，只是兴致勃勃地回了一句："是的，怎么扫模型？是把我这个人的样子扫进去吗，就像过安检那样？"

"差不多，纪小姐还蛮懂的。"那个设计师笑着从自己背包里拿出了一个类似于安检扫描仪一样的东西，拉着纪溪要她摆造型。

纪溪反而愣了，问："就这样吗？不用把我拉到什么看起来很厉害的机器前面吗？"

设计师乐不可支，道："纪小姐，还真就像你说的那样，扫一下就可以了。来，按照我给你的图片，摆几个姿势。这个很快的，一会儿就能上传到电脑里，然后建立模型。"

纪溪摆好了姿势，接着兴冲冲地凑到电脑边，打量了半天。

阮好风已经对这种操作熟门熟路了，他打开了一个设计软件，接收了设计师传来的数据。

纪溪的建模数据很快就出现在了他们面前，这些数据，可以随意调整。设计师一边跟纪溪讲解着自己的想法，一边亲手操作，改变她原有的数据，做出了一个男版的形象。

纪溪看了半天，有点讶异，还有点高兴，道："还……还有点帅……"

旁边的人听了，纷纷忍不住笑了起来，说："是很英俊！纪小姐还真是新人，有意思，真可爱。"

她反串的事就这样被敲定了。

阮好风的运营团队飞快地把这个消息通知了下去，并且连明天的档期都空了出来，让纪溪拍作为男配角的定妆照。陆域的那份台本也被飞快地发到了她的手机里。

纪溪觉得自己耽误了阮好风的时间，正想向他道歉时，就看见阮好风捧着一个纸袋从餐厅走了出来。他拿了一串烤牛舌放进嘴里尝了尝，道："再热一遍口感差了不少，不过还行。你饿不饿？我热了汤，等会才能喝。

你想不想吃点其他的当夜宵？"

纪溪还记着她没吃完的炸鸡，一溜烟跑进厨房，把之前的东西全部热了一遍，再换了一个瓷盘摆盘。配菜单独放在一边，其余的做了一个零食拼盘。

两人吃完夜宵已经到了半夜。

阮好风在处理事情，纪溪在他桌边翻着杂志，等到她想起来明天的日程时，已经困得眼睛都睁不开了。

她趴在桌边睡了一会儿，不一会儿便觉得冷，可是又不愿意动。迷糊间，她听见阮好风起身的动静，感觉他走到了她身边，手轻轻地抚着她的发端。

"溪溪，起来去那边休息室睡。"

纪溪迷迷糊糊地"嗯"了一声，跟着他站起来，困倦地揉着眼睛，乖乖地任他牵着走过去。到了休息室，看见有张床，她直接往上面倒去。

阮好风把被子拿给她，她很利索地拉了过去，把自己裹得严严实实的。当感受到温暖的时候，她的睡意也更深了。在进入睡梦前，她还特意告诉阮好风一声："我睡了。"

"好，你睡。"阮好风哭笑不得。

纪溪是穿着外衣睡着的，脚上的凉鞋都没脱。

阮好风在床边坐下，俯下身给她解开凉鞋的带子，轻轻地握住她的脚踝，将纪溪整个人摆正，然后给她盖好被子。

他站起身，像舍不得似的，又回头看了一眼睡着的纪溪。睡着的小姑娘恬静柔和。尽管她闭上了眼睛，可她长长的睫毛却像蝴蝶的翅膀一样，微微扇动起来。

他俯下身，看着眼前的小姑娘，然后轻轻地在她柔软的脸上落下一个吻。

温热的气息一闪而过，带着男性身上的薄荷香。阮好风单手撑在床边，还未回过神，却冷不防地见到眼前的姑娘睁开了眼睛。

这回，纪溪的脸也红了，她小声地说："我……我还没睡着。"

她恨不得把自己藏进被子里，只露出眼睛来看他。

阮好风反而笑了起来，说："没睡着也好。"

他再次俯身，在她额角停留了片刻，说："晚安，我的姑娘。"

02

第二天，纪溪醒来，洗漱过后推门出去，发现阮好风睡在办公室的沙发上。

分公司刚落地，沙发都还没完全拼接好，除了主体部分其他的还堆在角落，和其他的家具一样，用防尘布盖着。

阮好风身材高大，睡在沙发上有些挤，笔直的长腿无处安放，看来睡得也不是很舒服。

纪溪记得昨天阮好风送她去房间里睡了，那时候已经很晚了，也不知道阮好风到底是什么时候睡的。

现在还早，纪溪怕耽误剧组的拍摄进度，匆忙洗漱后准备出门。出门前，她见阮好风还没醒，便轻手轻脚地把休息室的被子抱过来，给他盖上。阮好风身上原本盖着的西装外套被她轻轻地取了下来，然后叠好放在一边。

出门时，她遇见了周助理。

周助理有点惊讶："太太起得这么早？这还不到五点。您不等老板醒了一起吃饭吗？"

纪溪摇摇头，低声地说："我先回去了，免得耽误剧组的进度。"

周助理看了一眼时间，笑了："没事的，剧组那边昨晚商议好时间了，今天您把男配角的定妆照拍完后，下午回去也行。我们老板一般六七点就会起来。太太，您要是没休息好，还可以去睡一个回笼觉。"

纪溪揉了揉眼睛，拿起手机看了看，果然看到了导演组通知她今天上午去拍定妆照的消息。因为加了男配角的反串戏份，又考虑到已经公布了开播时间，剧组没有给她太多时间去温习剧本，纪溪只能加班加点熟悉内容。

她原来和陆域对戏时,为了剧情的连贯性,她把两边的台词都背过。不过,反串男配角对她来说仍然是一个不小的考验。

纪溪觉得周助理说得有道理,想了想后答应了,又和周助理一起下楼买早餐。这一片都是商用办公楼,楼下的咖啡店、快餐店都是二十四小时营业,还有不少刚下班的人在里头打盹儿。

她给自己买了粥,周助理则给阮好风买了黑咖啡和面包。

纪溪问道:"他喜欢吃这个吗?"

周助理笑着摇摇头:"老板不喜欢吃这个。但是现在没办法,太忙了。真累了,老板连压缩饼干都吃。他的嘴其实很挑,太太,你现在和老板都忙,还没来得及去老板家里看看吧?我替老板取东西的时候去过一次,他家很大,光是厨子就有八个,一人对应一个菜系。还有一个专门做西餐的厨师,那叫一个讲究。我拿个东西,里头一堆人都来问老板的情况,吓了我一跳。"

纪溪笑了起来,说:"这么夸张吗?"

"是的。那是一个别墅区,老板的家人、亲戚好像都住一块儿。他们上回看到我,逮着我问老板什么时候回去,这我哪里知道?"周助理提起这件事,也是愁眉苦脸的。

他和纪溪一起提着早餐往楼上走,周助理说完突然变得严肃起来,偷偷地补充了一句:"虽然老板没说过,但我跟在他身边这么久了,也没见他回过几次家,过年都在公司里。好像……和家人关系不太好。"

纪溪若有所思。

阮好风的家世背景是一个谜。自从他拿了大奖回国之后,无数娱乐记者深度地调查过他的背景,连他中学时的成绩都查了出来,就是没有找到半点有关他家里的信息。

在这种情况下,不止阮好风的粉丝们,连娱乐圈中的人都开始乱猜起来。

纪溪也只是大概知道阮好风家里是经商的。他跟她提过,以前他家里希望他学建筑专业，回去做生意。然而，他先是一声不吭地去学了表演，然后又一声不吭地结了婚。这样看来，他和家人的关系的确很紧张。至于究竟有什么问题，她也不知道。

纪溪带着早餐回去，把自己的那一份吃了，然后把阮好风的咖啡放进厨房，打算等他醒了再热一下。

剩下的时间，她就坐在阮好风旁边的小沙发上，低头默默地背台词。背了一会儿，阮好风翻了一个身，差点从又窄又短的沙发上滚下来。

纪溪眼疾手快地扶了他一把，好在阮好风自己清醒了一点，勉强撑着躺了回去，他闭着眼睛问："周助理，几点了？"

纪溪憋着笑，看了一眼时间，说："五点二十了，你还能睡四十分钟。"

阮好风没出声了，过了一会儿，他才想起这出声的是谁，突然睁开眼。看见纪溪坐在他身边，他揉了揉太阳穴，忽而起身，睁大一双带着血丝的眼睛，低声说："我睡得忘记时间了，你怎么起这么早？"

纪溪说："我昨天睡多了，今天就起得早一点。你现在去休息室再睡会儿吧。过会儿我叫你吃早饭。"

阮好风显然还很困，纪溪走过来拉住他，他也没有拒绝，就像昨晚他哄着她去睡觉一样，而现在是纪溪拉着他去房里睡。

柔软的大床显然比沙发睡得更舒服，阮好风没有精力去关注其他事情。纪溪给他拉被子的时候，他反而又清醒了一点，睁开桃花眼，带着几分深沉的意味看着她。

他眼里带着一丝慵懒，比平常更加吸引人。他眉眼上挑，似乎多了些若有若无的笑意，纪溪看得心跳有点加快。

"太太，不过来陪我一起睡吗？"他的话里带着一丝调侃。

纪溪脸一红，不知所措地看着他，又下意识地去看手机，五点二十五，她上午行程不忙的话，其实也可以再睡一觉的。

她小声说："那……好。"

阮好风反而愣住了，一下子完全清醒过来。

纪溪从床的另一边爬了上来，拉开被子躺在他身边，和他中间隔了半掌宽。她裹着被子，侧身躺过来，睫毛又长又卷，似乎触手可及。

她咕哝道："那就赶快睡吧，抓紧时间。"

阮好风静静地看着她，纪溪对上他的视线，有点不好意思。她赶紧闭上了眼睛，就像昨天一样。

而阮好风也像昨天一样，突然凑近了。他伸出手，越过那半掌的距离，将她抱进了怀中，温热的气息和清香袭来，比什么都让人安定。

他低声说："好。"

纪溪的心脏扑通扑通地狂跳起来。她埋在阮好风温暖坚实的胸膛中，听着阮好风的心跳声渐渐地与她的心跳声重合。

"你的心跳得好快。"纪溪小声地说。

阮好风没说话，只是在她头顶上方轻轻地笑了一声。他的手拂过她柔软的发端，最后停留在她的腰上，他抱住了她。这小小的一个动作，好像点着了什么，两个人呼吸一滞，眼睛都闭上了，脸颊却涨得通红。

03

再次醒来，纪溪陪着阮好风吃了早饭，两人就各自去做自己的事情了。阮好风行程紧，司机来接他，纪溪则由周助理送去剧组。

周助理是业务助理，一直跟着阮好风忙公司的事情，不常出现在众人面前。这次他送她来，剧组的成员以为他是纪溪的男朋友，但出于礼貌没有过问。换男配角这件事情，所有人都知道了，只是要换成谁，还没有人知道。

纪溪到了，导演和副导演就召集众人开了会。他们把所有人的拍摄行程核对了一遍。现在换下了陆域，以前拍摄的戏份会通过后期处理弥补，但是之前拍的所有的长镜头都被剪掉了。

剩下的戏份按照原进度拍摄，只是对某些部分做了微小的改动。纪溪和男配角没有拍完的对手戏被调到了最后。而纪溪本人的戏份到时候也要进行补拍。

导演说："大家都知道，男配角的合同现在有一点问题。替换的演员其实已经定下来了，但作为后期的一个宣传点，现在对替换的人选要进行保密，也请大家配合一下。如果有记者或者粉丝问起来，你们就说还不知道。"

众人听得云里雾里的，稀里糊涂地就答应了。

只有纪溪知道是怎么回事。

会议结束后，整个剧组再次进入了紧张的拍摄中。

只是从这天开始，纪溪变得比以前更忙了，连平常轮休时去沙漠对面的商场里逛逛的时间都没有了。

她不仅要拍自己的戏，还要拍男配角的戏份。

她每天要背两份台词。她经常躺在床上背，背着背着，台词本就哗啦一声砸下来。厚厚的台词本，里面贴着做了笔记的各式各样的便利贴。一开始，纪溪知道自己困了，被台词本砸过后就打起精神，到床下走一圈，边走边背；累得实在受不了时，才回到床上躺着休息一下。

也有几次，台词本砸下来她居然也没被惊醒。然而就算这样她也睡不了几个小时。纪溪每天靠着眼霜和化妆品遮盖自己疲惫的脸，用药物消除眼里的血丝。就连一向以"工作机器"著称的导演知道了，也劝她多休息。

"做这一行很累，很正常，但是也要注意休息，可别把自己的身体累坏了。"导演说。

纪溪笑了，道："上次这么忙，还是我一周要演七场音乐剧的时候。最后两场唱下来，我差点失声了，打了封闭针才缓过来。现在不算什么，习惯了就没事了，不过是两份台词。"

嘴里说得轻松，可是人人都知道男配角的戏份相对比较多，这相当于纪溪一个人要背近一半的台词。

纪溪有时候忙得连时间都忘了，晨昏颠倒，房间的门窗紧闭着，灯光代替了自然光。等到了摄影棚中，也是各式各样的大灯持续照着，她甚至有一种不知道身在何处的感觉。

阮好风也有两周没有出现了。

其间，周助理来过一两次，给她送东西。另外，阮好风之前对她提过的保镖，几天后也单独过来了。纪溪现在还是一个没有名气的演员，虽然有一定热度，但真心实意的粉丝少得可怜，更不可能有粉丝探班或者坏人对她绑架勒索之类的事情发生。

这个保镖叫尉迟，他曾在某国突击队服役过，是一个华裔，现在回国做了保镖。他话不多，反而像纪溪的助理。他每天就按照阮好风之前的要求，到剧组给纪溪送吃的，提醒纪溪休息，帮她采购生活用品等。

纪溪偶尔会跟尉迟聊一聊，谈起阮好风，尉迟就说："先生最近忙得脚不沾地，跟小姐你一样。等先生忙完了就会回来看您。"

尉迟嘴上客客气气的，却似乎不太相信阮好风会对她有多上心。他觉得她每天盼星星、盼月亮，终会因为等不到阮好风而不开心。

纪溪觉得尉迟似乎并不知道她和阮好风已经结婚的事，但如果他是阮好风的妈妈执意派过来的，他真的会不知道这件事吗？纪溪对此有点疑惑，她姑且认为这是为了对他们的婚姻关系严格保密，或许也是阮好风长辈的要求。

因此，她没有解释。如果真要一个个去解释，那也很累。

没了陆域的剧组一片和谐，只是总有人时不时地会互相打听一下男配角的人选。

赵月函也说："太奇怪了，不是说换了男配角吗？如果要补拍加剪辑，也没有听见延期开播的通知，这样还能按期开播吗？"

众人问了一圈后，想起纪溪这个女主角，便过来找她探听虚实。

纪溪说："我知道。"

众人眼睛一亮，都凑过来听她说话。

纪溪接着大笑了一声，摊了摊手，说："可是我签了保密协议书，不能说的。"

大家笑着说了她几句，之后也没人提了。

影视基地的夏日热得难熬，拍摄古装戏时，演员时常要出入树林、人造池沼中，蚊虫也多。这里的蚊子又黑又大，咬一口伤口能肿上半天，关键还挠不得，一挠皮肤就破，破了之后发炎红肿，迟迟好不了。

一群姑娘被蚊子追着叮。赵月函有一天失误了太多次，被导演骂了，天气热加上被蚊虫叮咬，她一下子就哭了。

纪溪陪她出去散心，还采购了大批防蚊虫喷雾。

赵月函的情绪很快就稳定了下来，红着眼睛对纪溪笑了笑："其实不是什么大事，是我太娇气了，从小被家里人宠着，没吃过苦。溪溪，你别笑我啊。其实我能接到戏已经算很幸运了，好多科班出身的师兄、师姐跑了七八年龙套，那才是真的难受。"

一场戏拍下来，几个演员都混熟了。拍戏的气氛挺好，苦的时候大家互相打气，休息的时候就组团去沙漠对面逛街。

一个半月过去了，纪溪总算拍完了女主角的戏份，心头的担子总算卸掉了一大半，整个人也轻松了许多。

只是她偶尔去商场里买东西的时候就会想到阮好风和她的那一次"约会"。

她家的这位先生已经很久没有出现了，连最平常的"早安""晚安"都没有。聊天软件上的聊天记录还停留在一个多月前。

纪溪知道他忙，所以也不主动打扰他。

尉迟依旧端着他的保镖架子，一副冷漠得不近人情的样子。有时候纪溪累得在发呆，他自以为揣度到了她的心事，对她说："先生现在很忙，小姐再等等吧。"

这时，纪溪就会看着他笑，尉迟不知道她在笑什么，但也没问。他大概觉得她只是阮好风的一个情人，所以不愿意和她有更进一步的交集。

04

结束当天，剧组大摆龙虾宴，请所有工作人员吃露天烧烤。

纪溪问："这顿饭是老大请的吗？他过来了？"

大家笑她，说："你怎么跟在状况外似的？没看群消息吗？今天是导演铁公鸡拔毛，主动请我们的。"

纪溪"哦"了一声，拿出手机看了看群消息，果然是导演请客。于是她便安心地加入了聚餐中。

她安安静静地吃着，还喝了一点酒，末了觉得自己有点醉了，也有点犯困。他们去唱歌的时候纪溪就没去了，而是和尉迟一起往酒店走。

纪溪的酒量不太好，这也是她从来不在外面多喝的原因。临近结束时，有很多拍完了戏的演员已经急不可待地先回家了。隔壁几个剧组也相继结束拍摄，所以今天酒店里显得有点冷清。

尉迟看她的脚步有点飘，便说："小姐，我去给你买点醒酒药吧，不然晚上睡觉会头疼。"

纪溪瞅着他，突然变了脸色，没有了从前温和淡定的样子，而是有点凶地说："你叫我多少天小姐了？你该叫我太太。"

从尉迟的态度，纪溪看不出阮好风以前到底有没有情人，但她和他结婚了，她还是有那么一点点"闹事"的资本的。

这叫什么来着……正宫的威严？

尉迟愣了一下。

纪溪说："不信你自己去问阮好风。"

她看见尉迟一脸茫然的表情，突然觉得很好玩。她终于感受到了拍戏结束后的轻松，顶了这么久的压力终于得以舒缓。纪溪借着撒酒疯的名义发泄情绪,不过她也不干别的,就只是笑。

尉迟不知道该怎么办,他只觉得纪溪在说胡话——喝醉的人说的话不能信。毕竟,他是不会相信眼前这个稚嫩的姑娘是阮好风的太太的。

"问我什么?"一道声音突然从他们前方传来。

一个身姿挺拔的男人站在楼梯尽头,正看着他们。

尉迟愣了一下,叫道:"老板?"

与此同时,神出鬼没的周助理也走了出来,他接过纪溪手里的东西,说:"太太,我来拿。"

面对尉迟的疑惑,阮好风点了点头,表示自己刚刚听到了。

他的视线最后停留在纪溪的身上。将近两个月不见,纪溪瘦了很多,脸色也苍白了一点,但是依旧漂亮。现在他的太太喝醉了,水汪汪的眼睛朝他看过来,看得他心跳加速。

她的眼神像猫的,骄傲中又带着一点委屈。

"是你。"纪溪仰头看了看他,嘟囔着,"你怎么这么久都不理我?"

阮好风心知她喝醉了,走过去伸出一只手把她搂住,防止她跌倒,又伸出另一只手刮了刮她的鼻子,说道:"嗯,是我,那你说说,我是谁?"

纪溪看了看他,小声说:"是我的老公。"

阮好风笑了,揉了揉她的头发,说:"你瘦了,明天带你去吃好吃的。"

纪溪这才想起来问他:"你怎么在这里?下午的宴席你没来。"

阮好风说:"飞机晚点,没能赶上,所以就直接过来等你了。"

他们这一群人,拍戏结束就等于解放了,原本准备玩到凌晨的。要不是纪溪知道自己喝醉了,提前回了酒店,还不知道阮好风要等到什么时候。

她看见阮好风堆在地上的几件行李,歪着头,笑道:"你不知道自己另开一间房?"

阮好风摊了摊手,说:"没有多余的房间了,整个酒店都被剧组占着。

我想了一下，还是等你回来比较好。我忘了带剧组证明，前台的服务员不让我进来。最后我给他们看了我们的电子结婚证，他们才放我上来。"

尉迟在旁边瞪大眼睛，整个人像被雷劈了一样。

纪溪拿房卡开了房门，也不管其他人，迷迷糊糊地挽着阮好风的胳膊，让自己不会倒下去。

阮好风回头看了一眼周助理和尉迟，说："你们先回去吧，我来照顾小纪。"

尉迟赶紧跟周助理往回走。他一边走一边嘀咕，最后轻声地问周助理："周哥，她真是我们家太太？我也没听阮老夫人提起过，这到底是什么情况？"

小周"嘘"了一声，说："老板的事情，问这么多干什么？她是咱家真正的夫人，如假包换。你得罪人家了？"

尉迟想起他之前跟纪溪说的那些漫不经心的话，脸都白了。

小周一看就知道是怎么回事，说："那你得找个机会赔罪了。不过咱们这位太太的脾气好，人也挺好的，不会为难你。"

这倒是真的。

尉迟从国外军校毕业，回国后就进了保镖公司。他不止一次接过当艺人保镖的工作，被阮家挖过去之后他才算稳定下来。

纪溪是他见过的为数不多的，在人前人后都谦和有礼的姑娘。她身上有对工作的拼劲儿，却少有左右逢源的圆滑。

想到这里，尉迟问道："太太看着不像艺人吧？拍戏是不是只为了玩玩？"

他不关注娱乐圈的事，更没有听说纪家最近有什么动静，所以他以为纪溪是一个养尊处优的小公主，出来体验生活的。

周助理小声道："太太之前还真不是艺人，她是演音乐剧的，活动范围也不在国内，其他的事情你就别问了。先生和太太的事情也别跟老太太说，知道吗？先生家里的情况已经够复杂了，之前老太太听说先生背着她结了婚,气得三个月都没好脸色。这次先生回去一趟,老太太一直在问太太的情况,可先生就是不说。因为这件事先生还差点没能出门,连对外的联系都被监控了。所以在先生和太太的婚事公开之前,我们还是谨慎行事为好。"

于是两个人一齐噤声,默默地走了。

纪溪一回到房间就往床上倒去。

她觉得眼前天旋地转的,只想好好休息,可是生物钟让她没有办法在此刻入睡。那一双漂亮的眼睛半睁着,整个人散发出一种让人心跳的美。

阮好风扶着她在床上躺好,怀里的小姑娘头一歪,就靠在了他的肩上。淡淡的香水味随着呼吸传入鼻间,很好闻。

"我很久没见到你了,阮好风。"纪溪睁开眼睛看着他,嘟哝着,声音软得几乎化入他心底,"你为什么现在才来?你都没来参加宴席。"

她喝醉了,说话颠三倒四,同一个问题问完后像突然想起一般,又问他一遍,有点傻乎乎的,和她平常知书达理的样子不太一样。

一个多月没见,他能想象到她经历了怎样高强度的拍摄,可她没有叫一声苦、一声累。阮好风看着她,眉眼也变得柔和起来,他轻轻地抚平她微微蹙起的眉头,像哄小孩一样哄着她,说:"我来接你回家,溪溪。"

"嗯。"纪溪点了点头,过一会儿又把"你怎么来了"这个问题问了一遍。

阮好风烧了一壶热水,拿着纪溪日常使用的杯子,倒了半杯热水进去,再兑了点常温的矿泉水,又给她拿来解酒药,单手搂着她,哄着她让她把药吃了。

05

吃了药,纪溪更困了,她慢慢地闭上了眼睛,可纤细的手指还是紧抓着他不放,这是下意识的动作,仿佛在寻求安全感。

阮好风任由她抓着,低声问:"除了吃饭以外,还想不想做点什么庆祝一下？"

纪溪说："睡一觉，然后回家。"

阮好风问："没了？"

纪溪乖巧地点点头，说："嗯，没了。"

她是真的累了，头发有点凌乱，柔软的发丝贴在颊边，身上没有难闻的酒气，反而带着淡淡的香味。

阮好风看着她，忽而心里一动，微微低下了头，吻了她一下。

那触感软得不可思议，热得让人心尖发烫。阮好风感觉到抓着他袖子的手松开了，好似手的主人震惊了。

纪溪睁开眼睛，看着阮好风长长的睫毛，直到阮好风看她的时候，她才清醒了一点，反应了过来。

阮好风吻了她。

阮好风看着她茫然的样子，只觉得可爱，于是轻轻地拂开她鬓角边的碎发，又落了一个吻。他的声音低沉而富有磁性，轻声问："害怕？"

纪溪摇了摇头，愣愣地看了他一会儿，像才知道害羞似的，慢慢地红了脸。

她小声说："我……我第一次和人谈恋爱。"

"嗯。"阮好风低声问，"然后呢？"

纪溪抿了抿嘴，小声说："你下次……下次不可以这么久不来找我，我们已经结婚了，阮好风。"

阮好风笑了起来，说："好。"

他的小姑娘是这样安静、听话，不同于她姐姐纪玢的火辣、外向，她像一个不会讨糖吃的孩子。她知道他忙，所以不主动打扰他，不找他撒娇，只是安安静静地拍着自己的戏。

可她只是一个二十几岁的小姑娘，家庭突遭变故，怎么可能不伤心、不脆弱？只不过她已经习惯了，所以即使她结了婚，第一次试着认真地去喜欢一个人，却连撒娇都不会。她习惯了一个人打拼、熬日子，也怕给他添麻烦，所以她始终小心谨慎，让人心疼。

"我也是……第一次谈恋爱。"阮好风轻轻地捏着她的脸颊，不知道怎么哄她。

他想了想，郑重地说："对不起……这次我没有办法及时联系你，以后不会这样了。"

纪溪闭着眼睛，她已经困得不太清醒了，并没有听清他的话。只是仿佛感受到了那话中的安慰与疼惜，她轻轻地"嗯"了一声，就睡着了。

阮好风把睡着的纪溪抱上床，盖上被子，隔着一层被子把她抱在怀里，他轻轻地躺下了。

第二天纪溪醒来时，剧组里的人差不多走光了。

她与跟她关系好的几个演员留了地址和联系方式，大家说以后有什么资源都会帮忙推荐。那个活泼的场记李钰则马不停蹄地赶去了另一个剧组。导演也直接启动了另一个拍摄项目，正在募集资金。

这种感觉有点奇妙，他们这些演员好像被组合起来的小齿轮，被组装成各种各样的精密仪器，分工合作。等到一部戏结束之后又散开，大家各走各的路，各忙各的事。

纪溪早晨五点半就醒了，阮好风还保持着隔着一层被子抱着她睡的姿势。

她看了他一会儿，好半天才想起来已经拍完戏了。她现在不用背两份台词了，也不用温习两场戏了。

房间里的窗帘遮挡得很严实，空调和加湿器都开着，很舒适。于是她又睡了过去，在一个算不上很熟的人的怀抱里，她却意外地睡得很安心。

等到她再次醒来的时候，阮好风已经起床了，并且出了一趟门，还带了早点回来。

他推门走进来,看见她醒了,就将一袋早点放在桌上,说:"我叫小周他们先回公司了,刚刚下楼随便买了一点东西,你先垫垫肚子,之后带你去吃好吃的。"

纪溪下了床,先尝了一个灌汤包,然后才穿着拖鞋去洗漱。昨天她喝醉了,来不及洗漱,连鞋都是阮好风帮她脱的。想到这里,纪溪就觉得有点不好意思。

她洗了一个澡,以最快的速度吹干了头发,穿着睡裙走了出来,就这样随意地在桌边坐下。

阮好风很随意,吃着油条,喝着豆浆,慢条斯理地看着早间新闻。

纪溪走过去坐下,继续吃她的灌汤包。包子皮薄馅多,筷子一戳就能溢出鲜香的汁水来,就是有点烫。她吃得丝毫不顾形象,一边吃一边吸着气。被烫到后,她要停好一会儿,只能靠喝水来缓一缓。

阮好风从她的碟子里夹了一个包子,蘸醋后尝了尝,说:"不烫啊,溪溪,你是猫舌头吗?"

纪溪从没听过这个说法,问他:"什么是猫舌头?"

"就是和猫一样,舌头比较敏感,吃东西时容易被烫到。"阮好风说。

纪溪似懂非懂地点了点头,应了一声:"哦。"

"凉一凉吧。"阮好风说。

纪溪看了一眼眼前的包子,努了努嘴,说:"可是,就是要烫的才好吃啊。"

阮好风笑着看了她一眼,想说点什么,最后又没说。那种有点放纵和宠溺的态度,让纪溪的脸颊有点发烫。她本来想问他在笑什么,这下也不知道该说什么了。

她吃了一会儿,阮好风很自然地凑近她,伸手把她搂了过去,给她看他手机里播放的内容——那个网络剧的精修版预告片。

因为陆域中途退出,原本发布的预告片被撤掉了。新的预告片和定妆照一起发布，还重新加入了纪溪反串男配角的戏份。一直到拍完戏，剧组的官方账号也未公开纪溪反串男配角这件事。

演员拍完戏之后就是剪辑组的工作了。

预告片率先发布，开头部分是人物群像，按照阮好风选定的镜头风格进行剪辑。主演一人说一句能代表人物命运的自白，预告片将蒙太奇效果发挥到极致。

看过的人直呼好看，关于视频的评论数量非常多。纪溪还没来得及分辨评论里的夸赞到底是真心还是反讽时，她的注意力就被预告片的内容吸引了。

预告片中，对于纪溪，镜头沿用了她在前一个预告片里的三个阶段的代表形象。最后一个阶段，女主角以为拥有了一切，实际上她内心却空虚寂寞。在她意乱情迷的一声轻叹下，男配角的镜头被切进来。

女主角刚说完"我爱他"三个字，屏幕上就出现了一个青年男子瘦削的侧颜。

他英俊、阴柔、沉默，从眼角到眉梢都带着一股清冷的气息。

预告片放到这里的时候，弹幕已经多到几乎掩盖住画面的地步了。

弹幕越来越多，但每个人表达出来的意思几乎一致："这个男孩好帅！这是谁？"

纪溪知道那就是自己，但也同样看愣了。

被处理过的人物完全看不出女性的影子，这一点为人物在动态影像中的表现增色不少。

预告片放完了，阮好风刚要开口就听到纪溪用软软的声音求他道："再看一遍，好不好？分享给我，我要收藏起来。"

她眼里是掩盖不住的笑意。

第八章

01

阮好风轻轻地揉了一下她的头发,说:"看把你美得。"

于是,纪溪又看了一遍,看完后她觉得非常满意。待她退出视频时,她发现这个视频的转发量已经达到了五万次。

除了宣传账号之外,转发的用户大多是年轻人。在如今这个信息泛滥的时代下,这个转发量已经相当惊人了。

阮好风说:"知名作者的优势就在这里。虽然剧组的人气不高,但是原著作者本人即是宣传的门面。这次我考虑到这部剧的观众多半是年轻人,所以制作预告片的剪辑师也不是我们平常用的剪辑师,而是视频网站上的著名剪辑师,我们一般叫他们'剪刀手'。"

纪溪没听过还有这种操作形式,有点好奇地听他讲解。

阮好风说:"这也是营销策划中的一种手段。当然,主要还是因为你的演技足够好,形象足够好。'剪刀手'把之前的预告片剪成片段,做成合集,就是我们经常在网络上看到的'古风美女群像'这一类的视频。先让观众看一看,后续再推出剧组原本的视频,给观众呈现出更多的画面,这样热度就提升起来了。"

除此之外,其实还有陆域那边的关注度。

上次陆域的丑闻一出,他的粉丝们都不相信,纪溪因此也遭到了不少陆域粉丝的攻击。

人们总会对八卦消息感兴趣,除了陆域的粉丝以外,其他人也都在关注男配角的替换人选。

现在这个预告片一出,就有不少人在问:"这个人是谁?"

很多人都对这个突然出现的男配角感到莫名其妙。这是一个生面孔,网络上也没有关于他的任何介绍,但他的形象却很好。如果是新人出道,不介绍一下那也太浪费机会了;如果不是新人,那就更不可能连一丝一毫的信息都找不出来。

很快,有人发现了一些细节——

有眼尖的网友提出了疑问,道:"这个人好像和'吸血鬼小公主'有点像,是纪家人?纪玢不会还有个弟弟吧?"

这个话题一出,立刻得到了许多人的关注,众人纷纷响应:"还真有点像!这个肯定是纪家人吧?"

甚至还有网友把纪溪的面部和男配角的进行对比,仅仅几个小时,消息就已经传得有鼻子有眼了。

阮好风给纪溪念网友的评论:"纪跃,纪家最小的儿子,之前在国外念大学,现在跟着二姐一起回国,姐弟二人同时参演网络电视剧……天啊,怎么感觉有阴谋呢?先是让男配角陆域曝出丑闻,然后让纪跃顺理成章地顶替上位……这是活生生的'宫心计'吧!"

他一念完,纪溪就和他笑成了一团,好半天才停下来。

纪溪眉眼弯弯,道:"想不到我多了一个弟弟。"

阮好风也笑道:"我也没想到我多了一个小舅子。"

两个人又愉快地讨论了一会儿与这部剧有关的话题。

阮好风说:"两个月之后这部剧就要播出了,到时候又是一场硬仗,演员要配合剧组的各项宣传事宜,有可能会让你出席一些活动。所以,这个月你先好好休息吧。"

纪溪点点头,应道:"好。"

"我还帮你争取到了一个参加综艺节目的名额。"阮好风低着头,给她推荐了一个联系人,"他的综艺节目你听说过吗?"

纪溪愣了一下,她当然听说过。

现在随着娱乐节目越来越多,综艺节目的形式已经不限于早年的唱歌比赛了。就连歌剧、音乐剧等,都会出现在不同形式的综艺节目中,并且反响良好。观众喜欢看选手们拼搏、绽放的过程,而节目组也能借着这个机会,让小众艺术走入大众的视野,寻找更多的商机。

当初,纪溪还接到过有关音乐剧的综艺节目的邀请,但是她当时没有进入娱乐圈的想法,所以没有参加。

阮好风推荐的《百人入戏》是一档演员竞技类节目,赛制和其他综艺节目一样。有一百个人参加,最后选出的十人将会饰演各大热门电视剧的主角,也算是给没有名气的演员们一个展示自己的机会。

它的人气在综艺节目总排行榜中居高不下,只有一个原因,那就是它强调演员的实力。参加的人多是科班出身,个人表演、表演对手戏等环节总能让人看得连连称赞。

阮好风说:"我现在的建议是,你继续往演戏这条路上发展,你有实力,更容易出人头地。演戏不同于唱歌和其他表演形式,从某种程度上说,它的反馈相对会更快,有利于实现自己的价值。当然,这个综艺节目的竞争也是十分残酷的,你要做好心理准备。你自己决定,溪溪。"阮好风看着她的眼睛,问她,"想去吗?"

纪溪毫不犹豫地点了点头,说:"我要去。"

在参加《百人入戏》之前,纪溪虽然还有两个月的空档期,但她并没有打算在这个时候闲下来。纪溪告诉阮好风,她准备用这一次的片酬给外公支付住院的费用,并且她已经在考虑一些投资渠道,想要攒一些钱。

阮好风看她一个人拿着笔在那里算来算去,笑道:"哪有你这么算的?你家里的事情先不要急,我们先来定一个目标,让咱们家溪溪成为家喻户晓的大明星。等到你成为大明星,你的个人价值提升了,机会和回报也会多很多。"

纪溪噘着嘴,下意识地将银色的笔抵在唇边,慢慢地滑动着,显得有点可爱。她说:"我不太懂这些东西,你可以举个例子吗?"

"如果你自己能成为一个品牌,那么你就能很好地进行价值转换和品牌变现。广告代言这些就不说了,比如电影投资,有的导演不喜欢用新人,他们宁愿意花大价钱请老牌演员。在这种情况下,你可以选择签订估值调整机制协议。相当于拿你的业务能力和金字招牌承诺,当拍出的作品票房达到一定数值后,就能换取合同中的合法收益,这也算一种风险对赌。当然,我并不建议你这样做,因为通常来说,这种协定都是以保护投资人的利益为准则的,你自己会很吃亏,如果没有专业的律师,签合同时也容易出现各种各样的漏洞。

"如果你放心我,那么这些我会来帮你处理。但是原则上,只有你自己达到了那个高度才能得到好机会,所以最终还是要靠你自己努力。"

"靠你自己努力",纪溪喜欢这个说法。

她想了想,利落地把银行卡拿了出来,递给阮好风,说:"那好,我的工资就上交了。密码是我的生日,一切都听老公的。"

阮好风嘴角含着笑意,道:"你就不怕我骗财、骗色,然后跑路?"

"那我不管。"纪溪用手托腮,笑着冲他歪歪头,"财是小财,色也是小色。要是你跑路了,看起来还是你亏得比较大,阮先生。"

"顽皮。"

阮好风伸手摸了摸她的头,也把自己的一张银行卡递了过去,一脸严肃地说:"给你的,夫妻间就要公平一点。"

纪溪瞅着那张银行卡。

阮好风说:"密码也是你的生日。"

02

纪溪的心一下怦怦跳了起来,不禁笑了,这算什么?他这动作不跟小说里的霸道总裁一样吗?纪溪在心里嘀咕着,可阮好风也不是那种类型的总裁啊。

他说话时神情是那么自然,也没有解释他为什么把她的生日设成了密码。这让她心里感到一丝甜蜜。他没有多说什么,她却清清楚楚地感受到了他的占有欲和亲近欲。

纪溪低下头,小心地把卡放进钱包最里边的夹层中,小声说:"知道了。"

阮好风继续问她:"那你假期有什么安排?"

纪溪想了想,说:"没有什么别的安排,不过要上《百人入戏》的话,我可能会去报一个演技辅导班。我可以联系关系比较好的师姐,让她帮忙牵线给我介绍一个老师。"

阮好风挑了挑眉,说:"那你不如找我。"

纪溪看了他一眼,有点讶异,说:"找你?"

阮好风说:"你可别小看我。我虽然不是表演艺术系科班出身的,但是我上过的表演课不比你少。另外,综艺节目的重点还是要有综艺感。你在磨炼演技的同时,我也帮你培养一下综艺感。机不可失,时不再来。我给你三秒钟时间考虑——好了,三秒已经过了,我宣布你已经答应了。"

纪溪笑了起来,道:"这也太随便了!"

阮好风接着问她:"那你的考虑结果呢?"

纪溪说:"好的!"

"那不就结了?"阮好风站起身来,愉快地说,"走吧,收拾收拾东西,我们回家。"

纪溪本来还想拉着他去影视基地,听说那里有一家店的花雕醉鸡很好吃。结果,被阮好风一句话堵了回来:"那个就不吃了,以后有的是时间来这边吃。公司的分部就在人造沙漠对面,以后还能叫外卖。"

纪溪想了想,觉得他说得也有道理,于是乖乖地跟着他登机,飞回了B市。

纪溪的行李很少,她过来时箱子都没装满。回去之后,加上剧本、道具等一些东西,以及这段时间收集的零碎的小物件,箱子依旧没装满,阮好风单手就提了起来。

她戴着口罩和帽子,像一只小鹿一样跟在他身后。等到了机场,拿到登机牌之后,两个人又像之前一样默契地分开,各自从不同的VIP通道进去。

只是阮好风那边出了一点小小的状况——他的行程被胆大心细的粉丝知道了。粉丝们围堵在登机口的护栏边,保安不得不过来维持秩序。阮好风跟粉丝互动了一会儿,赶在最后的时间登上了飞机。

为了防止有娱乐记者和粉丝跟着进入机舱,他和纪溪的座位也是分开的。上了飞机之后,他们将手机的运行模式调为飞行模式,然后各自安睡,抵达B市前才醒来。

下飞机之后,阮好风遭到了粉丝们更猛烈的围堵——出口处人山人海,直接将机场出口堵得水泄不通。

纪溪远远地瞧见了这样的盛况,知道阮好风大概是没有办法和她继续同行了,于是拦了一辆出租车,直接回了她的小屋。

周助理不在,尉迟也不在,纪溪觉得这样很正常——她到现在都以为尉迟是阮好风妈妈派来保护她的保镖。因此不外出拍戏的时候,她的私生活不会受到打扰。

她回到家中后,先把积了两个月灰尘的小屋收拾了一下,然后点了一份外卖,等外卖的时候顺便洗了一个澡。洗完澡后,她看了看外卖的配送时间,换好衣服坐到沙发上,等阮好风的消息。

阮好风还没有给她发消息，估计还在处理突发情况。她也不在意，手指在手机屏幕上按着键盘，给他发消息，说："那我什么时候来找你上课？"

消息刚发送出去，就有人敲门。纪溪站起身来，走到玄关边问了一声，原来是外卖员。她透过门缝看过去，对方长得凶神恶煞的，有一点吓人。

她一个女生独自在家，家里的门是老式的，又没有装防盗门。好在纪溪的警惕性早在国外时就被锻炼出来了，她说："请您放在门外，谢谢。"

外卖员把外卖放在门外就走了。

纪溪还是不太放心，等了一会儿后，她才把门推开一条小缝隙，蹲下身去，伸出一只手去拿外卖。一个熟悉的声音从墙边拐弯处传来："怎么拿个外卖都偷偷摸摸的，背着我吃什么好吃的？"

纪溪吓了一跳，猛地一起身，头顶撞到了门把手。

另一边，阮好风则弯着腰，拿起了她的外卖，彬彬有礼地问她："我现在方便进来吗？"

纪溪揉了揉自己的头，起身让他进来。

阮好风帮她把外卖拎了进来，放在玄关边的置物架上。随后向纪溪伸出了手，说："给我一双拖鞋，溪溪。"

纪溪没怎么在这个房子里住过，平时也没什么客人到访。说起来，仅有的两次，来访者都是阮好风。连她脚上穿的这双鞋，都是她搬进来时临时买的。

以阮好风现在的身份，拿鞋套给他也不合适。纪溪找了半天，才在梳妆台下尘封的储物箱里找到了一双简陋的塑料拖鞋。

阮好风倒是不介意，大大咧咧地穿着就走了进来，非常不客气地找她要吃的："给我留什么好吃的了吗？"

纪溪这才反应过来，答非所问："你怎么过来了？"

阮好风说："这几天先住在你这里了，顺便给你上上课。一会儿小周他们会把行李送过来，还差什么东西，我们一起出去买。"

"好……"面对阮好风这个临时决定,纪溪还有点反应不过来。

好像哪里不对,又好像没什么不对。

他们已经是合法夫妻了,不是吗?

想到阮好风刚刚的话,她把自己点的外卖拿过去,讪讪地说:"我没想到你会到这边来,家里也没别的吃的,做不了饭,要不你先吃我的吧,我再点一份。"

她点的是一份蔬菜沙拉,抬眼望过去,一片翠绿。

阮好风看了半天,说:"溪溪,你怎么吃草?前不久还想拉着我去吃花雕醉鸡,怎么现在就吃起草了?好可怜的小姑娘。"

纪溪这下听出了他在笑她,小声地"哼"了一声,为自己辩解道:"我想再瘦一点,这样上镜的时候才好看。"

她看了之前剧组后期剪辑的镜头效果,平心而论,她已经算是非常纤瘦了。然而,镜头上的她像整整大了一圈,尽管远远达不到丰满的程度,但是呈现出的这种效果却让她心里打起了鼓。

03

当演员最重要的一点是注重身材管理。如果不能控制好身材,这个演员在演戏时外在形象就会大打折扣,无法满足观众在视觉上的期待。

这一点,也是影视剧和音乐剧的不同。

纪溪起初入行的时候总是被同事笑,说她瘦得像一根豆芽菜。音乐剧要求长时间地控制气息、发声,需要保持好体力。如果没有足够好的身体状态来支撑,演员就很难完整地演完一场音乐剧,更不要说一周跑好几个场次。这也是做音乐剧这一行的演员重视力量训练远甚于身材管理的原因。

当时,纪溪为了演音乐剧还进行了一段时间的增肥,不过效果不大。她属于不易胖,却也难以瘦的类型。

她小声说道:"这两个月拍戏瘦了一点,可是多睡了几次就长回去了,我也没有办法。"

阮好风笑着看她,知道她是为了之后的综艺节目做准备,也不继续和她开玩笑了,自己另外点了外卖。

纪溪一边吃一边浏览这段时间网上的新消息,分析娱乐圈的市场动态,因此也没有注意阮好风到底吃了什么。只是当她咽下最后一口青菜的时候,阮好风给她夹了一个水煎包。

"吃了,碳水化合物不能不吃,瘦身的前提是保持身体健康。"

纪溪就吃了。

吃完,阮好风主动收拾餐盘,打扫卫生。做完这些,他又拉着纪溪下楼去小商铺买东西。

因为这是一个比较安静的居民区,一般不会有什么人打扰,阮好风只带了一个口罩就走了出去,跟她并排走在一起。他挑东西大多是挑双人份的。纪溪原本的水杯扔了,他便新买了一套情侣款的,总之买的都是成双成对的。

出乎她意料的是,阮好风在布置她小屋的这件事上非常感兴趣,他好像很喜欢这种贴近生活的感觉。

他拉着她买完日用品,还要拉着她去家居店。之前装修后破损的或者没有来得及安装的东西,他全部都要买下来。然后,他叫家居店的人帮忙装车、运送,还挑了一些小玩意儿,例如绒毛抱枕、小灯饰,统统都是粉红色的。

纪溪跟在他身边,小声说:"原来你有一颗少女心。"

阮好风倒是疑惑起来,问她:"女孩子不是都很喜欢粉红色吗?"

纪溪冲他吐了吐舌头,说:"可我不是啊,我比较喜欢鹅黄色和浅蓝色。"

"哦……"阮好风若有所思地看着他选好的这一堆小玩意儿,最终还是决定就这样了,"那就是我喜欢。"

阮好风甚至还想给她买一个公主床,被纪溪笑着拒绝了。她说:"我不要,感觉好奇怪。"

"是吗?"阮好风倒是没有坚持,反而很认真地问了她一句,"为什么会觉得奇怪?"

纪溪又冲他吐舌头,说:"我不喜欢童话故事里的公主。而且,我现在每天过得都很粗糙,配不上这么好看的床。要是我睡惯了这张床,再到片场里喂蚊子,估计会娇气得不想去。"

阮好风低声笑了笑,揉了揉她的头,轻声叹道:"你啊。"

纪溪没想到,阮好风在对待专业问题上态度非常严格,甚至到了严酷的地步。

纪溪没有上过专业的影视表演课程。音乐剧和影视剧虽然有相通之处,但是也有很多不同的地方,而这些都需要时间来调和。

阮好风完全拿她当专业的学生一样教导、要求,这让她有点不适应。

纪溪闲下来的时候查看相关资料,这才得知,阮好风在国外学表演时,教他的老师正是业内的一位大腕儿。

阮好风虽然谦虚,一直说他拿奖是因为运气好,有人退出,所以他捡了便宜,但是他确实有很强的实力。而阮好风现在所表现出来的专业性,也让纪溪更加明确了一点:他很优秀。

留给纪溪的时间并不多,她没有办法像其他表演系学生一样,慢慢地、系统地去熟悉专业方向,进行实践拍摄。她只能将她已经熟知的专业知识和经验结合在一起,再融合阮好风教给她的重要内容。

阮好风给她讲戏,从剧本讲到银幕表现,再一帧一帧地给她分析经典表演片段的微表情、微动作,然后让纪溪发散思维,选择另外的表现方式来演绎这些经典片段。

待她演绎完经典片段后,阮好风又给纪溪放她从来没有接触过的电影选段，让纪溪通过人物表现和场景来推测人物的心理。

这些其实都不算太难，但是都需要一定的专注力和领悟力。

好在纪溪在这方面悟性不错，也肯下功夫。她对待这件事情很认真，几天下来，单是笔记就记满了一大本。

然而，阮好风在教她更进一步的表演技巧时，纪溪遇到了难题。

阮好风让她练习默剧。

无声的黑白悲喜剧，没有声音，只能靠神态、动作，甚至着装来表达人物性格和故事情节。

阮好风说："没有了声音这个媒介，观众对演员本身表现力的要求就会提高一个档次，尤其是在遇到表现性格内向的人物的剧本时，观众会更加注重表演者的肢体动作和神态。同样的，抛开默剧，抛开肢体动作与神态的表现力，你还要做到能够单凭声音演好一个角色的程度。我们说台词功底好就是这样，演员从来都是要全方位发展的。"

纪溪的弱点在这一训练中被无限放大。她有演技，懂得体会，甚至能够自如地展现情节之外的东西。但是她的表现力仍然过于夸张，遇到激烈、有张力的角色时，她的完成度很高；而遇到内敛、含蓄的角色时，纪溪明显感到很吃力，她难以掌握人物和自身表达之间的平衡感。

这天晚上，纪溪连续演了两个剧本，但表现得都不是很好。

阮好风的态度倒是很平和，没有直接批评她，而是说："你休息一下，把原片再看一遍。"

纪溪连续十多天都处于不佳状态中，她心里有一点难受，但是她很快调整了情绪。吃过饭，她用头顶着一本书，踮脚靠着墙，一边轻轻地做着手臂运动一边想问题。

阮好风在旁边处理事情，时不时地往她这边看。纪溪穿了一件白色的T恤，蓝色的短裤，站在那里就像一只小天鹅，稍微歪歪头，似乎就会有细小的羽毛飘落下来。

04

他听见她叫他的名字："阮好风。"

他忍着没有抬头，就听见对面的姑娘像在抱怨似的，小声说道："你说我什么时候才能学会演戏？"

"谁知道？有的人天生就会演戏，有的人学一辈子也只能学到个两三成。"阮好风看向她，轻轻地笑了，"你看起来像一个叫 Donna 的女孩，电影里的。"

纪溪歪歪头，然后敏捷地接住了落下来的那本书，问他："你说的是那部穿着黑裙子的女孩和盲人军官跳舞的著名电影吗？我像 Donna 吗？"

"是，你像中校发现的那个女孩，那时候她还没有学会跳探戈。"

纪溪看这部电影的时候，印象最深的就是影片里中校那双看不见却依旧明亮的眼睛。他自信、沉稳，带着一个不会跳舞的女孩，完成了一段完美的探戈表演。

她说："我和她像吗？她比我美多了，我还记得她的高跟鞋和露背的黑裙子，很美。"

"你也很美。"阮好风站起来，与此同时，他的眼神也发生了变化——视线似乎聚焦在虚空中的某一处，看起来像一个……像一个盲人。

纪溪扑哧一声笑了出来，说："不是吧，现在吗？"

她这几天有幸和她这位拿了大奖的"天才演员"先生搭了戏，大多数时间阮好风并没有去演，而是在指导、调整她的表演。

阮好风说："来啊。为什么不趁着现在跳一支舞呢？"

他选好曲目，按下播放键，熟悉的前奏缓缓地流淌而出。

他走到她面前伸出手，纪溪将手放在他的手上，他轻轻地握住了，牵着纪溪的另一只手扶上自己的肩膀，而他的另一只手，则非常绅士地搭在她的脊背处。

这是一个标准的探戈舞开场姿势。

纪溪也不怎么会跳探戈。上大学时,她上过一段时间的国际标准舞的课程,可惜现在全都忘光了。这个时候,完全是阮好风带着她跳,前进、后退,舞步旋转。他松开她的时候,她就知道自己可以自由地旋转,他拉回她时,她就可以放心回到他的怀里。

阮好风的眼睛望过来的时候,像在看她,又不像在看她。那眼里有许多她暂时无法解读的东西,可是又如此明亮,甚至比电影中男主角的那一双眼睛还要明亮。

"探戈舞步最显著的特点是'蟹行猫步'。当舞步前进时,舞者要横行移动;当舞步后退时,跳舞的人要斜着往前移动。探戈舞者的舞步随音乐节拍的变化时快时慢,因此探戈也被称为'瞬间停顿的舞蹈'。对了,你记得 Donna 穿着黑高跟鞋和露背的黑裙子,那记不记得她在第三次切镜头时跳的那一步?"

纪溪当然记得,那一步柔软得像水,轻盈得像猫,女孩子的万种风情都隐藏在这一步里。

阮好风看着她的眼睛,轻声说:"跳舞的是两个人,中校的人格魅力逐步展现的同时,女孩的魅力也在逐步展现。"

"还记得那句台词吗?"阮好风复述了一遍,"No mistakes in the tango, not like life.(探戈中没有错误,它并不是生活。)演戏也一样,它不像人生,溪溪。"

这时,纪溪跳错了一步,阮好风上前揽住了她,免得她被自己绊倒。纪溪一头撞进他温热的怀中和他对视了一眼,两人相继大笑起来。

虽说有两个月的休息时间,但前一个半月,纪溪可以说根本没有闲下来。她一直在阮好风的指导下进行有针对性的演技训练,同时补习基础课程,大量地阅读如何提高演技的书籍,揣摩各种各样的影片。

最后半个月,纪溪才放松下来。她想让自己休息一下,为之后参加综艺节目调整状态。

阮好风上次推荐给她的联系人就是《百人入戏》综艺策划组的编导。

纪溪联系了她之后，被拉入了一个微信群，群里的通知要求演员按规定填写详细的个人资料，并且准备第一期节目的开场考核——单人即兴表演。节目中的导师和嘉宾有可能随时抽取不同的场景内容，作为考核学员的题目。

其实在这之前，这个综艺节目还有一次海选。很多演员投了简历，节目组从中择优录取了一百人，已经进行过第一轮淘汰了。海选时，阮好风帮纪溪报了名，纪溪的个人履历也是他帮忙写的。

纪溪虽然年纪小，但是履历相当丰富。在国外，她学的音乐剧专业，虽然不是专业的表演系，但她的演出经历却多到让人惊讶。她既演过热情火辣的吉卜赛女郎，也演过邪恶阴暗的女巫，音乐剧中的 A 角和 B 角都表演过。她参演过的音乐剧，大大小小加起来也有十五六部了，其中还有两三部是比较有名的。

阮好风说："策划组闭着眼睛就选了你，估计连我的推荐信都没看。"

《百人入戏》这个节目做过两季了，纪溪也抽时间看了。

前两季选出来的二十个人，观众现在对他们的评价依然是有褒有贬。前两季中有不缺资源的"老戏骨"，他们是为了进一步提升自己而来的，也有人是为了出名而来的。第二季一个还在电影学院读大二的男生走红了，他的外形条件非常好，综艺感极强，是一个长袖善舞的人。他参加这个节目之后，便开始青云直上。

纪溪一直在研究其中的原因，却没有找到诀窍。综艺感因人而异，纪溪是那种不擅长和人打交道的人，要她去制造笑点，去捧哏逗哏，都是比较困难的事情。

于是她便向阮好风取经，问道："先生，有没有什么诀窍可以传授给我的？"

阮好风想了想,说:"如果没有专业训练的话,保持本我就可以了。有时候刻意地去追求综艺感,反而会适得其反。自然一点、开朗一点,这样最好。公众人物的责任之一,就是要呈现给大众一个乐观的、积极的正面形象。"

纪溪想了想,问:"那样不会太正经了吗?到时候还是要经营个人形象吧?"

阮好风却说:"太正经了只是观众的托词,有谁会真的不喜欢完美的艺人呢?很多人一开始起点太高,容易导致下滑,但你的情况并不是这样的。溪溪,你回国后的那一手牌打得非常漂亮,先降低观众对你的期望值,然后再努力改变自己的形象,去引导大众认识真正的你。"

纪溪有点意外,没想到阮好风连她刚回国时耍的小聪明都看出来了。

她有点不确定地问:"那我……就正常表现?"

阮好风点头,说:"是,就这样,他们会喜欢你的。"就像他喜欢她一样。

虽然没有说出最后那句话,可两人却仿佛心有灵犀一般,都明白了。这两个月的时间里,他们既像老师和学生,也像多年的朋友。

有时候,纪溪会忘记阮好风是她的丈夫,因为他公事公办的样子,实在吓人。

有时候,他的语气过于严厉了,把纪溪训得一声不吭。当两人都陷入沉默的时候,纪溪就会噘起嘴来,小声说:"你好像我高中时的教导主任。"

阮好风说:"我要是教导主任,一定天天训你。"

05

那部网络剧播出的当天,正好是纪溪去综艺节目报到的那一天。

按照节目组的规定,录制节目的两个月内,演员不允许携带手机,吃住都在集训地里,不能与外界联系。

因此，纪溪提前跟之前的剧组导演请了假，并且把自己的社交平台账号交给了阮好风，请他帮忙打理。

阮好风说："是时候给你找个专业团队了，不过现在还不急，过两个月再看看。"

这一天，他送她去报到。

因为录制地点就在 B 市城区，所以阮好风可以开车送她去。

凌晨三点，两个人偷偷摸摸地出了门，全副武装，提着大包小包去了地下停车场。

纪溪乖乖地坐在后座，待他启动车后，才把卫衣的帽子戴上，咕哝了一声："阮好风，我睡了，到了叫我。"

阮好风说："好。"

纪溪在半梦半醒间想到了那一天他从玄关处走进来，就此闯入了她的生活。一天之内，她在一个陌生人面前卸下心防，又跟他一起领了结婚证，得到了一枚戒指。

感觉有点神奇，而这种神奇的事却实实在在地发生了。

今天正如那一天，她也是坐在车后座上，歪着头睡觉，而他在前面稳稳地开着车，要带她去一个新的地方。纪溪想起这一茬，突然问他："阮好风，你是什么时候想跟我结婚的？"

她勉强打起精神问了一句，并没有要他马上回答。片刻后，她垂着眼，又睡了过去。驾驶座上俊朗挺拔的男人从后视镜中看了她一眼，调高了车内空调的温度，他的声音轻得像在说梦话。

"很早的时候。"

不过，她没有听到。

录制地点其实不算偏远，就是堵车。B 市是出了名的二十四小时堵车堵得都很厉害。

今天是去剧组报到的第一天，有一百个人会到场，还有采访车、保姆车、灯光调试器之类的装备。除此之外，还有不少和纪溪一样为了避开高峰期而提前出发的人，结果都被堵在了门口。

人多了起来，阮好风就不好公开露面了。

纪溪醒来后看了看周围，揉了揉眼睛，说："我先下去吧，里面应该有电梯，我的行李不多，能搬得动。"

阮好风也就不再坚持了，他说："两个月不能联系，如果有用手机的机会，记得给我打电话。有什么事情也可以找导演，或者紧急联络我，注意不要太累了，保重身体最重要。"

纪溪说："好，我会给你写信的！你记得帮我看家。"

阮好风说："连手机都没有，哪会给你写信的机会？"

结果还真被纪溪说中了。

节目组租赁了一座双子楼。其中一座楼是训练室和表演舞台，另一座楼是学员和导师的宿舍。

宿舍门口有一个大邮筒。纪溪拎着行李找到房间时，看见入住须知上面写着，住进来的学员每人每天有免费写一封信的机会，邮费会报销。

因为没收了手机，所以节目组安排了让学员们跟家里人联系、报平安的其他渠道。

宿舍是导演组决定的，两人住一间房。

纪溪的室友还没来，她先把自己的床铺好了，整理完后去冲了一个澡，还给自己泡了一壶茶，接着又去熟悉了一下周围的环境。

她拎着水杯出门时，看见了放在门口的摄像机，知道节目录制已经开始了。于是，她大大方方地冲摄像机做了一个鬼脸，又挥了挥手。然后她去领了一张信纸，坐在那里写起信来。

"给先生的第一封信。我已经平安到达，宿舍是粉色的，有点像我们高中的宿舍。其他的暂时还不是很清楚，等我观察完毕之后再向你报告。"

写完后,她又在宿舍楼里上上下下溜达了一圈。其他学员也陆陆续续地过来了,大多数都有家属陪同。路过几间宿舍门口,她还能听见有人跟父母撒娇,声音听起来还很年轻。

她们这边是女生宿舍,来的大多是十五岁到二十五岁的姑娘。偶尔也有年纪稍微大一点的,是一些让人觉得脸熟,但是想不起来有什么作品的老演员。不过这样的演员大多保养得很好,也看不出真实的年纪。

所谓美女如云,纪溪现在算是见识到了。她没有参加过国内的艺考,但大概也能猜出眼前的这些女孩子都是层层筛选出来的。

纪溪看完排练室,正准备回宿舍时,被楼梯前的一阵小骚动吸引了注意力。

"我说了多少遍,不要给我带这些东西,又没地方放,我又不会用,你带来干吗?你放在这里赶快走,行不行?你不要跟上来!让我一个人去就行了。"

楼梯间,一个五官精致的女孩双手抱在胸前,一副非常生气的样子。她两手空空,身边站着一个五十岁左右的中年男子,男子手里提着大包小包,已经热出了一身汗。

那个中年男子不断地笑着说:"果果,这么多行李你一个人拿不上去,那……你不要的这个箱子,爸爸给你提回去,不生气,乖。"

纪溪停在那了一会儿,觉得眼前这个女生有点眼熟。在听见女生父亲喊她的昵称后,纪溪想了起来。这个女生正是她回国后在剧院里碰见过的那个演改编版音乐剧的女主角,在网络上拥有极高关注度的B大校花——姜果。

看起来她脾气确实不太好。

纪溪不打算掺和这件事情,离开前,她望见楼梯处的一个女生正低着头,独自一人拖着很笨重的箱子,反复几次都没能抬到台阶上来。她走下去问了一声:"需要帮忙吗?我来搭把手吧。"

那个女生累得满脸通红,连忙道谢:"好的,谢谢你。"

两个人一抬头,四目相对间都愣了一下。

那个女生惊喜地喊道:"溪溪!你也在这里!"

纪溪也很惊讶,急忙和她一起提箱子,带着她往宿舍区走。

那个女生是赵月函,正是之前那个剧组的女配角。她和纪溪一样大,刚出道不久,天天在片场挨骂,也经常哭,但是她对演戏这件事很认真,出现在这里一点也不奇怪。

纪溪很高兴能遇到熟人,也替赵月函开心,毕竟这里的一百人的名额不是那么好争取的,她能进来,是对她实力的一种认可。

第九章

01

　　赵月函显然跟她是一样的想法，两人刚把箱子放到平地上，她就轻轻地凑到纪溪的耳边说："真好，你也在！这里的名额可不好拿，海选条件超级苛刻，要不是我们剧组刚刚结束拍摄，我把这个经历写进了简历里，还真不知道能不能进来。"

　　纪溪笑眯眯地看着她，说："肯定能进的，这是你的资历啊！到了这里之后，你肯定会更好的！说不定还能拿到其中一个角色。"

　　这档综艺采取竞赛制度，选出来的十个人虽然能够获得与大制作方合作的机会，但不是人人都有选择权。按照规定，学员根据排名由高到低选择剧本，最后剩下来的人只能捡漏，所以最终还是得靠实力赢得一切。

　　赵月函却悄悄地告诉她："溪溪，别傻了，这样的综艺节目背后的竞争比你想的要可怕得多，我们这样的小鱼小虾，不能奢望比得过人家！"

　　纪溪愣住了，疑惑道："嗯？"

　　赵月函继续小声地说："你刚注意到楼梯间发火的那个女生了吗？姜果，刚出道就有好资源，粉丝基础也非常强大。她之前唱过音乐剧，还差点进了剧院文工团，这不是谁都有机会争取到的。我听见好多人说《百人入戏》的第一名非她莫属。"

这些事情，业内很多人心知肚明，有时候甚至被放到明面上来讨论。做节目不是做慈善，投资商的效益最大化才是最重要的。因此，为了规避风险，投资商会和节目组提前选出实力最强、粉丝基础最强大的一批人，作为最终胜出的预选人。

但这批预选人并不是一成不变的，竞赛制的好处在于，在短短的时间内，有能力的人可以赶超，而安于现状的人，则有可能被人甩在身后。台下刻苦学习，台上紧张刺激的比拼，本来就是这一类节目最大的看点。

赵月函又说："其实我是不抱希望的，我知道自己有几斤几两。只是我听说，比赛环节中还会请拿过国际大奖的知名演员来讲课，国外那个有名的导演，你听说过吗？就是那个多次得奖的导演，他也会来。溪溪，你说我们去哪里找这么好的学习机会啊？"

纪溪说："确实，就是不知道能不能请到我的偶像，写音乐剧本的那一位。我好喜欢他，等我以后打拼出一番事业了，我就去包场看他的演出，看八百遍。"

两个女孩叽叽喳喳地说了一路，笑嘻嘻地进了宿舍。巧的是，赵月函正好跟纪溪住一间房。或许是节目组考虑到她们在同一个剧组待过，所以将她们安排到了一起。

纪溪帮赵月函放好了东西，然后邀她出去转转。两个人结伴而行，将场地熟悉了一遍，又预习了一遍赛制流程。

两个小姑娘都没什么心眼，当下就笑嘻嘻地约定："既然我们都参加了这个节目，那就是对手了，比赛上互相竞争，不要心软，但私下我们要互相扶持，这样就好！"

早一天报到就会多一天的准备时间，这时离正式的录制时间还剩两天。纪溪和赵月函约好晚上一起去排练室，预习第一期节目的表演内容，为比赛做准备。除此之外，她们在宿舍内休息，争取以饱满的精神状态迎接接下来的事情。

赵月函和纪溪买了两块瑜伽垫，纪溪洗好晾干后，便躺了上去。当她拿出打印好的一沓厚厚的台本开始预习时，她再次注意到正对着门口的摄像头，于是她拉着赵月函一起看剧本、做功课。

每个人在报到之前都填写了一张意向调查表，其中规定第一期的节目表演中演员可以自由选题，经过节目组同意后可以邀请一两个配角当群众演员。

纪溪选了一部经典电影中的一个经典片段。虽然这部影片曾获得国际大奖，但是仍属于小众电影。

影片中女主角的前后两段戏内容极其复杂，叙事方式采用的是平行叙事。这部题材小众的电影因为这两段戏对比的强烈以及剧情的反转，赢得了良好的口碑。

和纪溪搭戏的群众演员已经来了。因为纪溪选择的戏并没有角色互动需求，只有布景需求，所以纪溪不需要太多的对词环节，而是让他们去配合其他演员表演。

她的这段戏是阮好风帮她挑的，之所以会选择这个片段，主要有三点：

第一点，这是一部小众电影，知名度不高，适合现在这个阶段的纪溪。

第二点，这个片段适合纪溪现在的表演水平。这段戏展现的是人物性格在外放和内放两个阶段之间的转化，这是纪溪可以展现出来的，相对稳妥。

第三点，也是最重要的一点——台词。不同于脍炙人口的经典台词，观众对这部戏的台词不熟悉，表演者的压力就会相对少一些。

这部电影是 A 国电影，原声是英语。为了适应舞台，纪溪亲自操刀，在阮好风的指点下将它编译、修改为中文剧本。纪溪在大学时经常进行短剧目的改编和创造，这对她来说是一件比较得心应手的事情。

在国内，演员和编剧通常是分开的，演员本人几乎不可能干预剧本内容的制作。在制作形式上，他们也是完全割裂开的。这样虽有利于分工调度，但也会让一部分演员丧失灵活性以及对剧本的领悟力。

这次的中文剧本，纪溪前后修改了八遍，精确到每一个眼神和细微的动作，最终得到了她比较满意的版本。这一点，将成为她在第一轮表演中的核心竞争力。

两天后，第一期节目的录制如期开始。

节目组虽然打着"为大众了解演员行业背后的坚持"的口号，但是不可避免地要追求一些综艺效果。

场内有一百个座位，学员按照随机抽取的号码决定进场次序，进场后选择自己想坐的座位。前十名的位子被打造成了如王座般的形状，等待着有野心的人落座。

02

纪溪的运气不是很好，进场时，前十名的位子已经没有了。这群年轻人都不吝于表现自己。到场的百人演员阵容中，有五六名在业内如雷贯耳的演员，还有几位是有着超高人气的明星，他们想要借此机会进军演艺界。

这也是纪溪第一次清楚地认识到自己的竞争对手，不仅有她在宿舍遇见的那些姑娘，还有业内的大佬，这才是真正的高手如云。

她看了一眼前排的十个座位，而后收回视线，找到了目前对她来说算是最好的一个位子——第十二名。

在第十一名的位子上坐着的是当红女明星韩烟。她没什么明星架子，两个人友好地打了招呼，接着继续看剩下的人进场。

在场的人有男有女，女生和男生也基本被分成两拨，安静地等待着上台。因为学员们不知道镜头是否会拍到自己，也不知道后期剪辑是否会保留自己的镜头,所以大家都有点放不开。

纪溪只有一点小小的紧张感。她有舞台表演经验,她参加主演的舞台剧,也有许多人竞争,试镜内容也未必简单,因此她要显得从容、大气一些。

人到齐之后,节目很快进入开场表演环节。按照抽到的序号,每个演员上台表演自己准备的节目。

前十名的位子一直在变化,每个人表演后评委打分,以分数排名作为座位变动的标准。人人都使出了撒手锏,比赛渐渐进入白热化阶段,每个人都屏住了呼吸。还没上场的人,担心自己的评分不高,已经拿到了较高分数的人,也要提心吊胆。

在纪溪上台之前,前十名的位置已经坐满了人。但出乎她意料的是,她原有的一点紧张心情,现在竟然完全放松了。

她要尽自己最大的努力,将这两个月以来学得的所有知识融入现在的表演中,她要将所有的细节完美地展现在闪光灯下。

从她说出第一句台词起,所有人的目光都被她吸引了,所有人的情绪都随着剧情的逐步推进而变化着,这是一场令人眼前一亮的表演。

表演完毕后是导师的提问时间。

三位业界大腕儿互相讨论之后,一个年长的导演开口问她:"你的选题很有意思,不仅改编了台词,而且加入了一些自己设计的环节,我想问一下,这是你自己的创意吗?"

纪溪坦然地说:"是,因为这是一部小众电影,又不是本国语言,可能会让观众产生一定的距离感,难以产生共情。我很喜欢这部电影,也希望能用更加通俗生动的表演方式将它呈现在大家面前。"

这是一个标准答案,导演笑了一下,却没放过她,又问道:"我对你的原声表现力很感兴趣,能来一段吗?"

导演意在考察她的台词功底,看这段表演的台词是否如她所言,出自她的手。原剧中的台词有些复杂,如果纪溪只是个照本宣科的演员而没有改编剧本,那么撒谎这一项就会给导师留下不好的印象。

在前一季节目中,有一个演员在创作课上抄袭他人剧本,在节目中曾经引爆了大量话题。

纪溪没说什么,只是对一边的群演颔首,微笑着示意他们再配合她一次。

音乐剧对演员发音要求很高,纪溪演过三种以上不同语种的音乐剧。而且她在读大学时,正规地学过这些语言,并且考了相关的证。

她刚参加音乐剧表演时,发音还不够标准,她曾经被导演下过死命令,若她学不会标准发音就不要演了。于是,她便拼命地学习音乐剧中要用到的语言。

因此,原声表演对她而言并不难。

她的话一出口,即是最纯正的发音,台词细节分毫不差,简直就是原版的复刻版。

表演很短,半分钟就结束了。

这次,另一个女导演说话了,她看了看纪溪的资料,说:"你原来是音乐剧演员?"她认得纪溪,也知道最近网上有很多关于这个女孩子的流言蜚语,对纪溪产生了兴趣。

纪溪不卑不亢地说:"是的。"

"你为什么要来到我们这个节目?"女导演继续问。

纪溪想了想,说:"为了充实自己,也为了赚钱。"

她的回答引得场内响起一阵笑声。

女导演也笑了,道:"好了,你的表演结束了,下面我们要讨论一下你的成绩。"

纪溪回到幕后,等待着。

赵月函立马从旁边蹦了上来,称赞她,道:"溪溪!你刚刚的表演简直绝了!"

连纪溪身边的韩烟也露出一丝羡慕之色,赞赏道:"纪小姐的表现力真好。"

最后公布结果，主持人缓缓地念出："纪溪，92分。"

周围响起了掌声，所有人在都看着她，但是纪溪没有动，她看着主持人像是还有话没说，知道后边还有重头戏。这个似曾相识的分数，也让她隐约察觉到了什么。

"由于出现两位分数相同的演员，导演组认为纪溪的节目作为本次比赛第一次出现的改编剧目，体现了她的创造力，值得认可，所以暂时决定换下另一名学员，这位被替换的学员是姜果，请你离开前十的座位。"

姜果听到这个结果，显然没有反应过来。她愣了一下，大约三秒之后才回过神来，露出了淡淡的微笑，然后提着裙子从座位上走下来，让纪溪从另一个方向坐到了排名前十的位子上。

主持人问姜果："你现在有什么感想吗？"

姜果这次反应迅速，回答得也很完美："被人比下去就是我技不如人，没什么好说的，我会努力重新回到属于我的位子。"说完，她看向台上，给了纪溪一个挑衅的眼神。

而纪溪只是安安静静地坐在那里，面带微笑，神情柔和，没有任何紧张感。

然而，姜果在看到她之后的一瞬间，脸色就变了——她觉得纪溪有点眼熟。

报名之前，公司就跟她谈过话，鼓励说以她的水平和人气，要拿下前十并不困难，所以她有恃无恐，也根本没有认真准备。在表演完自己的节目之后，她也没有分出精力去看后面的表演，只是跟周围人聊着天。

姜果准备的节目很简单，她选的是中学课本上的一段经典的话剧。而她演的是情窦初开的女生的一段内心独白戏。这段戏对演员的演技要求不高，也比较好表现。

不出她所料，表演结束后，评委并没有为难她，问的问题也中规中矩，最终她顺利拿下了前十。

至于临时换人这件事情，姜果心里也有了判断——公司和节目组签了合同，要捧她，肯定会另外制造话题。她不过是第一场比赛被比下去了，往后还有好几期节目，她完全不用急于这一时。

03

过了一会儿，姜果想起来了。几个月前她排练新编的音乐剧时，曾经遇到过一个年轻漂亮的舞台指导。这个指导当着所有人的面驳了她的面子，亲自上阵跳了一段舞，把她的风头完完全全地压了下去。

而当时投资人正好在场，看见了这一幕后，直接表明对她不感兴趣，认为她的专业能力不足。听说，投资人当中还有刚回国的、新晋的演技派演员阮好风。

那可是阮好风！

屋漏偏逢连夜雨，投资没有拉到，彩排之后的演出结果也并不尽如人意。她没有通过文工团的面试，只能退而求其次，签了一家屡屡向她抛来橄榄枝的经纪公司，从此专心地往明星道路上走。

姜果想到这一段往事就气得牙痒痒。她认出纪溪就是那个舞台指导，天底下偏偏就有这么巧的事。

"看看她那个样子，好像不出风头就会死一样。"姜果腹诽道。

她走下来坐在原本纪溪的位子上，旁边坐着韩烟。

韩烟很早就出道了，在十四岁的时候她拍了一个广告，意外走红，从此青云直上，成了家喻户晓的流量明星，而她今年也不过二十三岁。韩烟在圈内十分低调，是一个勤奋努力的女孩子。

前几年，因为对手恶性竞争，在网络上大肆批评她在几部很火的影视剧中的演技，导致她曾经在一段时间内被网友们嘲笑。然而，她不但不生气，反而承认了她的不足，还静下心来去国外进修表演。回国后，她更是直接参加了这个综艺节目,想更上一层楼。

她在回答评委的尖锐提问时,态度也很坦然平和,她说:"我是一个很笨的人,如大家所说,在演戏这方面我能力比较欠缺,所以我不选择前十的座位。但是我也不认为自己很差,我有比较丰富的演出经历,这是我的优势,所以我选择留在第十一名的位子上,我认为这个选择是比较合理的。"

姜果想和她攀上关系,毕竟她们一个是在网上有极高关注度的人,另一个是流量明星,多一条人脉也是好的。

她还没想好跟韩烟说什么的时候,韩烟却先开了口。

韩烟若有所思地望着纪溪的方向,小声说:"好厉害,她就是纪玢的妹妹?给人感觉很不一样。"话里充满欣赏与羡慕之情。

姜果想说的话被她的话给憋了回去。

不过好在姜果并没有憋屈很久。

第一期节目最终评审结果出来之前,又有四个人被后来者从前十的座位上替换了下去,并且有人选择了重新比赛。重新比赛由导演组和策划组临时出题,让学员比拼。

在这个情况下,姜果知道这是能多出镜的机会。她选择了另一个风头正盛的学员,要求和她竞争,最终姜果成功地回到了原来的位子上。

至于纪溪,刚出道就全是负面新闻,姜果根本不屑于给她任何眼神,免得让她分走自己的关注度。

第一期录制结果算是皆大欢喜。录制结束后,学员们紧跟着要迎接下一轮挑战任务:除了保留第一期节目中的单人表演环节之外,学员们还要随机分组,用两周的时间排练出一个比较完整的话剧,并且轮流进行公开演出。

考虑到话剧节目和歌舞节目的不同,一台完整的话剧时长一般在两小时以上,无法在较短的时间内进行同台竞技。节目组为此安排了话剧表演的剪辑版和完整版，面向大众播出的是后期处理过的，只选出最精彩部分的剪辑版。

每个组都由分数不同的四个学员组成。节目组考虑到话剧表演对人数要求的特殊性和不确定性，同意每组在四个人的基础上再增加一些人。

纪溪作为前十名的学员，凭借之前出色的表演，她毫无悬念地成了队长。她代表小组抽签时，抽到的是一部民国题材的话剧。

这部话剧的主要角色正好有四人，其中有三个都是男性角色。在场的人男女比例大约是二比一。然而在自由选择的时候，纪溪这边并没有什么人参与。除了赵月函第一个过来找她，表示要加入之外，剩下两个空缺的名额迟迟没有人加入。

赵月函有点紧张，也有点难过，主动去找了很多人，但是屡屡碰壁。

纪溪安慰她，道："这个要怪我，大家都爱惜羽毛，一般也不太愿意和争议太大的女演员合作。不过等大家分完了，剩下的就是我们的了，虽然是捡漏，不过我们也要有信心。"

然而出乎纪溪意料的是，除了赵月函以外，主动走过来加入她这一组的还有韩烟。以韩烟现在的地位，所有人都是抢着要的。然而她一开始就没有接受任何人的橄榄枝，而是独自思考，寻找最适合她的剧目和队伍。

最终，她选择了纪溪。

纪溪也有一点惊讶，问她："你想好了吗？确定到我们这一组来？"

她和韩烟也不过是点头之交，仅仅刚开场的时候因为座位排在一起，两个人打了一个招呼。之后纪溪去了前十的座位，而韩烟表演过后依旧在原来的位子。

韩烟点了点头，开口说："我之前看过这部话剧，印象比较深刻，相比之下，还是比较喜欢这个题材，我希望能加入你们，和大家一起进步。"

这相当于拿到了一张王牌。

韩烟的业务水平或许有待提升，但是她的名字就是金字招牌，可以保证节目组给纪溪这一组足够多的镜头和话题度。有了关注度，他们就不至于被埋没，在这个节目中没有镜头了。

之后又有一位比较年轻的男演员加入了纪溪这一组。

这下又出现了新的问题。剧本的角色原来是三男一女，而现在他们的演员阵容却是三女一男。纪溪之前有反串角色的经历，她很快就想出了一个解决办法。

她问道："反串角色，大家有没有想法？"

韩烟惊讶了一下之后，说："我没有问题。"

赵月函也跟着表示，说："我跟着你们，肯定没有问题，都听你的。"

那个男演员名叫周青，十五岁辍学去当群众演员。因为天资尚可，外形条件也不错，所以接了不少戏，只不过都是路人级别的角色。

周青兴奋地说："反串吗？我演过反串角色，其实对演技要求很高的，但是一旦演好了，观众得知你的真实性别，就会进一步地肯定你的演技，这是一个很有挑战性的想法。"

四个人一拍即合，很快就把这件事情定了下来，接着就投入了紧锣密鼓的排练中。

04

在纪溪抽中的这部话剧中，没有任何一个多余的角色。

剧情是围绕三个大学教授为要不要去大学校长家中赴宴而展开的辩论。

三名教授，一个倨傲清高，固执认死理，面对邀请，死活不肯去；一个平和中立，在学生面前立誓反对校长，却惦记着校长府上的一道火腿豆腐，犹豫不决；另一个则是随遇而安，左右逢源，在这件事中呈现一种暧昧的支持态度。

所有的精华全部浓缩在几段紧密而诙谐的对话中。这是文戏，每一句台词都很重要，没有任何废话。

要演好这部戏,必须要将台词倒背如流,而留给他们的时间只有两个星期。要做到配合得天衣无缝,每个人都要将整本台词全部背下来。

纪溪想到了上次拍摄网络剧时一个人背两份台词的那段时光,又想到了当年读书的时候,每个早自习晨读时,班主任会放任他们走到走廊上,吹着早晨六七点的清风,在风中轻声朗读、背诵。现在,每个人的手里,除了台词本以外,再无其他。

第一周的准备期即将过去,这个节目也已经播出了。学员们上交了手机,本不应该知道剪辑录制播出的效果,但还是有人私藏了手机,大家彼此传阅,看完了第一期的节目内容。

纪溪和赵月函也借到了这部手机,两人在宿舍中,拉上了床帘,头碰头一起看。

看完第一期节目后,赵月函气得想捶床,道:"溪溪,你明明是前十,为什么你的镜头被剪得几乎没有了?这也太欺负人了吧!"

整期节目中,纪溪的两段表演内容被剪得只剩下了一个,并且没有先导片。播放出来呈现给观众的内容也是戏中女主角漫不经心地准备演戏的片段。这很容易误导观众,以为纪溪在浑水摸鱼,接着就出现了纪溪顶替姜果位子的片段。

在这种剪辑效果之下,网友的反应不用猜也可以想到。

纪溪笑着关闭手机,叹了一口气:"没事,我不在意这些。"她的神色相当平静,"我们签了合同,承诺接受节目方的一切剪辑结果。我现在还不够厉害,所以他们能够在剪辑上做手脚,给我穿小鞋,但如果我变得厉害了呢?如果我的演技的确是最好的那一个,我能够成为所有人当中最优秀的那一个,那么他们还敢这样做吗?退一万步讲,之后还会有全员直播,到时候真相如何,自有公断,我不担心。"

她接着给阮好风写信。

这两个星期以来做过的事情、遇到的事情实在是太多了。纪溪思来想去，也不知道该如何详尽地告诉阮好风。

人前，她是这一组的支柱，是可以出面解决任何事的队长。她有什么委屈只能自己咽、自己扛。不知道什么时候开始，她已经习惯了这种角色。

独自在异国他乡求学时，她被人跟踪过，遇到过枪击案现场，被导演骂过，被观众喝过倒彩……如此种种，哪一条不是她走过的路呢？

可她也是一个想撒娇的小姑娘，心里还藏着一个朦朦胧胧的幻景，幻想一个人笑眯眯地站在她身后，为她遮风挡雨。

最后，她在信上写道："有点想你了，阮先生。"

除去台词，纪溪他们组面临的最大挑战，其实是反串者的声音和体态的问题。

话剧演出并不像电视剧拍摄，可以运用技术调整演员的上镜效果，话剧反串更考验演员自身的功底。

为此，纪溪用了节目组中规定的队长求助权，请求外援，找到了一位专业的反串表演的老师，教他们男女变声和体态变化。

他们组里的四个人都非常勤奋。韩烟虽然已经是十分红的大明星了，但是训练起来丝毫不放松。他们经常一排就排到深夜，连饭都顾不上吃，有时候还直接在地上睡过去。

第二期节目如期开场录制。

纪溪这次抽签的结果依然比较靠后，一共有十个小组，五天的话剧巡演。他们排在最后，因此比别的组多出了一些准备时间。直到上场之前，他们依然在背词，揣摩角色。

其中，韩烟出演的中立派教授的角色最讨喜，人物和台词都十分幽默、风趣，让人觉得可爱。

纪溪饰演的角色是那个清高文人，并不是一个讨喜的角色。因为性子执拗，这位教授牺牲了许多东西，他犹豫过、彷徨过，最终选择了自我。

落幕时,已是物是人非的二十年后,老教授妻离子散。

随着家人的离去,老教授发出哀叹声,跪倒在地。那一瞬间,老教授所有紧绷的情绪,如同火焰一样迸发出来,又因为那一声低泣而中断。沉重的鼓声响起,震动着所有人的心灵,人们感受到一种无法言说的寂静。

这落幕前的表演直接引燃了全场的气氛,在场人员全体起立,掌声经久不息,表达他们对演员、原剧作者的敬意。而等到纪溪的队伍最终亮相,卸掉身上的妆容,拿下头套时,又引来了观众们的欢呼。三个男性角色,居然全部是女演员演的;而那一位美丽又勤劳的妻子的角色,居然是由一个男演员扮演的!

纪溪这一组毫无悬念地拿下了小组第一。

正如纪溪所说,如果第一期节目的剪辑效果是有所偏重的话,那么在剪辑第二期时,这一场完美的表演是绝对无法避开的。

纪溪保持着她原来的位子。和她同组的韩烟也因为这一次演出而进入了前十。赵月函和周青也从排名五十开外,一举跃至前三十。

这个节目本就是人气非常高的一档综艺节目。

在播出了两期节目之后,与纪溪相关的的话题升到了一个前所未有的高度。这不仅仅是因为之前的争端,还因为纪溪在录制节目时,她之前拍的那部网络剧也已经播出两周了。

陆域的粉丝和其他网友还在猜测着男配角的替换人选,片尾出现的演员表却让人大吃一惊。女主角、男配角,竟然全部由纪溪饰演。

也就是说,男配角是一个反串角色。

人们没想到剧组居然会这样操作,就连剧组中的其他演员也表示"没想到,果然精彩"。在这样的情况下,纪溪的剧照被人反复截图传播,她迅速凭借外貌和演技再掀热议。加上剧组紧跟而来的宣传,"纪溪"这两个字逐渐被越来越多的人听到,被越来越多的人注意到。

更多的眼睛盯在这个二十多岁的年轻女孩身上,有人希望她砥砺前行,摘得桂冠；有人希望她失足落下，跌落深渊。

对于这一切，纪溪毫无察觉。

她只是在几次路演中发现，前来应援加油的粉丝中，出现了带着她名字的加油灯牌。

这让她受宠若惊，也让她知道自己的努力正在被认可。

05

纪溪小组拔得头筹，因此他们也多出一点空余时间。在这段时间里，其他得分比较低的小组正在进行循环比赛。

他们四人不用演出，便坐在观众席上看了其他组的演出。

昨天，策划组提前给他们透露了下一期的录制内容："下一期我们的训练课，是几个导师、导演给你们讲课，还会邀请几个神秘嘉宾到场指导。你们现在可以猜猜会有谁来，或者想要什么人来？"

其他人七嘴八舌地讨论着，只有纪溪没有说话。

镜头转到她这边，特意问了她一句："纪溪想要谁来？有没有喜欢的演员？"

纪溪笑着说："不管谁来，我都会第一个冲上去要签名的。"话虽如此，可她的心却扑通扑通地跳了起来，她想到了一个人的名字。

阮好风，他会到这里来吗？

他现在是人气非常高的男演员，不仅拿过奖，而且专业能力也是得到了业内认可的。

她依然以每天一封的频率给他写信，却不知道工作人员何时帮她寄出。两个星期过得这样快，阮好风又那样忙，估计他现在已经不在 B 市了吧？

她胡思乱想着，手指无意识地触碰着桌上的矿泉水瓶，却突然听见人群中传来一阵骚动。现在是两场演出之间的休息时间，旁边的保安正想拦下一个戴着棒球帽的中年男子。那名男子身上穿着印有韩烟名字的 T 恤，手里拿着一个笔记本，情绪激动。

"可以帮我签个名吗？韩小姐，我真的非常喜欢你！我喜欢你好几年了！"男人激动地喊着。

坐在纪溪身边的韩烟显然对这种事情见怪不怪，她看见周围没什么人，现在又是休息时间，于是轻轻地跟保安说："让他过来吧，就是签个名。"

那几个保安就放这个男人进来了。

男人显然很高兴，抱着本子递到韩烟面前，低头等待着。

她们坐着，男人站着。纪溪侧过头，能看见韩烟修长的手执笔的样子，优雅又轻柔，写出来的字也非常漂亮。

韩烟签完名，把本子还给男人，抬头一笑。

那个男人看得愣住了，满面通红，不仅没走，反而直接弯下身来，一只手抓住了韩烟的肩膀。男人的动作很用力，而他的脸也直接朝她压了下去——他想强吻她！

在场的人还没有反应过来，因为男人离韩烟实在太近了。

甚至连韩烟都没有反应过来，唯独她身边的纪溪立刻意识到了。她直接拿起手边的矿泉水瓶，冲着男人的肩膀狠狠地砸了一下，站起身飞快地挡在了韩烟面前。她的速度很快，因为惯性还撞歪了身边的桌子，踉跄了一下。

"走开！别碰她！"她俏丽的眉眼中蕴藏着强烈的怒火，一个温柔的小姑娘，此刻气势却震得人哑口无言。

旁边的保安反应过来，当即上前制住了那个男人。

韩烟意识到发生了什么之后，脸都吓白了，抓着纪溪的手不停地道谢。

纪溪也被吓到了，只是凭本能拍着韩烟的脊背，轻声安抚她。纪溪虽然早就听闻做这一行面临的风险，但这也是她第一次遇见这种情况。

更让人后怕的是，她刚刚拿起矿泉水瓶砸过去的时候，还好对方没有反抗。可如果对方反抗了，并且身上携带了武器，那又该怎么办呢？

导演组和策划组听到动静后也赶来了。其中一个导师十分严肃地批评了她："你也太莽撞了！伤到自己怎么办？"

纪溪跟他们卖乖，吐舌头，软软地说："我这不是没伤到吗……"

这起风波立刻传了出去并上了娱乐新闻，而跟拍的摄像机所录下的画面也在网上迅速传开，被大众所知。面临同伴被骚扰的情况，纪溪的第一反应就是拿起矿泉水瓶砸过去，这个举动引发了网友们的讨论。

有人称赞她是真性情，有勇气；有人说她是新一代女演员中德才兼备的代表。更有人语气激烈地说："凭什么她要为自己家人犯过的错误负责？她从出道起就没得到过什么好名声吧？在你们眼里，身为纪纷的妹妹就是原罪，拍一部剧还要被你们羞辱，一个二十多岁的小姑娘，没有任何污点，凭什么要被你们骂？"

这样的言论立刻得到了网友们的支持，与纪溪、韩烟相关的话题甚至一度占据热搜排行榜的前三名。

这一切，纪溪一无所知。

她回去想了想这一天发生的事情，想在信中一并告诉阮好风。

刚领了信纸准备写信的时候，一个工作人员却敲门进来了："纪小姐，有人来探班，现在在化妆间等你。"

纪溪有一点意外，她参与的节目是全封闭录制的，一是为了信息保密，二是为了防止不正当竞争。

而现在居然有人来探班？纪溪思来想去，也没有想到谁会在这个时候来找她。难不成，她姐姐和爸爸已经解决了公司的债务，现在过来找她了？纪溪的脑子一下子没转过来，当即有点高兴地往化妆间走去，还有点紧张。

会是她的家人吗？

周边空荡荡的，很安静。纪溪推开化妆间的门，刚往里迈步，整个人就落入了一个滚烫的怀抱中。空气中有一股淡淡的烟草味，还有男士香水的味道，很好闻，是她曾经枕着入眠的气息。

竟然是阮好风。

"你怎么来……"剩余的话被堵在唇边,被阮好风吻住了,消散在温热的唇舌中。

阮好风搂着她的腰,将眼前的女孩完全纳入怀中,声音沙哑地说:"以后不许做这么危险的事情了。"

他看到了今天的热搜,也看到了那一组惊心动魄的动图,他的小姑娘竟然暴露在那样危险的情况之下。

纪溪抱着他的肩膀,轻轻地点头:"嗯。"

阮好风又接着说:"我也想你了。"

纪溪仰起脸,轻轻地在他唇上一吻,眼神清澈,脸却慢慢地红了。

她知道他收到了她的信。

一吻终了,两个人才磨磨蹭蹭地分开,有点不好意思地注视着对方。

第十章

01

　　化妆间里十分安静，没有人打扰，可是到了这个时候，两个人偏偏不知道要说些什么。最后还是阮好风打破了僵局，说："我看了你这两期的节目，你做得很好，比原来有很大的进步。"

　　纪溪冲他卖乖，理直气壮地说："那当然了，有你这么有名的演员来指导我，要是没有一点进步，我都不好意思见你了。"

　　她又问他："先生，你有没有给我带什么东西吃？"

　　阮好风笑她，说："不是说要保持身材吗？看把你馋的。"

　　结果他还真像变魔术一样，拿出一小盒饼干给她，是纪溪最喜欢吃的那一款小饼干。

　　纪溪欢天喜地地接过来，又像撒娇一样告诉他："这边的饭菜好难吃，都不用主动节食，怎么吃都胖不了的，一点油水都没有。这里的工作人员都不在食堂吃饭，宁愿自己出去买盒饭。"

　　阮好风静静地听着，笑了笑，哄着她："那等你录完节目了，我带你出去吃，好不好？"

　　纪溪开始跟他耍赖："我不，我要你跟我一起吃食堂的饭菜。"

小姑娘似乎变得很黏人。之前两个月的相处，她对他最后的警惕感也没了。如同被抱回家养的小猫咪，熟悉一段时间之后，就能够放松地躺在他怀里，让他安稳地抚摸它的毛。

不过两人可以相处的时间不多。在这种节目录制的场合下，他们连见面都是比较危险的。两个人的身份都很敏感，何况纪溪最近正处于风口浪尖上。而以阮好风的身份，不用说被曝光结婚了，就算谈个恋爱，他恐怕都会成为话题中心。

阮好风笑着说："明天就来，我陪你一起吃。"

纪溪的眼睛亮了亮，像突然领悟到了什么。

阮好风却伸出一只手抵在她唇边，示意她不要说话，帮他保守这个秘密。

她猜测的事情居然是真的，阮好风真的要来这一档节目做嘉宾。

她像做贼一样，轻声地承诺："好，我会乖乖的。"见面不到五分钟的时间，纪溪把小饼干盒拿在手里，悄悄地回到了自己的宿舍。

第二天，节目组果然来找他们，宣布从今天起进入为期一周的听课进修环节。这个环节结束之后就是决赛了，导师组会挑选剧本，由学员单独完成，并且由此决定进入总决赛的名单和直接晋级的学员。

这一轮竞争中，排名靠前的学员可以优先抽取剧目，排名越靠后，选择的机会就越少。由于限制了剧本类型、脱离了后期制作特效，适合在舞台上演出的剧本其实并不多。越是单人戏，越是偏向于选择话剧类型的剧本。

为了保持综艺节目的新鲜感，之前的剧目不允许重复上演。可是哪有那么多适合的剧本给他们挑选？

这一点，在录制了两期节目之后，学员们都慢慢地意识到了，并且开始有意识地争抢剧本资源。

纪溪连续两期都是前十名的表演者，在第三期节目开始之前，获得了优先抽取节目组指定剧目的资格。

这些剧本在被他们抽出来之前，内容是完全不公开的。排在纪溪前面的一共有四个人，他们都各自抽取了自己的剧本，回到了位子上。

轮到纪溪时，她敏锐地发现了不对劲的地方。

抽签箱里只有一个纸条，她将手放进去时，摸到了那一张纸条，确定没有其他纸条之后，若无其事地收回了手。

没有其他选择，这意味着，节目组一开始就决定了每个人的剧本！

纪溪想到了赵月函跟她说的话，她不动声色地回到座位上，打开了纸条，看见了剧目的名字。

镜头切入，将她抽到的剧目投影到了公开大屏幕上，在场的人都倒吸了一口凉气。周围只有韩烟一个人不是学影视剧专业的，也没有接触过这部电影，她急忙问身边的人："这部电影的剧本有什么问题吗？溪溪抽的这个是好是坏？"

周青回过头来小声地告诉她："别说了，这一幕很难演，简直就是开启了地狱模式。溪溪运气也太差了，怎么偏偏就抽到了这个？我觉得节目组设置得不合理，这种需要专业技巧的高难度剧本，根本不应该入选。"

这部以芭蕾舞为主题的电影曾获得多项大奖提名和奖项，是一部精彩的电影。不过，这部影片的剧情和表现手法也极度诡谲且令人不安。

而纪溪正好抽到了落幕部分。

看过这部影片的人都知道，这部电影的女配角是练习芭蕾十几年的舞者，女主角为了这部电影也提前半年进行了高强度的训练。

最后这一幕对演员的要求不仅有演技上的，还有专业素养上的。

纪溪从来没有学过芭蕾舞。

音乐剧虽然也会用到高难度的舞蹈动作，但是在风格上，从来不注重舞蹈动作的专业性，比起专业舞蹈，更近似大众化的动作。

如果不是从小学习芭蕾的演员，要准备这一段剧目，至少得花上半年乃至一年的时间。

而留给她的排练时间，只有一个星期。

这下不止他们小组的几个人，连其他组的人都议论纷纷："纪溪这次抽到的题目也太难了，怎么会这样？"

而纪溪若有所思，往姜果的方向看了一眼。

姜果正在跟要好的几个演员说着什么，几个人突然注意到纪溪的目光，都愣了一下，然后各自若无其事地收回了视线，停止了交谈。

02

纪溪也收回了视线，却恰好碰见韩烟也在看着她刚刚看的方向。两个人视线一撞，彼此心知肚明。

韩烟轻声说："这是挖了个坑给你跳，两次小组第一都是你，有人坐不住了。"

如果提前知道自己是内定人选之一，又得知后期有被替换下来的风险，谁会甘心？同样，对于站在他们背后的合作公司来说，中途换一个新人，也远比选择一个一开始就投入成本的演员更加麻烦。

如果纪溪在第三期演出中表现不好，那么按照最终的排名，她可能会被挤到十名之外，从而在决赛选取剧本时失去主动性。在总决赛的舞台上，得剧本者得天下，要想找到角色讨喜、便于演绎，又能看出演员功底的剧本，实在太难了。

然而，现在连节目组都坐不住了。很显然，他们想把纪溪拉下五名之外，最好将她拉到十名开外，甚至三十名开外。

另一边，姜果对节目组这样的安排感到非常满意。她身边的人碰了碰她，往纪溪的方向看了一眼，说："我们刚才说话好像被她听见了，她刚刚往我们这边看了。"

"我知道，谁理她？"姜果得意扬扬地说，"这又不是我们给她使绊子，是她自己运气不好,抽到这么难的题目。到时候可怪不了谁,'吸血鬼小公主'这次无血可吸,看她要怎么办!"

姜果抽到的题目不能说简单,但是也不算太难,是表演系学生的一项必修课,静物表演,需要调动情绪。

她要面对一个静态的布偶熊,演一场哭戏。哭戏,也是要看运气的,实在哭不出来的时候只能叫停,有时候还要借助眼药水。但是姜果刚好是在这方面比较有天赋的人。稍微回忆一下生活中经历的困难和悲伤,她就能很容易地哭出来。

没了纪溪这个绊脚石,剩下的就不算什么了。

所有人都抽了签,留给每个人的都只有一张纸条,多种选择性直接变成了节目组的安排。这一点,所有人都讳莫如深。就算知道了,他们也不会公开说出口。

这就是他们签的"霸王"条约,初期合同中就有一条语焉不详的说明:对于节目组后期所有剪辑成果,以及节目组临时调整的结果,全部要无条件接受。

纪溪这一次也不再像以前那样平静了。

这一天,学员们被通知晚上将有嘉宾来录制节目,让他们做好准备。其他人都欢欢喜喜地去吃饭了,彼此讨论着晚上的嘉宾会是谁,只有纪溪一个人留在宿舍中,静静地思考接下来的路。

她的面前摆着厚厚的一沓打印纸,那是有关剧目和台词的背景分析,她花了一个下午的时间来准备这些东西。

既然事已至此,她也只能选择接受,多余的抱怨并没有任何意义。高难度的芭蕾舞,对于她一个毫无舞蹈基础的新人来说要怎么完成?

如果追求剧中的镜头效果,表现后期女主角两种人格的"割裂感",那么舞蹈镜头就会不完整,甚至连编舞都是残缺的。就算请了芭蕾舞老师,花时间将原本的舞蹈动作学下来,也会显得没有连贯性。

赵月函吃完午饭后,回宿舍睡了一二十分钟。

纪溪怕打扰她,便拿着台词本和节目组发的平板电脑去了练习室。

这个平板电脑是赞助商赞助的,主要的用途是打广告,限制了上网功能,只能经过节目组允许后用蓝牙下载演出需要的资料。

纪溪盘腿坐在地上,把落幕部分的影像看了几遍,然后试着做了几个动作。落地镜里的姑娘身段修长纤细,舞姿也轻盈美好,但是和原作的表现力相比还是差了很多。

纪溪停了下来,仔细思考了一番后,拿着剧本去找舞蹈老师了。

舞蹈老师看过她拿来的剧本,明白她的需求之后也面露难色:"要还原舞蹈动作加上改编,这个不难。但是这一整套舞跳下来对你来说会比较困难,你也说过你没有学过芭蕾舞。目前我们能做的,就是在接下来一个星期的时间里尽量练习,要兼顾演技和舞蹈动作,说实话……对我们这样的专业人士来说也会比较困难。最终呈现的结果,可能只达到低一级的水平。"

纪溪从小就是打破砂锅问到底的性子,如果有什么事情想不出来就会一直想下去。这种状态一直持续到了晚上节目录制开始。她拿着一卷资料,到了中场休息的时间就会停下来边看边想。

她都不太清楚录制现场走了哪些流程,特约嘉宾出场时,周围的人一片惊呼,纪溪则礼节性地鼓掌,笑了笑,连眼神都是放空的。

她知道阮好风要来,所以也不惊讶。

介绍嘉宾的环节过后,又到了激动人心的时刻。大致内容是屏幕上显示出每个选手的成绩,鼓励在前两期节目中得分较低的那一批学员。主题就是"奋进",意在温暖人心。两位享誉国际的演员会亲自到场,给目前排名靠后的学员一次鼓励。

这一期显而易见跟评分前十名的学员关系不大,镜头给得也少。

纪溪有理由脱离群众，于是找人借了纸笔，反复推敲舞蹈动作，写满一张后，觉得不好，于是作废。

韩烟、赵月函和周青都知道她有烦心事，所以留她一个人在这里静一静。

这个时候，其他学员也都尝试着去跟嘉宾进行对话，想要引起一点互动。先不说有可能会被镜头剪进去，若是真的能够引起嘉宾的注意呢？

阮好风无疑是人气最高的一个，作为新生代难得的演技与关注度兼得的演员，不少女孩都是他的粉丝。很多人跑过来向他要签名，他都笑眯眯地签了。

03

姜果也凑过来排队要签名，并且故意对着镜头，问他："阮老师，这是我下一轮比赛的选题，有一个地方还是不太懂，能不能请你指导一下？我想问一下，阮老师遇到哭戏这样情绪比较激烈的戏时，是如何调动情绪的呢？"

阮好风笑了笑，说："我出道以来好像还没有接过要演哭戏的角色。"

姜果愣了一下，然后很快笑了："老师不要卖关子了，跟我们说一说，让我们取取经吧？"

阮好风却认真起来，说："我不擅长演这样情绪大开大合的戏，这对情绪控制的要求比较高。你们也可以看到，我的角色一向都是成长型的，是在沉默中爆发的类型。这个方面，你们倒是可以问问乔亚老师。"

乔亚正是今天受邀和他一起来的另一位嘉宾，是一位出道极早，从没有倒过招牌的演技派女演员，各类奖项也已经拿了很多，她还是一个小提琴狂热爱好者，浑身充满了音乐细胞。

阮好风这样一说，学员们又围到乔亚那边去了。

有人小声笑道："看吧，阮好风就是不想理她，几句话就把她赶走了。"

姜果碰了一个软钉子，只能保持微笑，跟其他人一起往乔亚的方向走去。

镜头跟着阮好风,他四下看了看,最后往一个角落里一指,很随意似的问道:"那个学员怎么回事?怎么不跟其他人一起听课?"

跟着阮好风的这个摄影师和纪溪关系好,纪溪对所有的工作人员都很有礼貌。她平易近人,沟通工作的时候也是最让人舒心的一个。

摄影师把镜头对准纪溪,先给了一个纪溪拿着笔在纸上写字的镜头,然后转回阮好风那里。

阮好风也自然而然地走了过去,在她身边坐下。

纪溪察觉到身边来了人,转头看过去,愣了一下。她本来是想要问他怎么过来了,紧接着想到这是在录制节目,她和阮好风应该是第一次见面,所以表现得有点惊讶。

"阮老师?"

阮好风显然也对这种综艺节目的套路烂熟于胸,不动声色地假装与她是第一次见面。

他看了看她的学员牌,说:"你的名字叫纪溪,怎么一个人坐在这里?"

纪溪其实有点想笑,但是她忍住了。她伸手把面前的剧本拿过来给阮好风看,说:"我在下次要准备的节目上遇到一点小问题,正在想办法解决,不太好意思打扰两位老师。"

"不要不好意思,我们过来就是来看看对你们有什么帮助,我来看一看吧。"

阮好风装得一本正经,还真像那么一回事。他在人前总是一副淡然处之的样子,带着一丝冷漠和威严,连帮助人也是不容人拒绝的样子。

"这样,我懂了,所以你现在的问题是不知道如何处理,是吗?"

然后阮好风对着她,同时也是对着摄像头,介绍了一下这个剧本。

纪溪渐渐地听明白了,阮好风正在向镜头前的观众解释,她这次在剧本上所面临的困难。即使这段镜头未必会被正式播出,但是他也在努力帮她提前告诉观众,她面临的是多么大的一个困境。

"想出解决办法了吗？"阮好风笑着问她，"我看你一直坐在这里想。"

纪溪摇了摇头。

阮好风看了一眼她的学员牌，翻着手上的导师本，查到了纪溪前两次的表演成绩。

"在前两次的表演中，你的完成度很高，我看过。在这两次表演中，你认为你的优势在哪里？"

纪溪想了想，有些不太确定地说："对于情绪激烈的角色，我可能表演起来比较顺手。这两次表演，我饰演的都是人物反转比较大的角色，比较讨巧。"

"是，但也不是。"阮好风将手里的本子竖起来，把其中的一张图片指给纪溪看，那是他们第二场话剧的剧照，舞台上的璀璨灯光照出了他们四人精彩的表演现场。

他说："你的优势其实在创作和改编上。在第一期节目中，你将台词改为了中文，使观众更能融入你的表演。在第二期节目中更厉害了，你首先提出了反串角色，这个灵感可能来源于你在之前网络剧当中的尝试，活学活用。原著中三男一女的角色，你将之反转为三女一男，并且演出成功了，你本身的灵感和思路就是你最好的武器。"

纪溪立刻跟着回答："阮老师的意思是要我对芭蕾舞进行创作改编吗？让剧本来适应我，而不是我去适应剧本？"

"你之前是表演音乐剧的，音乐剧当中也应该有舞台动作吧，可能也有需要跳舞的时候，这种舞蹈用在舞台上有什么特别的效果？"

这次纪溪想得更久了，她已经忘记了镜头的存在，认真思考起阮好风说的话。

她说："音乐剧是夸张表现，用尽一切形式使剧中人物的性格变得圆滑、顺畅。这可能对动作要求不高，但追求的是表现力。"

阮好风微笑着看着她。

纪溪看着他，不确定地说道："或许我可以改变一下形式，将芭蕾舞换成别的，或者我只需要追求音乐剧级别的舞蹈就好，将动作中最有表现力、最能够体现人物性格的部分剔出来，舍弃一部分的专业度和完整性，来追求对动作的展现。"

"对，你其实只要把伸展、柔和的动作以及剧烈的动作变换做好就好了。"阮好风说。

纪溪眼前一亮，说："我知道了，我这就去找舞蹈老师！"

她拿起手里的剧本，立刻就要往外冲，突然又想起阮好风还在这里，于是折回来，郑重地对他鞠了一躬。

她轻声说："谢谢。"

谢谢先生。

那一刹那，她眼中闪过一丝俏皮。那是一种缠绕在两人之间的不言而喻的情绪，是他们两人认识之初就共有的一种默契和乐趣。

阮好风眼中也带着笑意，轻轻地对着她离开的方向说了一声："加油，小姑娘。"

第三期节目录制之前的导师见面环节，作为新一期节目的预告片放到了网上。

空荡荡的排练室中回荡着一个年轻女孩愤怒的声音。姜果对着电话大声说："不是说好了不多给她镜头吗？为什么给她这么多镜头？"

姜果觉得自己必定能进入前十名，当然不在乎节目组的规定，手机也是片刻不离身。

经纪人在电话另一头告诉她："这个我们已经沟通过了，没有办法的事情。你和阮好风是有互动，可如果只剪那一部分的内容，阮好风出现的镜头也不足两分钟！他昨天除了开场部分，只有那两次互动！节目组请他来，就是考虑到他的知名度和粉丝数量。如果他的镜头只有这么一点点，到时候网上闹起来，谁负得了这个责任？"

04

纪溪最近的话题热度越来越高，正面的评价也渐渐地覆盖了往日的负面评价。在《百人入戏》这个节目中，越来越多的人看到这个姑娘的勤奋、努力和认真。

而她和阮好风的那段对话，也被网友截了图，号称："暖心！这才是真正有专业水平的师生互动！那些不努力的人都好好看看吧！"

"本来对她没什么感觉的，要不是阮好风出来说一声，我都不知道她抽的剧本原来这么难，期待下周她的表现！"

时间如流水一样过去，所有人都紧锣密鼓地准备着。

阮好风、乔亚成为助阵嘉宾，将会一直留到总决赛结束，并拥有独立的评分权。

纪溪也是直到这个时候才知道阮好风会参与节目组并且有评分权，她之前一直以为，阮好风只是随意给她挑了一个综艺，原来他没有告诉她的还有这一点。或许正是因为这一点，他才不告诉她，为了照顾她的自尊心，也为了减少她的一部分压力。

这期节目录制结束后，纪溪和舞蹈老师多次碰头，研究了一段时间，终于共同商讨出了一个满意的方案，纪溪心上的大石头也算是放下来了。

一天凌晨，她和舞蹈老师道别后，值班的工作人员突然给她送来了一个大包裹。

纪溪有些诧异地问："这是什么？"

工作人员只是笑着示意她，说："打开看看吧。"

她拆开包裹，看见里面是厚厚的一沓信。各种形状、五颜六色的信封，有的清爽简洁，有的搞怪可爱。信封上有各种各样的署名，但都有一个共同的名称——公主鱼。

"尽管你现在是浅浅的小溪，小鱼们生在水里，但终将坦然无惧地游向大海。"

她有了支持她的粉丝，他们给她写了信，现在还有了统一的粉丝名称。这是属于她的支持者。

每一个字都包含着真挚的情感，有各种各样鼓励的话语，还有人俏皮地画了她的动漫形象。最下面一个信封最大，字体也最浮夸，龙飞凤舞的字迹，好像怕她看不到似的。再仔细一看，说是信封，其实也不是，只是印成信封的一张明信片。

"记得偏心，我是你的第一个粉丝。"

署名是"你的阮先生"。

纪溪这一次的改编，可以说不走寻常路，编舞老师融合了现代舞、芭蕾舞和其他流行元素为她单独编了一套适合她现在水平的舞蹈动作，而且能够将剧情融入其中。

同时，原作中的最后一幕，女主角是没有台词的，全部靠动作来诠释她内心的挣扎。

纪溪考虑到评分细则，也就是台词、动作、神态、连贯性这四个方面，也将剧本进行了调整。她在影片的前半部分抽取了能够展现女主角内心的台词，将这短短的最后一幕改编成全剧的缩影，这已经有一点类似音乐剧的风格了。

不管最终的表演效果如何，纪溪只能说，她已经尽了全力。

连续一个月连轴转，精神高度紧张的纪溪已经十分疲惫了。接下来等待她的还有总决赛，而这一次的评分结果将直接影响她在总决赛中的主动权。

阮好风坐在嘉宾席上，直接给了她非常高的分数。

他说："她的努力我都看在眼里，对于她来说，在这部戏剧的选择上，已经做到了极致。"

而剩下的三位导师中的其中两位，一位给出八十五分，一位给出了六十分，勉强及格。

给出八十五分的导师很坦然地告诉她："确实，对你来说，这个选题是比较困难的。因为你准备的时间只有一个星期，而且你之前并不是跳芭蕾舞的。演出效果很好，我也承认，但是你要知道，在试镜争取角色的时候，不会有人给你时间练习，更不会有人听从你的建议，让剧本去适应你。

"我大学毕业第一次参加试镜时，节目组导演要求女主角除了硬性条件要过关以外，还有一条是必须会游泳。当时的我并不会游泳，就因为这一条理由被刷了下来。如果这不是比赛，而是一次真正的试镜机会的话，那么纪溪，你也会因为没有芭蕾舞功底而被刷掉，这一行就是这么残酷。选到这个剧本，运气不好或许能够成为一个理由，但这并不是最终的理由，我们还是要在自己身上找答案。"

纪溪说："我明白，谢谢老师。"

而给她六十分的导师没有说什么，只是语焉不详地对着镜头说："这和我期待的舞台效果相距甚远，你的改编或许非常有创意，但是在我这里偏题了，所以我只能给你六十分。"

接下来就只看乔亚给出的分数了，此时此刻大屏幕上已经计算出了纪溪这次评分之后的排名。

一个八十五分和一个六十分的评定，已经让她的分数跌落到前十名之外。如果乔亚再给她一个九十五分以下的评定，那么纪溪就会在第一梯队出局，从而直接失去决赛中抽取剧本的优先权。

选择的灯亮了，从左到右，依次代表着不同的评判等级，乔亚思索了一会儿，之后看着台上的纪溪，说："你很优秀，我相信你。"

她给了纪溪九十七分。

纪溪将继续保留在原来的梯队中，直到总决赛开始。同时，她也成了唯一一位连续三期保持前十名的学员。

纪溪的眼睛闪闪发亮，再次向台上的导师们鞠了一躬："谢谢，谢谢老师们！"

那种不加掩饰的快乐感染了全场人，大家都友好地笑了起来，鼓掌欢呼，为她加油鼓劲。由于阮好风和乔亚的加入，这一期的节目评分和以往相比也有了比较大的不同。其中有一直待在三十名开外的选手直接升到前十名，也有一直待在前十名的学员突然掉落到五十名开外。

而姜果，就是后者。

阮好风对姜果的表演，没有做过多的评价。

乔亚说起话来却毫不留情："我在你的表演中没有看出任何诚意。我在想是否因为前两期你的成绩过高，导致你现在有一点浮躁，现在去自己的位置上冷静一下吧。"

姜果在台上被她说得眼睛都红了。

05

晚上所有人都回到宿舍，只有姜果一个人不知去向。

"为什么跟说好的不一样？为什么你们非要邀请特约嘉宾？网上现在都吵翻天了，他们说我没本事，说我装可怜，没有实力！反而是那个姓纪的呼声越来越高，你们到底是要捧我还是捧她？"姜果带着哭腔对电话里的经纪人说。

经纪人也有点为难，说："现在纪溪的风头已经上去了，投资方也有点动摇，好像比较欣赏她。这种情况本来就是不可控的，姜果，你后面要努力了。"

姜果大喊道："什么努力？你们都是骗我的！她一定有后台！我一定会让她吃不了兜着走！"

而另一边，也有人在打电话。

在总决赛之前，所有的参赛者都有了一次放松的机会，他们拿到了自己的手机,有了跟家人说话的机会。

纪溪先给外公住院的医院打了电话,得知老人已经休息了,于是又打给了阮好风。

阮好风是嘉宾,平时不和学员在一起,行程应该比较忙。纪溪只是试探着拨了一下他的私人电话,想着现在有打电话的机会,如果不打就浪费了,没想到阮好风很快就接了。

"喂,溪溪?"

纪溪倒是有点意外,她问他:"你现在有时间接我的电话吗?"

"有啊。"他的声音低沉而富有磁性,他笑着说,"我在等你的电话。"

学员行程安排,他怎么会不知道?

纪溪轻轻地说:"那,我们要说些什么?"

电话那头有音乐声,她这边有风声,这些声音裹在一起,掺杂着他们彼此温暖的呼吸声。

阮好风说:"我也不知道和女孩子说话应该说些什么,但是我不想挂电话。"

纪溪感到自己的心怦怦地跳着,她笑了笑,像在撒娇,说:"你来说,我也不知道要跟你说什么。"

"那好,要聊聊你之前的演出吗?"阮好风在那一头问,声音里带着某种纵容和宠溺的意味,"我的小天鹅。"

纪溪想起他那天毫无保留的夸奖,脸红了,她小声地问:"你不是故意偏心我的吧?"

"我没有。"阮好风说,"那是你应得的成绩。我看过那部电影,其实我很喜欢那部电影。"

"为什么喜欢?"纪溪问他。

那是一部有些压抑甚至有些恐怖的电影,导演将心理学运用到了极致,把人性在各种环境下的极端通通展现出来,精彩至极,也残忍至极。

阮好风轻声说："我也有那样一个妈妈。"

纪溪愣住了。

这是阮好风第一次跟她谈及家人，之前，纪溪只听他说他家人催婚催得紧，父母很忙，所以没时间见她这个儿媳妇。

但是他说尉迟这个保镖是他妈妈给她找的，说她一个女孩在外地拍戏不安全。她就相信了，认为阮好风家是接纳她的。

那部剧中女主角的母亲神经质、沉默，而且拥有近乎疯狂的掌控欲。她一方面要求女儿完成她因为生育而未能完成的梦想，另一方面又嫉妒女儿在芭蕾舞事业上的才华。这是一个苛责的、疯狂的母亲，所以养育出了一个温顺的、却又压抑到极点的女儿，以至这个女儿在最后释放天性时，会滑向另一个连自己都感到恐怖和厌恶的极端。

阮好风的妈妈会是这种人吗？

纪溪小声说："哦……"她听起来并没有被吓到，紧跟着又乖巧地问了一声，"那你什么时候才能带我去见阿姨？"

阮好风在那边沉默了一会儿，然后笑了，说："你想什么时候去就什么时候去，我听你的。"

纪溪为总决赛准备的剧目正是她刚回国时参与过舞台指导的那部音乐剧。

经过三期的竞争，她比原来更了解演戏这回事了，也学习了更多的技巧。自从阮好风两个月前开始对她进行指导，她的改变是脱胎换骨的。

她拍网络剧时演技是有缺陷的，表达情绪过于夸张，并且在内敛、含蓄的剧情中表现得有点后劲不足，这一点在这段时间有所改变。

她还意识到自己优于其他人的一点，就是她对剧本的领悟力和再创造力极强。录制完第三期节目之后，乔亚看了她在往期节目中的改编作品，甚至还找她要了她大学时期编写的音乐剧剧本和影像资料，赞扬她道："你是一块瑰宝，想不到我上这个节目还可以发现你这样的演员。你这样有领悟力、硬件条件又完美的演员是我想要的,你愿意加入我的工作室吗?"

纪溪因为知道阮好风也在开办工作室,所以婉言谢绝了。

乔亚并没有放在心上,给她留了联系方式和名片,叮嘱她:"如果已经有了好的去向,那么祝贺你。如果以后想合作的话,随时找我。另外,小公主,你现在需要的已经不只是自己的努力了,你还需要一个经纪团队来帮你运作。"

这一点,纪溪也已经想到了。

纪溪主演的网络剧播出之后,连带着《百人入戏》前三期的节目,把她的热度直接推向了顶峰,她的粉丝数量开始呈爆发式增长。

纪溪拿到手机的时候登录了自己的社交平台,上万条私信和增加的百万关注让她的手机卡了一下,完全没有办法进行甄选。

与粉丝的互动,平时采用什么宣传方式,在舆论出现波动的时候采用什么对策……这些都是纪溪目前急需解决且一个人暂时无法解决的事情。纪溪正在思索解决办法的时候,阮好风给她寄来了第二封回信———张三方协定的合同。

这三方,分别是以阮好风为法人代表的公司、纪溪本人,以及一个在业内如雷贯耳的金牌经纪人。

这位经纪人曾经与很多一线明星合作过,十分有名。她曾经签了一家娱乐公司,在那工作了十年。最近她刚刚出来单干,没想到居然被阮好风挖来了。

在这份合同中,所有的风险和责任都由阮好风的公司承担。纪溪阅读了所有条款,就算她日后曝出丑闻或者有污点,导致公司出现负债的情况,她只要支付违约金三千元。

纪溪学过法律,知道这份合同完全没有任何陷阱,只有阮好风明显的私心,他为她铺设好了一条康庄大道。

她正犹豫时,突然又看见合同背后的一张纸条,那是阮好风贴的,上面写着:"签吧,别担心,签了这份合同就是我家的人了,以后要跟我回去见我妈的。"

纪溪扑哧一笑,这下也不再犹豫,写了自己的名字,而后将这封信寄出。

她不知道的是,在她接下来闭关潜心准备总决赛的过程中,这份合同已经盖过章,具有了法律效应。业内的金牌经纪人陈枫沐在社交平台认证,正式更名为"纪溪经纪人",并且圈出了纪溪的社交平台昵称。

与此同时,纪溪考虑已久的成立个人工作室的计划也正式落地,阮好风用纪溪的社交账号在网上公开宣布了纪溪工作室成立。

这两个消息一出,直接引爆了热搜话题。

一时间,带有"纪溪"两个字的宣传剧照、节目剪辑视频、舞台彩排视频、童年照等,在网上被广泛地转发、评论。其中甚至还有她在国外打工休息时,无意中被人拍到的照片。

第十一章

01

几乎是一夜之间,所有人都知道了纪溪的名字。即便是不追星的人,也会在亲朋好友的网络社交圈里看到这个姑娘流传最广的一组动态图片。大多数人截取的是纪溪在舞台上的几个镜头,其中一部分来自综艺节目中她改编的舞蹈——被评论为"不伦不类"的舞蹈。

对于很多网友来说,舞蹈是不是标准的芭蕾舞没关系,好看就行!她的相貌非常有吸引力,是娱乐圈中少见的"明艳型"。一旦有了足够的曝光度,越来越多的人会不由自主地被她吸引,想进一步了解她背后的故事。

纪溪的粉丝乐见其成,尤其是她回国后就一直支持她的铁杆粉丝。其中还有一小部分,同时也是她姐姐纪昐的粉丝。

在陈枫沐公布与纪溪签约的那条动态下,一名网友评论道:"喜欢这两姐妹……说实话,我是'粉饼'和'公主鱼'的双重粉丝。陆域那件事情之后,小公主是怎样被他的粉丝辱骂了一个星期,还记得吗?所有人都叫她'吸血鬼小公主',还记得吗?她努力又上进,什么都没有做错,凭什么要受那样的委屈,要被这么多人指责?还好现在她熬出头了!恭喜溪溪签了陈小姐!祝溪溪今后更上一层楼!"

这条评论被顶上了评论第一的位置，紧跟着这条评论的，还有纪溪个人经历的详细展示。干净得不能再干净的履历，她认认真真念书，初中毕业后出国念音乐剧专业，显然是沉得下心追求艺术的人。

纪溪出国后也不是大手大脚的人。她努力考上大学，修双学位，做兼职，跑许多个剧场，经历过危险……家人出事后回国，第一天还去音乐剧组中当舞台指导。

还有一个女网友万分惊喜地跳了出来发表评论："是她啊！我几个月前请翻译帮我翻译诗集，想送给我男朋友，当中有个H国文学的翻译者好像就叫纪溪！我这里有转账记录，实名认证的！天啊！给我翻译诗集的竟然是她！"

这条评论很快就火了，网友们纷纷探究这件事背后的真实性。毕竟，随便捏造一张截图，伪造一个精通各国语言和文化的形象，也是有可能的。

然而，让所有人大吃一惊的是，网友们不仅在翻译平台上找到了那次的交易记录，甚至还找到了纪溪之前的翻译工作的记录和成稿！平台上显示，纪溪不仅接H国语言的翻译工作，还有X国语言的，并且完成度都非常高。

网友们要疯了："这是哪来的令人羡慕的'宝藏女孩'啊？"

其实纪溪开始学习翻译的时候也并不轻松。

在翻译的时候，要同时做到信、达、雅这三点是非常困难的。她演音乐剧时，大量的经典曲目是使用H、X两国语言，因此她必须熟练掌握这两门语言的发音方式和押韵习惯。而翻译诗集是最好、最快的学习语言的方式，这也是她这个专业的必修课。

其实，对于这两门语言，纪溪只能熟练地运用到剧目中，还远远没有达到能够在日常生活中熟练表达的程度。

对于周围的变化，纪溪是有所感觉的。她知道一起参与综艺的学员中有人带了手机，他们肯定知道外面发生了什么。最近这些人连看她的眼光都不一样了，关系好一点的还会跑过来悄悄地告诉她："溪溪，你现在在外面很红了！"

然而某些人却咬牙切齿。

总决赛前夜，姜果砸了一个手机。

网上铺天盖地的预测结果，绝大多数认为纪溪可以夺冠。支持姜果的声音在这种情况下被淹没了，最终在意向投票中，她也只拿到了第三名，居于韩烟之后。

这一次，姜果的经纪人也到场了，苦口婆心地劝她："你心里不平衡有什么用？小红靠捧，大红靠命，现在你知道了吧？人家能签陈枫沐，那肯定是有后台的，你们的起跑线已经不是一个水平线上的了。"

姜果狠狠地说："几个月之前，我在台上表演的时候，她只是一个舞台指导。纪家那个情况，谁沾上了她就是惹了一身腥！都说她能得冠军，我偏不让她得冠军！我拿不拿得了冠军是评委的事情，我得不到那个位子，她也别想！"

彩排时，纪溪一身红裙搭配红色高跟舞鞋，勾勒出她优美的身段，整个人粉雕玉琢，美得让人移不开眼睛。

她似乎天生适合演戏，无论什么形式，无论身处何地，只要她站在那里，整个舞台都跟着活了。鼓声阵阵，吉卜赛风格的歌谣慢慢地响起。音乐响起的时候，好像有另一个灵魂在她身体里活了过来，红色的细高跟鞋敲击在地面上，仿佛敲击在人的心上。她乌黑的长发摇曳，眼神妩媚动人。她的每一个动作、每一个表情都仿佛在说：我就是那个少女。

排练室宽敞、安静，阮好风倚在门边，静静地看着她。

纪溪停下来时微微喘着气，扬眉问他："老师，我表现得好吗？"

这是他们唯一能名正言顺地待在一起说话又不用回避旁人视线的时候。

阮好风笑着说道:"很好。"

纪溪松了一口气,说:"那我就放心了。"

她在椅子上坐下来,弯腰去解高跟鞋的带子,把绑在脚踝处的胶带撕掉,赤足踩在地面上。她的声音由地麦话筒发出,带着一点回音。

"好累啊。"

阮好风鼓励她:"加油,明天最后一天了,你已经很棒了。"

纪溪指了指戴着的耳返,说:"我总是有点紧张,戴耳返有一点不适应,到时候配乐时,我也能听见吗?"

"别怕,能听见的。"

阮好风知道她的这种不适应从何而来。

音乐剧演员和话剧演员是不需要戴耳返和其他收音设备的,靠着空间的声音反射和地下铺设的麦克风,将最真实的演员的声音传递到观众耳中,这样能体现令人震撼的表现力。

而《百人入戏》的舞台表演不同,演员要念台词,要后台配合音效,要有更加丰富的灯光效果。如果是类似她上次表演的那种场面,还得有乐队伴奏。这其实并不像影视剧的拍摄,而更像歌者的舞台。

纪溪点了点头,终于露出了一个轻松的笑容,说:"那好,我先回去了,谢谢老师。"

阮好风也点了点头。

两人擦肩而过。

02

第二天,总决赛正式开始。各路人马陆陆续续到齐了,灯光投在场地中央,光芒万丈。所有的学员在这一刻都感受到他们是万众瞩目的一分子。

当天晚上全网实时播放,每个人的一颦一笑、一举一动都会以航拍、直拍、现场录像三个不同的拍摄角度记录下来,因此学员们都会使出看家本领。

纪溪之前抽签的结果都不太好，出场顺序比较靠后。一般来说，节目进行到后期，观众们总会失去耐心，注意力也不会那么集中。

然而，纪溪今天抽中了三号，是靠前面的位置。

第一个表演的是韩烟，她毫不畏惧，上来就重演了她十四岁出道时的代表作中的一段单人独白片段：主角之死。

这一段演出直接引爆了全场，粉丝们尖叫着，为她这么多年来的成长，为她敢于回顾当初的勇气而欢呼。即使她的演技依然有比较明显的缺陷，但是在保持初心、鼓动观众的情绪上，她已经做到了极致。

开场，韩烟便拿下了两万九千票，观众总票数是三万票，相当于开场即巅峰。

纪溪在后台看着，一面为韩烟的表现喝彩，一面在心里默默地为自己打着气。这样盛大的场面也是她从来没有经历过的，要说不紧张，那是假的。

第二个上场的是一位曾排名在五十开外的学员，这位学员使出了看家本领之后，同样赢得了满堂喝彩，表现力甚至不输给一排名靠前的学员！

纪溪听见身后的朋友们感叹："这个还真的是……激烈啊，总决赛大家都拿出了看家本领，太刺激了。"

主持人报幕："下一位参赛学员，大家已经熟悉她的名字了，她的努力与认真，大家都看在眼里，她是谁？——"

纪溪完全没有想到会是这样的报幕方式，她更没有想到的是，主持人问出问题之后，全场竟然异口同声地喊出了她的名字！

那一声声"溪溪"汇聚成声浪，仿佛立在她身后的坚固城墙。现在她有这个勇气了，前面有一个引路人，那个引路人坐在嘉宾席上，用他一贯带着水光的眼安静地望着她。

她现在不是一个人了。

她走入属于她的布景中——有舞池与桌椅，有悠然的音乐。纪溪从黑暗中走出，迎着光亮，慢慢地露出一个天真而妩媚的笑容，面对所有的观众。

在场的人都忍不住倒吸了一口凉气，在这一刻，他们仿佛汗毛直竖，被她的眼神吸了进去。

再然后，什么声音都没有了。

黑暗中咔嚓一声，刺耳的声音响彻舞台，前排观众尖叫着，用手捂住了耳朵。

与此同时，纪溪的耳返中也传来了相同的噪音。而后咔嚓一声，收音装置、耳返，全部亮起红灯。

纪溪说出她的台词，然而她微弱的声音被淹没在几万人的呼喊和喧嚣声中。

幕后的工作人员首先发现了这个问题，彼此大喊着，通知其他工作组："音响坏了，耳返收音设备也坏了，怎么办？怎么会这个样子？"

"正在查，正在查了！别喊了，能听到。"

设备组的音响师慢悠悠地鼓捣着音响，一脸不耐烦的样子。同组的其他人员要赶过来帮忙，被他挥了挥手遣走了，说："你们去检查地麦装置，这里我一个人就行。"

其他人走后，音响师反而慢悠悠地点燃了一根烟，抽了起来。

他抬手看了看表，说："还有十五分钟，你就先坏着吧。"

外面是可容纳四万人同时入场的大型演出场馆，节目组为了迎接总决赛花了不少功夫。

《百人入戏》这一季，加上以前的两季，一共三季了，从来没有出现过这样的演出事故，更何况这还是全网直播。

耳返和收音设备断掉十秒后，现场《百人入戏》总决赛的讨论话题已经全部变成了——

"怎么回事？"

"音响坏了吗？听不见台上声音了！"

"什么情况啊？"

在场的观众一片哗然。演员的舞台表现非常依赖幕后的音响。可以说，舞台配音和配乐构成了表演环节中重要的一环。一旦这一环被破坏，演员就好比折断了羽翼的鸟。

而现在更坏的情况是，连收音效果也没有了。主持人尴尬地拿着话筒喊了几声，依然没有任何声音从音响里传出来。他无法平息观众的情绪，甚至无法救场。

选手席上的人也在议论纷纷，韩烟和赵月函焦急地讨论着："怎么刚好就到溪溪这里？她的比赛要怎么办？"

这期节目，为了赶上零点宣布最终排名前十的学员名单，每个人的时间都是掐好的。如果因为这一场事故耽误了，那么基本就没有重来的可能了。

姜果不动声色地坐在她的席位上，心里却在窃喜。

"还没有调整好吗？"

已经过去十五秒了，音响设备依然没有修好，这已经是非常严重的舞台事故了。

纪溪停下了所有的动作，安静地站在那里，等待通知。但是她什么都没有等到，设备没有修好，主持人也没有相应的救场措施，不过就算有也没有用，主持人的话筒也坏了。

第二十秒时，纪溪看了一眼台下的观众，看了一眼后台忙得焦头烂额的幕后人员，明白这样的情况不能再继续下去了。

她开始迅速地思考对策，寻找现场能够利用的设备。她走出第一步的时候，清晰地听见高跟鞋敲打在舞台上的声音，不由得愣住了。

在周边环境如此吵闹的情况下，她还能听见这个声音，说明了一件事——地麦还是好的！

地麦，顾名思义，埋在地下的麦克风收音设备。它在舞台演出时并不常用，更多的是用于彩排时放大声音，方便彩排者发现自己的问题。

这意味着在较小的收音范围内，音效能够传达出来，也意味着如果将乐器搬到舞台上来演奏，她至少还能拥有配乐！

这一刹那，她仿佛想起了什么似的，往嘉宾席上看去，阮好风也正好抬起眼，沉稳地看向了她，点了点头。

纪溪心里有了底，快速地走到布景的桌边，将用作道具的纸笔拿来，在镜头下写下了几个字。

那是他们在家中练习过的那部探戈电影，配乐是 *Por Una Cabeza*（《一步之遥》）。

03

所有人都看清了。

纪溪将这几个字在镜头前亮出来后，款款走向一边的乐团，向首席小提琴手借了他的小提琴，而后以一个提裙礼的姿势邀请嘉宾席上的乔亚来到她的身边。

乔亚精通各种乐器，尤其擅长小提琴。在上一期中，她给学员们现身说法，并告诉他们她收藏了五把珍贵的小提琴的事。

乔亚的反应也很快，她有心帮纪溪救场，便以一个完美的姿态起身走到舞台上，接过了纪溪手上的琴。

紧接着，纪溪再次上前几步，向阮好风做了一个邀请的手势。

阮好风表现得"有些意外"，紧跟着也面带微笑，走到了舞台上。

纪溪伸出手往下压了压，示意在场的观众安静，等待十多秒之后，场中果然安静下来。她笑着面向大家，问阮好风："老师看过这部电影吗？"

阮好风说："看过，台词记不太清，但那支舞我是会跳的。"

纪溪又看向另一边的乔亚，乔亚对她比了一个"OK"的手势，并且歪头拉了一个长音，试验舞台地麦的收音效果。

这声长音出来后，场内的观众果然都听到了，一齐屏住了呼吸。

声音虽然有些失真,但是这个效果已经超出了所有人的意料。

乔亚说:"那我开始了。"

她的声音不大,但是十分清楚。离舞台近的观众已经打开了手机开始录像。

悠扬的小提琴声如同游鱼流入溪水,从人们的耳中滑过,故事的开端缓缓地展开。纪溪和阮好风站在对应的位置上,对应的台词和乐曲飞速地在他们脑中闪过。

他们能想起来,就在一个月前,他们已经跳过这支舞了!

在那个晚上,困倦的小姑娘头顶一本书,靠在落地窗边,歪头问他:"阮好风,我什么时候才能学会演戏?"

他说,演戏不比人生,不怕跳错。

他们已经没有时间把台词改成中文了,因为没有提前彩排。他们在这一幕中,还少一个角色——盲人军官的儿子。

有两句台词是盲人军官指示儿子替他指点方位。阮好风临时改动了这段台词,转而问由纪溪扮演的陌生女孩,纪溪也顺利地完成了这部分的台词。

阮好风的视线固定在一个虚无的点,即使他看上去沉稳,但是仍然掩不去他"眼盲"的事实。

两个人的对话很完美,直到两人跳入舞池中时,小提琴声才突然变调——舞蹈开始了。

起初,女孩有些紧张拘束,放不开,她时刻注意着脚步。而军官始终坚定地引导着她、支持着她。乐曲逐渐变得平缓,他们两人的情绪被带动起来,渐入佳境。

第一段变调,阮好风放开纪溪的手,让她自由地旋转,如同一朵盛开的红玫瑰。变调结束后,她旋转着回到他怀中,步履轻盈而优雅。

两个人的配合更加默契了,比起最初的拘谨与紧张,纪溪的动作流畅了不少，让人惊叹不已。他们如同完美契合的一对齿轮，每一个动作、每一个舞步都很优美。

第二段变调，女孩渐渐地找到了跳舞的自信，神情变得更加自然、轻松、愉悦。

此刻，纪溪之前瘦身的效果显露了出来。在舞台中，她的身形显出一种独特的、柔弱而纤细的美感。白皙的脚踝很纤细，再往上是线条完美的小腿。她穿着细高跟鞋走舞步时，就像一只灵动的小鹿。

第三段变调，女孩越发自信。此刻，已是阮好风饰演的角色在配合她，让她自由自在地跳出最完美的舞蹈。

两个人的呼吸开始变重。跳舞是一件很消耗体力的事，尤其是探戈这样的舞蹈。

小提琴声渐渐地变弱了，最后终止，两人停下了脚步，定格在一个缠绵的谢幕姿势上。

在场的观众集体沉默了一会儿，然后发出了如雷鸣般的掌声！

此时此刻，直播网页下的评论已经沸腾了。

"天啊！这是什么完美的救场方式？这两个人真的没有私下练过吗？他们配合得太完美了！乔老师的小提琴也太精彩了！"

"我太幸福了！今晚，我为纪溪加油！"

表演结束后，收音装置也检测好了。主持人上台解释了刚刚的设备问题，并且将话筒交给了纪溪。

纪溪说："非常不好意思，因为情况紧急，让大家看到了我还不成熟的演出，并且拖了两位老师下水……"

阮好风和乔亚对视了一眼，一起笑出了声，连连摆手。

纪溪眼神明亮，认真地注视着镜头说："事发突然，或许我会因为这次舞台事故错过什么。但是，我已经将我能做到的最好的一面展现给大家了，希望大家喜欢。再次感谢两位老师，如果没有阮老师的配合，我无法完成这一场戏；如果没有乔老师的小提琴伴奏，这场演出的效果也会大打折扣。大家如果观看过这部电影，就会了解，这一段舞蹈的音乐是由小提琴、钢琴共同完成的。最重要的变奏部分由钢琴演绎，而乔老师一个人完成了两种乐器的变奏，真的非常了不起，感谢两位老师。"

她对着乔亚和阮好风深深地鞠了一躬。

最终评分结果尚未出来，场内观众投票，纪溪获得了两万七千五百票，仅次于拿下两万九千票的韩烟。

纪溪回到后台，终于松了一口气，这才发现自己已是满身冷汗，手抖得甚至拿不起一个水杯。

她刚刚有多害怕？那没有声音的二十秒，可以称得上她人生中最漫长的二十秒。

她才走出大学校园不久，第一次来到这种舞台，如果不是地麦还有声音，那么她的演艺生涯几乎可能毁在这一次舞台事故里。

04

纪溪喝了几口热水，努力让自己镇定下来，但还是觉得头脑发晕。

她想起来了，自己一直到凌晨还在温习剧本，饭也忘了吃。于是，她暂时离场，准备回宿舍，吃几块昨天剩的饼干。走过楼梯拐角时，她听见了节目组总导演发火的声音。

"器材停用十五分钟，直接换了备用设备才修好，我干这一行这么多年了都没碰到过这种情况。以前出问题，最多不超过一分钟，你们拿这份工资就要对得起这份工资。查，给我查！调监控！我看看是什么人敢砸我招牌！"

总导演是一个温文尔雅的中年人，纪溪也是第一次看见他这样暴跳如雷。她吓了一跳，赶紧回宿舍拿了饼干，吃了一点后又回到了赛场上。

她的座位是按照抽签的次序排的，就坐在第三排。这个地方比较靠近观众席，纪溪走过去的时候，底下还有粉丝冲她喊："溪溪！溪溪，笑一笑，好不好？"

纪溪抬头望向声音的方向，露出了一个笑容，还比了一个手势，又引发了粉丝一阵惊呼。

到现在为止，她已经完全平静下来。尽管最大的那个难题已经暂时解决了，但是现在还远远没有到可以松懈下来的时候。

她认真地观看别人的比赛，在心中猜测着每个人的成绩，根据观众投票的结果，估量着自己最后的分数。

她的分数肯定不高，器材故障是事实，她临时改换剧目也是事实。这件事情可大可小，最终要看导师组评分的情况。

时间一分一秒地过去，看到最后一名学员表演完毕，纪溪松了一口气。观众票数结果，一直到最后一场表演落幕，纪溪都是第二名，仅次于韩烟，而第三名差了她整整四千票。

这就是热度带来的两极分化，纪溪再一次认识到了这个事实，她现在的人气居然已经这么高了。这种感觉有些不真实，直到公布名次的前一刻，纪溪还有些微微走神。

她听见身边的学员拉着她说："溪溪，到你了！前两期综合评分前三名出列！"

她这才回过神来，听见主持人笑眯眯地问自己："纪溪，你预期自己的排名是多少？"

纪溪想了想，对着镜头俏皮地一笑，说："你先告诉我，我是多少，我再告诉你，我的预期是多少。"

主持人说："太坏了！那我先恭喜你获得了第三名！"

纪溪愣了一下，道："真的吗？我是第三名，这么高？我不是出了舞台事故吗？"

导师席上的一名评委发言了："是，不过这个属于不可控因素。你之所以只拿到第三名,是因为你在文戏上没有做好,没有发挥出你以前的创造力。所以在这个方面,我们给你扣了分。"

台下一片欢呼,再次掌声如雷。

纪溪觉得她像在做梦一样。

这次的比赛结果陆续公布,第一名是韩烟,第二名是一位从最初排名八十开外一路逆袭过来的男学员。而之前在纪溪小组的周青和赵月函,也都拿到了不错的名次。他们虽然没有能够进入前十名,拥有挑选大投资方手中角色的权利,但是也分别拿到了"新人奖"和"勤奋奖"。

只有一个人的名次没有公布,镜头甚至都没有拍到她。

姜果站在原地,浑身发抖,面色僵硬。她抓住一个工作人员,问道:"我呢?我呢?"

工作人员不好意思地说道:"不好意思,姜小姐,你等一等。"

"等什么啊!演出时间都要过了!我问了你们这么多遍,你们只会说'再等一等'!他们的名次都公布了,怎么没有我的名次?"姜果快哭了,面色极其苍白。

事实上,她从看见纪溪在无声的舞台上走动,找小提琴手借小提琴时开始,就已经脸色发白。

不应该是这样的,一切都计划得很完美……

这时,总编导助理从人头攒动的台上挤了过来,抓住了姜果的手,说:"不好意思,姜小姐,你跟我们走一趟吧。警方已经来了,我们查了监控,你现在涉嫌故意损坏他人财物和教唆他人犯罪,我们要对你进行进一步的调查。"

"不是我!我没有!"姜果疯狂地大叫起来,然而她的声音被淹没在舞台中,如同一只嗡嗡叫的蚊虫,就这样消失了。

关注姜果的一些网友也发现了,并就她没有出席最终的排名公布现场提出了疑问。节目组很快发表了声明,称姜果因为个人原因突然退赛,所以节目最终流程中没有她的名字。

纪溪在台上拿到了三个赞助商的合作函以及一部剧的女主角名额。

节目收尾后,观众陆续退场。她被粉丝围住,留下来签名、拍合照。纪溪收工的时候已经是深夜了,所有人都走了。

纪溪走向幕后时,回头看了一眼空旷的万人场馆和碎金彩带飘落一地的舞台,心中有些动容。这些东西已经被黑暗包裹留在了她的身后,她需要迎着灯光,继续向前走她找到的路。

暖黄色的灯光下,还有一个人在等她。

纪溪还没走到他身边时,穿着细高跟鞋站立了一整天的脚已经酸痛发麻。她弯下身解开绑带,将这一双红色的高跟鞋脱下来拎在手上,向他的方向飞奔而去。

阮好风张开双臂,接住了这个赤脚向他奔来的小姑娘。他把纪溪抱在怀中,摸了摸她的头,低头温柔地看向她的眼睛。

"我以为你会哭。"阮好风说。

纪溪仰起脸,看着他,说:"现在才不是哭的时候。"

"是,我的溪溪最勇敢了。"他在她的额头轻轻地印下一吻。

……

这个综艺节目录制结束后,纪溪红了一把。

这个"红了一把"是她的经纪人,被人称为"单带女王"的陈枫沐说的。尽管现在纪溪的话题热度已经到了话题榜前三的位置,但是这位充满野心、在业内招牌不倒的金牌经纪人表示这远远不够。

"多少人一夜翻红之后就悄无声息了,我们要追求的是长久的曝光度和大量的粉丝,而不是短短的昙花一现。"

05

录制结束之后,纪溪跟陈枫沐见了一面,并且是在阮好风在场的情况下。她知道像她这个年龄阶段的女明星，已婚的身份可能会对一部分粉丝产生影响，所以她咨询了陈枫沐。

陈枫沐说："没有关系，这个问题我已经和阮先生商量过了。我们给你的定位并不是流量明星，而是偏向实力派。等到了那个时候，你是否结婚，粉丝不会特别关心，只会关心你的作品。同样的，合适的恋情，反而会引起更大的关注度。"

陈枫沐报了几个名字出来，问纪溪听说过没有，并且非常耐心地以这几个明星为例，向纪溪说明了为她制定的计划。

简而言之，就是抓住机会曝光，努力打造她名字背后的品牌价值。在此期间，她首先要保持曝光度，比如继续参加综艺节目，参演大制作影视剧等。等曝光度稳定之后，再静下心来，回归演员本来的演出价值。

阮好风也说："你不用担心这个问题，也不要有太大的压力。陈小姐虽然和我们公司签了合约，我们是合作人的关系，但是她还会成立自己的工作室。等你觉得你已经达到想要的高度了，想再回去演音乐剧都是可以的，只要你喜欢。"

纪溪点了点头，又顿了顿，说："那么最近有我需要做的事情吗？"

陈枫沐说："不要急，你的机会已经有很多了，我在等最适合你的那个机会出现。我们要的是一击必中，而不是病急乱投医。更何况以你现在的人气和资源，不愁没有好机会。"

因此，纪溪有了一个星期左右的假期，用来恢复、调整身体和精神状态。连续好几个月的连轴转的生活结束了，她终于放松下来。

纪溪因为之前长期高强度的工作抵抗力下降，在入秋时节得了重感冒，声音都有一点沙哑了。阮好风最近在忙公司投标的事情，没有和纪溪住在一起，她也没有把这件事情告诉他。

阮好风给她打电话的时候，纪溪的鼻音太重，被他听出来了。

"溪溪，你感冒了吗？"阮好风在那边问。

纪溪输着液，鼻子堵塞了说话闷声闷气的，有点可爱："嗯，有一点，不是特别严重，我打两天针就好了。"

"你在哪里？我过来陪你。"阮好风问。

纪溪却不告诉他，一个人笑嘻嘻地对着电话那头的阮好风抛了一个飞吻，然后就把电话挂断了。

她自以为做得天衣无缝，结果阮好风还是找了过来。

之前纪溪不忙的时候会跑到医院看外公。她外公动了几次大手术，长时间昏睡着，偶尔醒来时，看到小外孙女在自己眼前就会非常高兴。

纪溪有时候也会跟他说一说阮好风的事，她隐瞒了自己已经进入娱乐圈，并且已经红了的事。护工偷偷过来找她要过两张签名照，但没有将这个消息透露给老人家。

现在她感冒了，和她外公在同一家医院，她看望外公就更加方便了。

她早上吃了早饭过来，输完液后已经是中午了。

她草草地解决了午饭之后又去给她外公送饭，陪外公聊天，又在医院待了一个下午。晚上，她再回去处理工作的事情。

她这样的小心思实在太好猜了，阮好风没费什么力气就在医院里轻松地找到了她。现在入秋了，纪溪又是重感冒，浑身打冷战，早就裹得里三层外三层，还戴上了毛线帽和口罩。远远地看过去，她就像一个小团子。

此时，她正迷迷糊糊地睡着。

医院的大厅里人来人往，护士调好了输液速度，叮嘱她不能动。她感觉输液的这只手完全冰凉，凉得有点痛了。外面的喧嚣声和手腕上轻微的刺痛感让她有些不舒服，她难以入眠。

阮好风过来时也是全副武装，医院这种人流量大的地方最容易被偷拍。一路上，他小心翼翼地，帽子、口罩、墨镜全戴了，最后还将休闲衣的兜帽戴上了。他整个人围得严严实实的，看起来像个年轻的小混混。

纪溪在半梦半醒之间觉得有人碰了碰她的手腕。她以为是护士来调整输液速度，给她换吊瓶，所以没有在意。紧跟着，冰凉的手背上突然附上了温热的东西，一下就让那种刺痛又紧绷的感觉舒缓下来。

这种舒适感让纪溪睡得安心。她在睡梦中闻到了熟悉的味道，薄荷香，还有阮好风用的男士古龙香水的味道，她以为自己在做梦。

等到护士拔针的时候她才惊醒，发觉自己靠在一个男人的怀中。她动了动，刚准备把身边的人推开，似一团糨糊的脑子却慢慢地反应了过来——身边的人是阮好风。

阮好风轻轻地靠在她身上，两个人头碰头地打着盹儿。这下，他也被她惊动了。

纪溪有点不好意思地看着他，声音还是有点沙哑："你怎么来了？我都不知道。"

阮好风说："我刚来没多久。"他歪了歪头，看见她眼里的慌乱之色，便知道了她刚才的心思，故意凑过去，逼问她："说实话，你刚刚是不是以为我是歹徒，忘记自己已经跟我结婚了，阮太太？"

纪溪脸红了，小声为自己辩解："我没有，你别乱说。"

阮好风说："要不要再休息一会儿？我带你出去吃饭，然后回家睡一觉。护士来的时候我问了，她说你还有点发烧。"

纪溪摇了摇头，小声说："我打完针后要去看看外公，刚好这个星期有空陪陪他。他一个老人家，没人陪着说话，我爸和我姐又……所以我得去看看他。"

"那走吧。"阮好风站起身，向她伸出手，"咱们去看看外公。"

纪溪反而愣了一下："你现在要去看他？"

他们结婚这么久了，一开始是因为双方还不熟，彼此也心知肚明，没有提见家长的事情。后面就是两个人忙到一块儿去了，根本没有时间。

其实，她并没有责怪阮好风的意思。她这个阮家儿媳妇不也是这么久都没有上门看一看吗?

她只是想到爷爷有多宠她,生怕他会苛责阮好风,让阮好风受委屈。她想了半天,决定先拉着阮好风走出医院大门。想了想,她又觉得不对劲,他们这样手拉手公然出去,怕是明天就会登上头条,于是又把阮好风的手甩开了。

她认真地叮嘱他:"你在这里等我一下。"

阮好风看着她,问:"怎么了?"

纪溪小声跟他解释:"我外公脾气很臭。虽然平时好说话,但是突然见到把他外孙女拐走的男人,肯定会刁难你一番。我先去……我先去买一点礼物,附近也有商场,我给他买一点他平时喜欢的东西,到时候你就说是你买的。"

"这么吓人?"阮好风说,"别去了,我准备了礼物,我们直接上去吧。"

纪溪还没反应过来:"啊?"

阮好风却直接牵住了她的手,带着笑把她往外推:"好了好了,走吧走吧。"

第十二章

01

纪溪感冒了，整个人呆头呆脑的，有点可爱，不像她平常从容沉稳的样子。阮好风叫她往哪边走她就往哪边走，不提醒她出电梯，她能一直坐到顶楼。

出电梯后，阮好风还在笑她："感冒了，脑子都烧糊涂了，还不好好休息。"

纪溪隔着口罩努了努嘴。她的脸小，普通的医用口罩她戴着显得很宽松，遮住了她的脸。阮好风却好像知道她偷偷地做了这个动作，于是在走廊拐角处轻轻地按住了她，飞快地隔着口罩在她唇上一吻。

纪溪整个人红得像一只煮熟了的小龙虾。

她小声抱怨着："有人……"

其实，拐角处很少有人来，只有那些憋不住想要抽烟的男性家属才会过来过过烟瘾。

阮好风只是笑了笑，大大方方地与她十指相扣，牵着她往病房里走。

进了病房后，纪溪才知道自己被阮好风骗了。

她外公醒着，最近状态也不错。他一看到阮好风就好像见了亲孙子一样，十分亲切地拉着他絮叨起来。纪溪在旁边听了半天，这才知道阮好风原来早就已经跟她外公见过了！

老人家说："唉，做你们这一行辛苦。上次见你，你和溪溪才领证吧？溪溪不在，你一个人拎着那么多东西来看我，我吃也吃不完，看也看不完，这次你又给我添什么乱？"

阮好风说："给您带了一九九三年那一版花鼓戏的原声录音带，从厂里直接拿的。这是当年的第一版，现在市场上买不到了，我从一个朋友那里拿来的。"

纪溪的外公是一个花鼓戏戏迷。

纪溪的外婆年轻时是在剧团里唱花鼓戏的，与她外公一见倾心，就这样结了婚，有了孩子，他们的感情一直很好。

纪溪还在发愣，阮好风却在跟她外公讲她的笑话："溪溪以为我第一次过来，吓坏了，说要买东西冒充是我送的，现在还有些发蒙。"

外公瞥了纪溪一眼，说："这丫头是有点傻，还骗我说她进了文工团呢。哪里的文工团是按你看我的时间来放假的？回回都是放假，编谎话也不知道编得像一些。"

纪溪终于反应过来了，她委屈地说道："我不是怕您不高兴才骗您的吗……当年我姐进娱乐圈，您两年没让我爸进门……"

"以前是以前，你这个闺女，翻什么老皇历？"外公说，"这些啊，小阮都跟我说了，你们是拍以后能拿奖的戏，和那些不入流的东西不一样。那是艺术，我有什么不支持的？我看了小阮的那个奖杯，分量够足，纯金的，改天溪溪你也捧一个回家。"

纪溪听到这里，心里一惊，终于忍不住拉着阮好风走到一边，悄悄地问他："你……你居然把奖杯都带来给我外公看了？"

阮好风说："就是个奖杯，没什么。"

纪溪又小声问："我还没摸过，我也想摸一摸，你放哪了？"

阮好风也小声说:"老爷子藏床底下了,你一会儿可以偷偷地摸一摸。"

阮好风待在外公的病房里,跟他谈天说地,从花鼓戏一直聊到现代曲艺的发展。后来,护士过来给老爷子吃药,那药有镇静安神的作用。吃完后,老爷子就说想睡了,于是,两个年轻人跟老人家告别,一起退出了病房。

纪溪还在发烧,头脑昏昏沉沉的,出来后才想起问阮好风:"你今天在医院待了一下午,没有别的事情要做吗?"

阮好风挑眉看她:"怎么?你好像很希望我有事不能来陪你。"又拉着她的手往外走,"老婆生病了,我来陪,天经地义。"

纪溪的脸有点发烫,分不清是因为发烧还是因为害羞。她就这样被他牵着走出去,坐上阮好风的车,却不知道他要去哪里,问:"你要把我带去哪里?"

阮好风说:"你还想去哪里?回家睡觉,安心养病。这几天你就安心当你的病人,外公那边我去看望。"

纪溪又说:"可是这不是去我家的路。"

"是啊,我要把你拐走,怕不怕?"阮好风说。

纪溪嘟囔了一会儿,又在快要睡着时小声说:"那你拐吧。"

最后纪溪睡着了。

下车时,阮好风过来拉车门,她的头还是昏昏沉沉的,她一步踏出去,差点直接摔在地上,还好被阮好风接住了。

"你怎么感冒了跟喝醉了一样?"阮好风把她轻轻地抱在怀里,腾出手来关车门、上锁。他揉了揉纪溪的头发,说:"好了,小姑娘,我这个知名演员就屈尊背你上去。"

纪溪特别乖巧,他说什么她就做什么。阮好风在她面前蹲了下来,她就爬了上去,任由他背起了她。

男人的肩膀宽阔厚重,纪溪埋在他的肩头,呼吸滚烫,迷糊间还嘀咕着:"你好高啊。"

好高，连她的视野都跟着开阔起来。走起来的时候，纪溪的身体跟着他的脚步起起落落的。但是她一点也不害怕，他走得非常稳。

纪溪记得自己很小的时候，曾经被爸爸背回家过。她妈妈在她出生的时候就难产去世了，她父亲一个男人，不仅要撑起背后的两个家庭，还要带着两个女儿。这个出身于没落的演艺世家的男人，开过货车、干过龙套、开过小卖部。虽然人人都说纪家是一夜暴富，但这样的财富何尝又不是纪父看准机会，一步一步拼出来的。

纪溪的姐姐比她大九岁。纪玢的童年是跟着父亲奔波过来的，而纪溪则被送去外公外婆家。一年到头，纪溪很少有机会能见到自己的爸爸。

有时候她爸爸过来看她，纪溪还有点认不出来，这时外公外婆就会说："溪溪啊，那是你爸爸，跟他出去吃顿饭吧。"

那时候纪家还不是特别富裕，她爸爸回来一次很不容易，路费是节省出来的。纪溪五岁生日那天，她爸爸带她出去玩，带她吃了一顿大餐，还带她去了游乐园。

那个游乐园是全市最好、最大的游乐园，纪溪之前从来没有去过，她认识的同龄人中也很少有人去过那里。

纪溪其实不怎么喜欢游乐园，她性子安静，喜欢待在家里看书。她爸爸却说："不管喜不喜欢，我的女儿不能比别人差，不能别人都跟爸爸妈妈去游乐园，而你不能。"

那一天，纪溪的爸爸带着她把里面所有的项目都玩了一遍，最后她玩得筋疲力尽，在旋转木马上睡着了。

那是她脑海中极少数的与父亲相关的童年回忆之一。"父亲"这两个字像在她生命中一闪而过的流星。

现在，她在阮好风身上找到了这种熟悉的感觉，安定、沉稳，像一座大山，有着男性独特的温柔和坚实。

02

阮好风背着她坐电梯、出电梯，通过了一道虹膜锁，一个开放式的玄关出现在他们面前。纪溪这才发觉一路上都没什么人，这应该是阮好风自己住的地方。

他弯腰在鞋柜里找出一双崭新的粉色女式拖鞋，递给她："这几天在我这里待着吧。我听陈枫沐说，你现在有知名度了，出门会被无数人围堵。你家的小区虽然住着舒服，但是安全系统还是差了一点，离闹市区也近。我这里没什么东西，但是够你好好养病。"

纪溪跟在他后面把他的家观赏了一圈。阮好风的房子很宽敞，但是没人气，干净得好像随时可以售卖的商品房一样。显而易见，阮好风不经常住在这里。

她不停地咳嗽、擤鼻涕，阮好风见了赶紧找纸。他找了半天才找到一大包未开封的抽纸，他拆了一包纸递给她，说："我不经常过来住，当时买这房子是看中了它的位置。刚回国时，天天有记者堵我，我就在这里避避风头。"

纪溪扑哧一声笑了出来，问他："那你平常住哪里？"

阮好风说："住公司，办公室里面就是卧室。"

纪溪想了想，认可了他说的话。她拍戏的时候跟着阮好风在他公司住过一晚，公司里边的休息室确实比这个家更有人气一点。

阮好风又在储物间里翻找，最后翻出了几张落了灰的碟片，问她："看电影吗？还是你想先睡一会儿？我给你倒杯牛奶……冰箱里是空的，我下楼去买点姜好了，给你煮个姜汤，这样好起来会快一些。"

他回过头，看见纪溪笑得眉眼弯弯，一下子有些不知所措："你……"

纪溪笑道："你是不是从没请过女孩子来家里？"

阮好风唠叨得像她的外婆一样，他在外面一向沉默寡言，今天却显得阵脚大乱，什么都要过问一句。

纪溪说:"不用了,我们来看会儿电影吧。"

她在碟片中挑了一张,是一部有些搞笑的电影。做他们这一行的,一旦开始认真地演戏就会觉得生活里处处是戏。路上遇见一件事,他们会想这事若在荧幕上会是怎样的效果;看见一句标语,他们会想这句话要是改成台词会怎样。

她和阮好风都有这种职业病,所以只愿意看轻松的影片。

她找阮好风要了一条毯子裹在身上,盘腿坐在地毯上舒舒服服地看着他。两个人在她家时也是这样的,所以也没什么不好意思的。

阮好风坚持要去给她买姜,煮姜汤。于是,纪溪假装一副无精打采的样子:"溪溪还想吃章鱼小丸子,想吃钵钵鸡。"

阮好风认真地说:"还要什么?"

这周围很清静,不可能有小吃店,至少要再开十分钟的车才会有小吃店。纪溪怕他真会去买,赶紧说:"我不要了!我感冒了吃什么都没有味道,你就帮我煮个姜汤吧。"

没过多久,阮好风提着几个大袋子回来了,纪溪这才放下心来。于是,她将电影调到开头,准备等阮好风熬完姜汤后和他一起看。

然而,纪溪左等右等,阮好风进了厨房后就迟迟没有出现。

纪溪撑着昏昏沉沉的脑袋朝厨房走去。刚走到厨房门口,她就听见阮好风在那里碎碎念:"锅置中火上,烧水至沸,放入土鸡、老姜、大葱结、料酒、胡椒粉,烧开至沸,用勺子撇净……"

纪溪探头问:"你在做什么,我们不是吃过饭了吗?"

他们在医院的时候,护工领了三份饭菜给他们。饭菜的味道虽然寡淡,但是适合病人,阮好风就和纪溪将就着吃了。

阮好风见她来了要赶她出去,说:"回去看你的电影,我给你熬姜汤,我在看火……"他伸手挡在纪溪面前,纪溪却像一条不安分的小鱼,低头从他手下钻了过去,又从他怀里钻出来踮脚越过他的肩头往前看。

阮好风的平板电脑还在砧板上，屏幕发着亮光。

纪溪拖长了音调，道："钵钵鸡调料配方——马耳朵葱、花椒面、辣椒油、香油……"

"好了好了，别看了，给你做钵钵鸡当零食吃。你现在不能吃辣，我给你做清淡一点。"阮好风哭笑不得地抱着她，慢慢地往门外走。

纪溪偏不走，她眼尖地看见多功能灶台边还多了一个黑漆漆的板子，有点惊喜："你还买了做章鱼小丸子的烧烤板！这个东西超市里有卖吗？"

"小区商场里什么都有，我还买到了现成的冷冻小丸子。"阮好风说，"不过被我烤煳了一锅，一会儿洗了重新给你烤。感冒的人快走，不要把感冒传染给小丸子和钵钵鸡了。"

纪溪被他推出了厨房。不久，厨房里传来阵阵香味，还有辛辣的姜味。

又过了半个小时，阮好风端着盘子出来了。他先盯着她喝下那一碗浓浓的姜汤，看她喝得脸颊泛红、眼泪汪汪的才作罢，然后才叫她尝一尝钵钵鸡。

阮好风配酱料的时候没放辣椒，别的配料也放得少，说是怕她吃多了之后病情加重。章鱼小丸子倒是烤了两大碗，全部堆在一起浇上了番茄酱和沙拉酱，还撒上了肉松、柴鱼片和海苔粉，特别像那么一回事。

小丸子滚烫绵软，香气四溢，纪溪吃得头也不抬。

那部影片纪溪已经看了一半，她又调回开头和阮好风重新看。两个人一边看一边笑，小丸子被你一个、我一个地消灭了。纪溪吃出了一身汗，头脑清醒了许多，又被阮好风催着去洗漱、睡觉。

她量了一下体温，已经降回了正常体温。

阮好风把洗漱用品和换洗衣服都给纪溪备下了，还要她躺在床上不许动，把被角给她掖好："乖一点，我就睡在你隔壁。有什么事情不要憋着，你可以起来叫我，或者打电话给我。"

纪溪睁大眼睛问他："你这是在把我当小孩宠吗？"

阮好风笑了笑,说:"我倒是希望可以在你小的时候就遇见你。"这样就不会错过你的每一个笑容和每一次成长,可以在你独自拖着行李箱前往异国他乡的时候与你提早相逢,他心想。

纪溪小声说:"我也是。"她快要睡着了,轻声说,"阮好风,你对我真好。"

为什么对我这么好呢?

纪溪想不明白,她以为对一个人好应该是有理由的,喜欢一个人也应该是有理由的。可是她又有什么理由呢?遇见了一个人,嫁给了他,两个人就这样顺其自然地在一起了。

她睡着了。

"因为我喜欢你,已经喜欢很多年了。"阮好风看着睡着的小姑娘,轻声说道。

03

纪溪最近被媒体围堵得厉害。不光是因为她在《百人入戏》中每一期的出色表现让她主演的网络剧再次火了,更是因为她在综艺节目中的最后一场演出时和阮好风表演的一段舞蹈。

那一段虽然不是爱情戏,但是舞蹈动作本身就很暧昧。两位导师亲自救场,阮好风和她配合默契,直接导致总决赛之后产生了一大批同时支持他们两个人的粉丝。

粉丝名称就叫"溪风"。

除此之外,业内盛传纪溪选择的剧本就是阮好风答应参演的古董行业剧,这看上去又是一次合作。

那些粉丝们认为纪溪和阮好风是天造地设的一对,当初他们在台上的配合就让粉丝们兴奋得尖叫。

"虽然不知道是不是演的,但是那个眼神,我宣布他们是真的在一起了!"

"你们看了总决赛现场吗?阮好风的眼神温柔得要流出水了!他之前在训练营里也只跟她说过话!"

而分别支持纪溪和阮好风的粉丝则是相互嫌弃。不仅如此,甚至连陆域的粉丝和纪玢的粉丝也参与了进来。

这些事情纪溪都知道。陈枫沐也提议公开他们的恋爱关系,之后再顺理成章地过渡到"结婚",但是被纪溪否决了。

她怕给阮好风的事业带来不好的影响。他的公司正在上升期,虽然他的演员身份正在逐渐淡去,但是如果到时候他的粉丝反对声很大,会严重影响到他的个人规划。

阮好风则认为这是一件无关紧要的事情,甚至还乐意公布,不过他尊重纪溪的意见,愿意配合她保密。这个小姑娘从出道起就背负了无数骂名,这个时候不怕自己被骂反而担心他,不知道这是不是一种勇气。

第二天,纪溪起床时觉得自己的感冒已经好了。

阮好风还没起床。他没事时喜欢赖床,纪溪参加综艺节目的前两个月就发现了他这一点。阮好风工作的时候起得极早,但是没有工作时可以赖床赖到下午。

她在阮好风的厨房里做了两碗凉拌刀削面,再用昨天做钵钵鸡剩下的调料拌好。做完这些,她轻手轻脚地去叫阮好风起床。刚走到床边,她就被阮好风拉了过去,裹在了被子里。

"起这么早?"阮好风将她抱在怀里,轻轻地揉了揉她的脸,"好点没有?"

纪溪说:"都好了。我给你做了刀削面,快点起来吃吧。"

"不急,先让我抱一抱。"阮好风抱了她一会儿突然笑起来,桃花眼眯了眯,看起来有点迷人,"这是哪里来的田螺姑娘,连刀削面都会做,简直太好了。"

阮好风跟她熟悉之后，就变得有点爱耍贫嘴了。他喜欢看她害羞的样子，一副又乖巧又不理他的模样。之前两人你来我往，偶尔针锋相对，谁也不让谁，真的亲近之后，她却反而害羞起来。

真是个没谈过恋爱的小姑娘，揭开那层礼貌又冷静的外壳之后就是柔软的一颗心脏。

纪溪从他怀里溜了出去，自己先吃了饭，然后又去挑选喜剧片看。

阮好风起来吃完饭后把碗洗了，也凑过来跟她一起看，就跟昨天晚上一样。

其间，纪溪接了陈枫沐的一个电话。陈枫沐说，有一档综艺节目想邀请纪溪参加，一会儿她想和纪溪面谈。征求阮好风的意见之后，纪溪让陈枫沐来阮好风这里。

片刻后，陈枫沐抵达了这间公寓。刚进门，她就直截了当地问纪溪："正好你们两个都在我就一起说了，有一档恋爱真人秀，你们去吗？"

纪溪说："啊？"

阮好风却很镇定，道："我看看节目策划案。"

陈枫沐把节目策划案丢给了他，三个人围成一圈坐了下来，厚厚几沓策划案全部摆在他们面前。

这个真人秀节目的名字听上去很像电视剧的名字，其实这是一档审核通过的恋爱综艺节目。

当下热门的恋爱综艺节目主要展现明星的恋爱过程，满足观众对浪漫爱情的想象和追求。明星上节目后不仅有关注度，还能依靠"搭档组合"的方式再添热度，节目结束后"搭档组合"则各奔东西。

不过这档综艺节目的形式比较新颖。它将明星放在大众的环境中，让他们体验一次平常人的恋爱，感受平常人的喜怒哀乐，以此观察明星在交往过程中最真实的反应。

节目中的男女搭档有可能是已经确认关系的情侣,有可能原本是陌生人,然而不管他们是什么身份,最终都以"在一起"为目的。所以,这个综艺节目是需要明星自愿报名的。明星报名后可以邀请另一个人参加,如果被邀请方同意参加,那么两人就将成功地来到这个节目进行互动。

阮好风显然对此十分感兴趣,问:"现在有人报名了吗?"

陈枫沐道:"有,这才是我给你们推荐这个节目的原因。那个'综艺一哥'知道吗?他报名并且联系了自己十年前的绯闻对象!当时他们的新闻可是铺天盖地的!而且他的绯闻对象还答应上节目了!不止他们,之前因为长期分居两地而离婚的那对夫妻知道吗?他们确认也要上这个节目了!现在别人都还不知道这两组明星,我这里也还压着。一旦公布出来,这个综艺节目很可能会占据今年综艺类节目的榜首位置!"

阮好风说:"挺好的,这样还挺真实的,我有一点兴趣。溪溪,你说呢?"

纪溪有些猝不及防,声音轻轻地拖长了:"啊……"

阮好风认真地凝视着她的眼睛,说:"我要是去报名,邀请你和我一起参加这个节目,你会答应吗?"

纪溪说:"肯定会答应!可是……"

"那就没什么可是了,我觉得这个综艺非常好。"阮好风笑眯眯的,看她像是想反对的样子,于是说道,"我一定会报名的,然后你说你肯定会答应,这不就结了?走,我们当着全国人民的面谈恋爱去。"

纪溪哭笑不得,说:"等一下,这哪里是这么简单的事情。阮好风,你不要你的粉丝了?你小心你的女粉丝伤心……"

阮好风说:"他们会知道这件事情的。我们已经结婚了,以后迟早都要知道的,不是吗?隐瞒粉丝影响会不好。就这样吧,溪溪,你把一切都交给我。"

他静静地注视着纪溪,轻声说:"我也想让所有人都知道,你是我的,我是你的。"

04

纪溪的脸红了。

陈枫沐在旁边摆出一副很嫌弃他们的样子，说道："好了，得了，就这么说定了。我这就去帮你们定下来，这个资源可不好抢。我马上让人安排，至于之后的流程，我们另外讨论。"

片刻的工夫，这件事居然就这样敲定了。

纪溪还有点反应不过来。阮好风逗她："怎么了，有工作了还不好？还想在家里躺几个月，阮夫人？"

纪溪却有点生气了："你怎么这样？这么大的事情你说敲定就敲定了。"

阮好风看着她，笑道："我也不知道跟谁学的，结婚这么大的事情说敲定就敲定了，我还想拿这句话问问她呢！"

纪溪一时语塞，最后只得瞪了他一眼。

漂亮的小姑娘瞪起人来可爱得不得了，他凑过去亲了一下。一下还不够，再亲第二下，最后亲得纪溪要躲他了。纪溪拿个枕头把自己的脑袋埋起来又去看电影了。

陈枫沐办事很利落，两天之后就送来了参加综艺节目的合同，让律师看了一遍之后给了阮好风和纪溪一人一份。

纪溪签的时候还很犹豫，问阮好风："真的要去吗？你会被骂的。"

阮好风出道以后就没什么负面新闻，青云直上，有无数的女粉丝。

他看到她这副样子就笑了，说："你都熬过来了，我一个大男人还有什么熬不过来的？再说了，我们迟早也会公布结婚消息的，不然怎么跟咱们外公交代？"

纪溪说："可要是我的偶像突然结婚了，我也会很难过的……好吧，他确实已经结婚了。"

这下阮好风来了兴趣，问："谁？"

纪溪说："《新音乐剧之王》那部作品你看过没有？它的创作者和主演是一位才华横溢的剧作家，他的作品一票难求。我只在大一的时候抢到过很靠后的座位，之后都没抢到过票，只能在视频中看一看他……唉。"

说起偶像时，她的眼睛都在发光。

阮好风说："好了好了，收敛一点，你老公还在旁边。"

纪溪冲他吐了吐舌头，低头把自己的那份合同签了，告诉他："好了，我签了，还有什么需要我做的吗？"

阮好风拿过手机，低头摆弄了一会儿，想了想说："你什么都不用做。到时候上节目，我们两个假装是来相亲的，之前只在《百人入戏》里见过。"

纪溪似懂非懂地点了点头："好。"

"纪溪小姐，我诚邀你跟我谈一场恋爱，这次就从还不认识的时候开始。"阮好风将手机递过来，"你和我刚见面就结了婚，我欠你一场恋爱，还欠你一场婚礼。"

纪溪低头看过去，发现阮好风登录了他的社交平台，发了一条动态。

"阮好风V：@从零开始的纪溪同学，这一次，从遇见你开始。"果然，动态一发出去，网上又沸腾起来。

纪溪最近本来就处于舆论的风口浪尖，更不用说"溪风"的呼声刚刚高起来。

阮好风这条含糊不清的动态，像在高温天气中亲手点燃了炸药。

网上的舆论如同巨浪般扑来，这条动态的转发量增长的速度令人吃惊，这个话题越来越热门，直至占领了话题榜单前三的位子。

一石激起千层浪，突然间所有人都在讨论这件事。然而，第一个抓狂的却是娱乐媒体。这两个人是什么时候开始的？最近盯得这样紧，阮好风这是突如其来地公开恋情了吗？

很快就有人扒出了一件事。"从遇见你开始"这几个字刚好撞上了上个月开始宣传的一档明星恋爱真人秀的名称，总不可能这么巧吧？

与此同时，这个真人秀的官方微博出来回应。官方微博转发了阮好风的这条动态，并且明确写道："欢迎阮好风先生加入我们的节目！想和你遇见，她是否回应？"然后发了一个很短的视频。

这个视频是跟拍的，视频内容是阮好风带领工作人员往家中走去，他的穿着非常自然。画外音有点模糊，应该是工作人员问了类似"有没有找对象"之类的问题，阮好风笑着说："就是还没有，所以报名了你们的节目。说实话，我家里人也在催我结婚。"

工作人员问："哈哈，我们节目组这还是第一次接到相亲的任务。阮老师您要知道，我们的综艺节目是邀请制的，如果你想邀请的对象不接受，那可能也没有办法参加了。"

阮好风说："没关系，她应该不会不接受吧？"他笑了一下，"不知道有没有机会，我试试吧。"

接着，镜头切入阮好风拨打电话的画面，背景音以电话另一头纪溪一声带着慵懒睡意的"喂"声结束。

接着屏幕一黑，出现了两个字：初恋。

紧接着是一位离婚的知名男演员。镜头显示他正在编辑消息，准备发给他的前妻。

镜头拍到他时，他有些尴尬地抓了抓头，模样看起来有些憔悴："她很久没有回我消息了，这次不知道会不会回？"

同样屏幕一黑，跳出"挽回"两个字。

这个视频一共有五分钟，有四对男女，阮好风和纪溪这一组，主题是"初恋"。

离婚那一对，主题是"挽回"。

剩下的两对中，一组是男主持人与前女友，主题是"再相逢"；另一组是已婚多年的明星夫妇，主题是"陪伴"。

这个视频一出,立刻引发了更大的喧嚣。

如果阮好风之前发的动态是前奏的话,那么这个短视频可以说是藏了另外三颗埋伏在深水之下的"炸弹"——这里面,哪一对不是曾经登顶过娱乐新闻榜之首、受到无数关注的人?这些人,无论哪一对在现在依然具有很强的话题吸引力!

现在这些人集合在一起要拍摄恋爱综艺节目了!

这一下,阮好风的动态已经不再是网友讨论的源头了。

一方面,粉丝半信半疑地将这条动态理解成是为了配合综艺节目而做出的效果;另一方面,另外三组男女搭档确实将网友的注意力吸引了不少。

开场即巅峰,这个综艺节目刚刚定档,连正式的拍摄都没有开始,就已经收到了超高的热度。在这种情况下,纪溪本人的回应或是其他的事都已经被大众忽视了。

这个策略是陈枫沐提出来的。

纪溪再一次见识到了她这个金牌经纪人的威力,一条动态和一个短视频,既达到了宣传效果,又把阮好风的意向模糊化了,给了粉丝们一个心理缓冲的时间。而后来的话题风波,则让纪溪完完全全避免了骂名。

在别人看来,这个综艺节目是一方主动,另一方做选择。纪溪作为被邀请方,没有任何过错,反而是阮好风的态度值得琢磨。

05

因为阮好风的热度已经很高了,不需要"蹭"一个刚出道不久、负面新闻满地跑的女演员的热度,所以大家一时猜不透阮好风的用意。

反而是支持"溪风"的粉丝从阮好风的这次举动中感受到了一点点甜味,猜测道:"这是糖吧?前脚'溪风'火了,后脚他就上节目邀请纪溪,这摆明了是在宣示主权吧?不管了,这一定是真的!"

纪溪看着这些评论哭笑不得,然而没过多久她就笑不出来了——阮好风这次又没有和她商量，亲自点赞了这条动态。

就在几分钟之前，阮好风说自己要去睡午觉了就一个人进了房间关了门，悄无声息的，结果背着她在搞"大动作"！

他的态度直接、肯定，接连两个举动，一步一步地向网友传达他要表达的意思：他和纪溪的关系已经超出了行业内前辈和后辈的普通关系。

阮好风在社交平台上的动态时时刻刻都被人关注着，这个点赞自然也被网友截图出来加以分析。

这一次，已经算得上"实证"。

很快，他动态下的评论热闹起来了。

女粉丝们哭了，有的表示祝福，说以后会继续支持他；支持"溪风"的粉丝们则是在庆祝、狂欢；冷静理智的粉丝们分析这很有可能是宣传手段，让大家少安勿躁，等待阮好风亲口宣布。

纪溪看了半天的评论，想了半天，觉得没什么好说的，只是有些感慨。

世界上纯粹的喜欢之一，大概就是粉丝对偶像的喜欢，那是对美好事物的一种单纯向往，不掺杂任何功利性。

阮好风有粉丝，她也有。

事实上，纪溪出道以来，让她感到压力最大的不是网上铺天盖地的谩骂声和批评声，反而是渐渐聚拢起来的喜欢她的自称为"公主鱼"的粉丝们。

他们见证了她的成长、进步和努力，并且真诚地希望她能够走上越来越好的道路。有时候他们的表达方法虽然有些天真和稚嫩，但是这种期许让纪溪觉得承受不起。

她何德何能得以被这么多人喜欢？她有缺点，有私心，有功利，有浅见，粉丝们的期许是她努力前行路上背负的重担。

对阮好风的歉意也是其中的一部分。

阮好风和陈枫沐亲手安排了这一次宣传，完全把她保护起来，由阮好风独自去承担外界的质疑，这是不公平的。

可是纪溪知道如果她现在把这件事情揽过来，担起她的那一份责任的话，阮好风的苦心就会毁于一旦。

她已经过了意气用事的年纪，所以只能选择接受。

她想了想，还是给房里的阮好风发了一条短信："下次做这种事情之前先问一下我，好不好？你不怕被骂，我也不怕，我们一起挨骂没有什么不好的。"

阮好风那边过了一会儿才回复她："好，下次提前告诉你。我知道错了，阮太太。"

纪溪叮嘱他："一定要记得。"

阮好风给她回了一个笑脸的表情。

节目开拍前，节目组默认阮好风和纪溪的关系处于"刚在其他综艺上认识但是不太熟"的阶段，所以阮好风要和纪溪分开住，假装成一对不太熟悉的人。

纪溪感冒好了后就借住在陈枫沐家中。她之前住的那套老房子太靠近闹市了，进进出出都有人盯着，不太方便。

一天深夜，节目组工作人员敲开陈枫沐家的房门，纪溪睡眼蒙眬地醒来洗漱，整理好后拖着之前准备好的行李箱跟着节目组走了。

镜头在纪溪的身后跟拍，工作人员问道："作为刚刚参加这个节目的受邀人，纪溪，你了解阮好风老师吗？"

纪溪想了想，很认真地想了想，突然愣住了。

她实际上已经跟阮好风结婚快半年了，知道他喜欢吃什么、玩什么，喜欢看什么类型的影片，甚至他喜欢哪一款袖扣她都记得，记得他的身高、体重和生日，记得网上关于他的简介中写过的所有东西，记得他和她谈起戏时他眼里发光的神采……

可是她还是不够了解他。她对他的了解，像对一个普通朋友而非亲密的伴侣。

但是阮好风却如此让人安心，就好像……他已经认识她很久了一样。

还差什么呢？

纪溪小声说："他是一个很好的老师。在关键时候帮我解了围。不喜欢吃鱼……"她接着复述了一遍阮好风简介里的资料。她刚睡醒的样子看起来有些傻乎乎的，引得工作人员都笑了。

这也成了节目中一个颇具综艺感的地方。

而后镜头切换到阮好风那一边。镜头中阮好风顶着一头乱蓬蓬的鸡窝头开了门，他以闪电般的速度洗漱完，整理好后也上了节目组的车。

工作人员问他："阮老师为什么选择邀请纪溪来参加这个节目？你了解她吗？"

阮好风有意地想了想，然后说："我曾经在一个节目里是她的一个导师。当时感觉她是一个很安静的小姑娘，她很专业，很认真，她对之前的舞台事故处理方式让我很惊喜，那支舞的配合……我也觉得很完美，她是个很可爱的小姑娘，也很有勇气。"

工作人员意味深长地"哦"了一声。

阮好风接着补充道："希望我不要吓到她。"

第一期节目的录制内容，主要是四组男女搭档分别出发、见面。纪溪和阮好风见面很自然，就像在《百人入戏》里那样。两个人从那一次惊心动魄的决赛夜开始讨论，最后反而兴致勃勃地讲起了剧本。

节目组给了他们充分的自由，没有任何引导。其他几对男女搭档也风格各异，比如离婚组，两人见面很尴尬，彼此没话说、行动不同步之类的事情也会发生。每一个小组独立而鲜活，互相之间形成强烈的对比。

阮好风和纪溪谈起剧本完全是无意识的。节目组安排他们见面的地点是在剧院门口，拍摄任务是坐在一起吃顿饭。

两个人顺着剧院门口张贴的海报一路谈了下去。中途，两人走到了他们之前去过的一家餐厅门口,阮好风顺口就问:"饿不饿?就在这里吃个饭吧。"

纪溪和他走进去,她努力地回忆着他们第一次吃饭的场景,假装不知道对方的喜好,礼貌地询问着对方的饮食习惯,又客客气气地寻找话题聊天。

好几次纪溪都要憋不住笑场了,阮好风却能一脸严肃地演下去。

饭吃完后,第一期节目的录制就结束了。

第十三章

01

两个人各自回家之后，等媒体都走了，又偷偷出来见面吃了一顿饭。

纪溪说："我都没有吃饱，刚刚完全不敢多吃。"

阮好风笑道："你和我第一次见面时吃饭也没有吃饱吗？"

纪溪点了点头："当时我装得很自然，实际上也很紧张，毕竟我和你才第一天见面就结婚了。"

阮好风安静地看着她，说："其实我也是。"

"那个时候我看着你，心想这个小姑娘这么好看、家教这么好，她会不会认为我选的餐厅不好？她会不会觉得我说话不近人情？她会不会因为和我独处而感到不自在？"阮好风轻声说，"大概，那是我这辈子最慌张的时候了。"

阮好风和纪溪在这个综艺节目中非常放松，因为这本来就是偏日常化的节目。

纪溪和阮好风要注意的就是"装不熟"，再就是不要笑场。偏偏纪溪还很认真，每天远程跟阮好风讨论是否要加入他们自己设计好的取材于他们生活的环节。

阮好风却否决了，说："就自然一点，没什么话题也没关系。节目组之后还会安排旅游，我们就当是出去玩。不要担心录节目，这里不是我们的主场。"

这个节目每一期的最大爆点都是之前离婚的分手夫妻，他们的性格南辕北辙，两个人在一起就会针锋相对。就连纪溪参与团体节目时也会觉得非常刺激，各种尴尬场面、吵架场面她都经历过，她只能和阮好风一起负责打圆场。

网络上阮好风公开对纪溪示好的动态热度也在慢慢降低。

热度降低，不代表没有人关注。他的粉丝接受了他会找个女朋友，或者在综艺节目里"假戏真做"的可能性。他毕竟是个演员，拥有相对较高的自由度，粉丝更关注的是他的作品。

后期舆论慢慢转移到了纪溪身上。粉丝们对于女演员总是怀有一种近似怜惜的心态，担心她遇见"阮好风这只老狐狸"（网友的话）后会投入感情，并受伤害；担心她年龄比较小，会限制之后的发展。

特别是从她刚出道后一路支持她的粉丝，看她就像看要被猪拱的小白菜，尽管阮好风在各方面都无可挑剔，但他们还是要尽可能地挑出刺来。

与此同时，"溪风"的队伍愈发壮大。随着节目播出，支持他们两人在一起的粉丝越来越多。

在节目中，纪溪和阮好风之间没有产生剧烈的反应。他们既没有彼此伤害过，也没有潜藏的剧烈矛盾。在大众眼里，他们就是两个陌生人走在一起，以恋爱为目的去靠近对方。

然而，这个靠近的过程却出乎意料地让所有人感到舒服。

他们不刻意疏离，也不会过分亲密。这一对年轻人有共同话题，有相似的经历和观点，他们将一档恋爱真人秀活生生给做成了日常生活类节目。

有人评论说："他们真的好像老夫老妻，趁这个机会一起出来玩一样，好自然。"

也有人说:"这个节目的形式未免过于平淡了,'溪风'这一组很平淡啊,像白开水一样平平无奇。"

也有人反驳:"他们两个人性格都比较内向害羞,刚开始在一起肯定不怎么热烈啊!平平淡淡才是真,懂不懂?"

当然,这些观点,他们本人并不知道。

不过节目组会留意网络上的评论,并且在第二期节目中有针对性地提出了每一组男女搭档的缺点和优点,要求嘉宾针对关键词完成任务。

"离婚组",关键词是"沟通"。因此,两个人要坐下来好好地谈一谈,心平气和地讲一次真心话。

"复合组",关键词是"了解"。因此,两个人要配合对方,说出自己这些年来的改变,再一次了解彼此。

"老夫老妻组",关键词是"耽于琐碎"。因此,他们会有一场浪漫的特别节目。

纪溪和阮好风的"初恋组",关键词是"热情"。

节目组给出的建议,只有短短的一行字:"再跳一次舞吧。"

第二期节目的规则,一方要前往另一方所在的地方获得他们各自的关键词和节目组发的任务卡,两个人合在一起才能找出属于他们的完美答案。

这一天,纪溪接到节目组的通知,今天的拍摄地点就在他们几组男女搭档度假租住的房间中,阮好风会在那里等她。

她和阮好风被安排在一个布满玫瑰花瓣、窗帘半掩的昏暗房间中。阮好风比她先到,坐在单人沙发上安静地看着电视上的录像,等着她的到来。

纪溪轻轻地推开房门发现了阮好风,她笑了:"怎么不开灯?"

她也没有去开灯,走到落地窗边,想将窗帘拉开一些,但拉了一会儿没拉动。

房间内的电视正播着总决赛时他们跳的那一段探戈,两个人青涩、柔美、热烈。悠扬的小提琴声结束后,纪溪走过来找他要节目组给的关键词。

阮好风将手中的节目卡轻轻一翻,两个人同时看见上面的字,笑了起来。

纪溪问他:"我们两个太平淡了吗?"

阮好风眯了眯桃花眼:"或许是吧。"

纪溪这时候也不拉窗帘了,只是微微地俯下身,双手撑在沙发两侧,歪头看着他:"那,我们跳什么舞呢?"

这是她在节目里第一次离阮好风这么近。纪溪放开胆子,像要把阮好风困在沙发上。其实,两个人还是有一些不好意思,眼神互相躲闪。

不过,在与阮好风眼神交汇的那一刹那,纪溪仿佛感受到了他有些滚烫的呼吸。一时间,她也分不清他们是在饰演一对陌生人,还是彼此真实的感受。

纪溪想了想,报了一个音乐舞曲的名称:"跳这个,可以吗?"

那是一个冷门的曲目,阮好风愣了一下,说:"我没有听过。"

纪溪却俏皮地对他眨了眨眼,歪了歪头:"你不需要听过,因为这个舞由我来跳。"

她就这样站在他面前,微微地俯下身,向他伸出一只手,做出邀请的姿势。

阮好风欣然起身。

02

这一段是纪溪在之前排演的音乐剧里面跳过的舞蹈。

她不需要阮好风配合,只是围着他跳着属于自己的舞。她像一只围绕在人的脚边,祈求被抚摸的小猫咪,带着不自觉的吸引人的劲儿。

阮好风静静地看着她,然后脸红了……

他是真的脸红了。

纪溪一支舞跳下来敏锐地发现了,于是她大笑着要工作人员把镜头转过来拍他:"他脸红了!"

这个新奇的场面纪溪也是第一次见。她记得,之前每一次见面、每一刻相处,阮好风都是沉稳、冷静的,给人一种"高手"的感觉,他似乎从来不会慌张。最失态的一次是她在台上替队友赶走了骚扰队友的粉丝,阮好风把她按在化妆间的墙上亲吻。

今天,他被她这个小女生跳的一段舞,逗得脸都红了,像正值青春期的大男生一样。

纪溪的眼睛闪闪发亮。阮好风看着她的眼睛,有那么一瞬间竟然生出了落荒而逃的念头。他居然忘了纪溪早就学会了用眼神表达情绪,有时候这眼神如同潜入冬季的暖风一样,让人心痒难耐。

他的喉咙有点干涩,尴尬地和纪溪一起大笑,眼神却变得深沉了许多。纪溪笑着笑着看见了他的眼神,愣了一下,然后变得乖巧起来。

那是毫不掩饰的富有侵略性和警示性的眼神。

他好凶。

果不其然,中场休息时,阮好风把纪溪带到了无人的角落里,亲了她。他的动作有点凶还有点急躁,不同于以前的温柔。

纪溪闭着眼揪着他的衣领,被他吻得心脏怦怦直跳。

阮好风声音低沉地说:"今天录完后回我家吧,别分开了。"

纪溪的心脏又一阵狂跳,脸也不禁红了。

阮好风吻着她的嘴唇、眉眼、脖颈,最后搂着她的腰将她抱在怀里,仿佛想将她揉入身体中。

纪溪乖乖地点头:"好……"

第二期节目播出之后,"溪风"的热度再次升级。除了表示"我不同意这门亲事!"的部分阮好风的粉丝之外,渐渐地也出现了一批见缝插针的投机者,他们对纪溪进行一轮又一轮的谩骂和攻击,甚至还发生过几次影响恶劣的事件,其中,个别粉丝跟踪节目拍摄的事件也发生过几次,好在没有闹出事。

从那以后,在阮好风的授意下,不论纪溪工作是否繁忙,尉迟都会跟在她身边保护她。一般来说,她这样才有一些名气的演员往返机场都不会选择走 VIP 通道,而是选择走普通机场通道以争取和粉丝互动的机会,但是阮好风连这一条也禁止了。

纪溪十分平静地接受了这一切。

在她加入娱乐圈初期,她还会因为网上的恶毒言论而感到难过,偶尔压力大的时候,她会躲在被子里偷偷地哭。但现在,她已经学会了不在乎。没有无缘无故的爱,也没有无缘无故的恨,她选择走到这个位置上也就代表她选择了承受盛名之下的压力。

第三期节目开始录制了。这一期和第四期是姐妹篇,主题是"礼物",分别由男生和女生为彼此献上礼物与惊喜。

阮好风带纪溪去看了一场音乐剧,这场音乐剧由纪溪的偶像、H 国明星主演。

他记得纪溪提起喜爱的创作者和演唱者时闪闪发亮的眼睛。大学期间,她虽然和自己的偶像生活在同一个国度,但是屡屡错过偶像的演出。

阮好风选择了最佳的观看位置,和纪溪并排坐下看了这场音乐剧。主演出来的时候,纪溪跟随场内观众一起啪啪地鼓掌,兴奋得如同一个得到糖果的孩子。

然而不止如此,演出结束之后,阮好风带她去了后台和主演聊了半个小时。

他提前安排了这场会面,介绍纪溪的时候,他直接说"这是我的妻子",而纪溪全程紧张得连话都不会说了。

主演很热情地看向她,问道:"xi?"并说他看过她演出的音乐剧,称赞她是个有天赋的演员。

会面之后,纪溪顾不上这是在录节目,也不再保持"不熟悉"的感觉,她毫无顾忌地扑进了阮好风怀里,被他笑着接住。

纪溪仰起脸看他,问:"你是怎么办到的?"

阮好风说:"之前领奖的时候我们见过一面,互相留了名片,之后在某次音乐剧海外引入项目上也和他接触过。实际上,我和他比较熟了。因此,他这次到国内巡演时,我提前问他能否在这场演出之后空出一点时间来见一个小粉丝,他没有拒绝我。"

她所有的喜怒哀乐,他都看在眼中并认真地记在心里。他好像在用心地收藏一颗颗闪亮的星星,能够随时随地拿出来照亮她的心。

这样的他,她要怎么回报?

纪溪思考着下一期她要准备给阮好风的礼物。

接着,其他几对男女搭档的节目也将录制。其中一组准备了一场海岛旅行,剧组其他人也跟着连夜飞去了海岛一起游玩。

然而就在他们到达海岛的当天下午,纪溪接到了一个从医院来的电话。节目还在录制中,因为事发突然,所以把她接电话的这一段内容也录了进去。

挂了电话之后,纪溪脸色苍白地说:"我要回B市一趟。"

镜头依然对着她,真人秀的特点就在于"真"。双方签了合同,合同里也明确提到节目录制会展示参与者的一部分私生活,将他们最真实的一面展现在观众面前。

纪溪的外公之前经历了几次大手术,虽然恢复得比较好,可是,他今天却被检查出脑内出血,当天下午人就昏迷不醒了。医院下了病危通知书,并且立即安排了手术进行抢救。

纪溪的家人不在身边,她的外公是她现在唯一能够陪伴和依偎的亲人。

纪溪订了返回B市的机票,阮好风说:"我和你一起回去。"

纪溪点了点头,急忙又订了一张票,随后他们一起前往机场。

03

纪溪出门急,除了护照等证件以外,其他行李都没有带。她坐在机场等候区,周围是来来往往的人,候机大厅里到处是她听得懂和听不懂的声音,她脸色苍白,冰凉的指尖微微地颤动。

过安检的时候,她甚至听了好几遍都没有听清安检人员说的话,好像整个人突然从世界中抽离。

"没事,她有点不舒服。"

一只手伸过来按住了她的肩膀,安抚地拍了拍她的背。阮好风向安检人员解释道:"她是我太太,现在家人出了事,状态有点不好。"

那只手将纪溪拉回了现实世界,原本摇摇欲坠的她找到了支撑点。

阮好风也一直保持这个姿势不再放开她。

他们一起进入机场大厅,阮好风紧紧地握着她的手和她十指相扣,轻声说:"别怕,有我在。我安排好了,外公的手术已经开始了,出了机场就会有人接我们过去。不要怕,很快的,相信医生,好不好?"

纪溪点了点头。

阮好风有些心疼。上了飞机之后,他把眼罩递给纪溪,又递给她一颗含褪黑素的软糖,说:"飞机要飞十个小时,你先休息好,之后才有精力去照顾外公。睡吧,我在这里。"

事实上,他们为了录制节目也经常颠倒作息时间。节目组为了综艺效果,经常安排一些"凌晨起来偷偷地准备第二天的早餐"之类的活动,成员只能服从节目组安排。

纪溪是一个睡眠质量不好的人,最近压力又大就更睡不着了,所以一直没有休息好,最近还有一点神经衰弱的征兆。不过,外人完全看不出来。

这一点她也没有告诉阮好风,可是阮好风却察觉到了,他一直轻轻地握着她的手。

软糖很甜,带着很浓郁的水果味。纪溪听他的话戴上了眼罩,在安神药物的作用下慢慢地睡着了。

飞机上的空气不太好,纪溪习惯有点湿润的空气,周围环境稍微干燥就不太舒服。可是现在她居然睡着了,而且睡得很沉。

以前纪玢总是笑她娇气,送给她的房子里还特意添置了一套加湿器和通风系统。那时候她是家里最受宠的孩子,姐姐和爸爸打电话时都叫她"小公主",这倒是应了之前网络上对她的这个带着嘲讽意味的称呼。

她不必成为家人的顶梁柱,也不用操心长辈们的生活,家人对她的要求就是快乐成长,所以她有理由娇气。她的家人认为,女孩子在家里娇气一点是没有关系的,家人若不宠,那到了外面该有多委屈?

纪溪生长在充满爱的环境里,虽然从小没有母亲,但是一样过得很快乐。因为有足够的爱支撑着她,所以她遇到事情从不逃避,能够坦然地面对困难。十五岁之前,她是一朵长在温室里的花,天真、坦荡,不曾触及这个世界辛苦、无奈的一面。

她的成绩一直很好,从小到大都是好学生的典范。那时候她没什么梦想,和很多人一样将一个不是很了解的大学作为目标。

有一次文艺会演,班上有个女生参演了一台音乐剧,其中她有一场独舞。彩排前的一个星期,那个女生却突然生病了。

班级上报的节目不能撤销,否则会扣班级的总分。纪溪的班主任心急如焚,临时让纪溪代替那个女生上台跳完那支舞。

老师选她跳舞是因为她身体柔韧性好、身段好、形象好。纪溪之前没有接触过音乐剧,不过她外婆还在的时候教她跳过舞。

因为有舞蹈基础,纪溪获得了班主任的特许,每天第三节晚自习就去音乐剧社练舞。幸好初中生的文艺会演不是专业演出,动作不会太难。

然而排练时,纪溪却意外地喜欢上了音乐剧展现故事的表达方式。她看了要表演的音乐剧的光碟,第一时间就被女主角令人惊艳的开场吸引了。

随后,她又如饥似渴地看了其他音乐剧的光碟,反复看。那段时间,她甚至还买了一个电子学习机,学德语和法语,一句一句地模仿音乐剧中的台词。

　　不光是音乐剧,她也看歌剧,经常看得热泪盈眶。

　　十五岁的她突然喜欢上了音乐剧,她将大部分的精力放在了音乐剧上,导致她月考时的名次退步了。

　　她之前都很乖巧,从没有离经叛道过。她想学音乐剧却不知道如何学起。为此,她失眠了好几个夜晚,内心反复挣扎,唯一释放压力的途径便是校园会演之前那一个星期的彩排。

　　她跳到筋疲力尽,唱到嗓子沙哑,那时候她甚至连正确的发声方式都不知道。每当她从艺术楼走出时,仰头就能看见满天的星星,微热的夜风拂过夏夜的星空,拂过她红色的衣裙。

　　她为这场表演做好了准备。她对待这场演出比对待任何一场考试都要认真,因为这是她遇见的第一件自己非常喜欢的事情。

　　阴差阳错,她得到了这次机会,即使前路不可知,她也不想留下任何遗憾。

　　不过,她的运气不好。文艺会演在运动会之后举行,学校的晚会礼堂正在修缮中,于是会演舞台被搬到了室外。

04

　　会演持续整整三天,她参加的节目是最后一天表演。

　　前两天月明星稀、无雨无风,到了最后一天却突然下起雨来。纪溪班级的这个节目本是压轴节目,可等到主持人尴尬地报幕时,台下的人已经差不多走光了。

　　那是她初中时代最美的一次,她化了淡妆,穿上了一袭红裙,第一次穿细高跟鞋,美得不可方物。

那也是音乐剧中女主角的模样：魅惑、野性、张扬。这虽然和她的性格不同，可她偏偏在那一刹那融入了角色，和剧中的少女有了共鸣。

她把自己温润、娴静、优雅的一面完全压制下去，将蓬勃的生机利落地表现了出来。

人几乎都走光了，没有人注意到她跳得有多好。四个主持人已经坐到了后台，开始闲聊。

然而，她却看见大雨中有一个人撑着伞看着她。

那个人不知何时出现的，他是在看她跳舞，不是在等人。因为那个人打开了手机的手电筒，替她照亮了舞台，跟着节拍微微地晃动着，一步不落。

那是一个男生，很高，有些清瘦，穿着高年级的校服。因为打着伞，周围又太黑，她没有看清他的脸。

那是B市那一年下得最大的一场暴雨，人在雨中即使撑着伞也会被淋湿，但那个男生站在台下安静地看完了全程。

她弯腰谢幕的时候，那个男生关了灯。台下传来清脆的掌声，穿过嘈杂的对话声和搬动桌椅的声音传到她的耳边。

等她从后台出来时，那个男生已经走了。

有同学走过来递给她一把伞："纪溪，刚有人留在这里的，说是给你的伞。"

这把伞湿淋淋的，墨绿色，是当时还很少见的自动伞，按一下就啪地撑开了。

显然，给她送伞的人就是打着这把伞来的。

纪溪想起刚才在台下的那个高年级学长，心里一跳，问道："是谁送的？你看见了吗？他有没有留什么话？"

"具体不太清楚，他拜托朋友送过来的，转了好几道手，好像只说你跳得很好，然后问了你的名字。"

纪溪在初中时追求者如云，这不是第一次碰见送她东西的人，却是第一次让她有一点紧张，还有一点浮想联翩的人。

他会是站在台下看着她跳舞的那个人吗？

然而这个问题，她之后一直没有找到答案。

那天的表演之后，纪溪做了一个决定。她在给纪玢打电话的时候，小心翼翼地问："姐，我现在找到了自己喜欢做的事情，想跟你商量一下，我可以学音乐剧吗？"

她初三，正是学习最紧张的时候。

选择这条路便意味着放弃现有的学业。

纪玢的反应却让她相当惊喜，纪玢在电话里告诉她："国内音乐剧比较冷门，如果你真的喜欢的话，我建议你去国外发展，你确定了吗？这个星期我们来接你，好好谈一下这件事。溪溪，无论你选择什么，我和爸爸都尊重你，并支持你。"

她犹豫了一下，问道："你们不会……觉得我不务正业吗？"

纪玢和纪父把她保护得很好，几乎不让她出现在媒体的镜头下，尽量避免让她接触娱乐圈。

纪玢说："不会，我们之前不让你进这个圈子是怕你过早地接触这个圈子里不好的一面，对你有负面影响。但是，只要你考虑好了我们就会支持你。你现在就能确定自己今后从事什么、走什么样的路，这是相当了不起的一件事情。"

纪溪在飞机上睡着的时候，梦见了初中时的那段往事。虽然过去将近八年了，但一些事依然生动鲜活。

梦里，她又看见了那个举着灯光在舞台下陪伴着她的人影。只是在梦中，那个人的形象发生了变化，阴暗的雨夜消失了，刺眼的灯光也消失了。大雨中，她看见了那个人的脸。

俊秀、锋利，带着微微的冷漠，她想起何时见过他了。会演之后，她经常能碰见这个有些冷漠的高年级学长。有时候是在食堂，他会和她隔开几个位子坐下；有时候是在学生会，他和她擦肩而过……

班上的女生们叽叽喳喳的谈论中，有时会提到一个高三学长："他好帅！又高又好看，听说成绩还特别好，他比那些明星都要好看！"

他的名字叫阮好风……

"溪溪？"

纪溪睁开眼，轻轻地摘掉眼罩，努力让眼睛适应光线。一只手挡在她额前，避免她被飞机座位上方的光闪到眼睛。

阮好风的语气温柔："我们到了，走吧。"

是阮好风。

她想起来了，他和她是一个学校的，她在初中部，他在高中部。即使八年前的那张脸已经模糊不清了，但她认定了那个人就是阮好风。

她刚回国，他就找到了她，这到底是有意还是无意？他是否在那么早的时候就注意到她了？

她将这个秘密藏在心底没有说出口。现在头等大事是外公的安危，她自己也没有什么工夫去确认这些事。

阮好风牵着她的手一路狂奔，出机场时他连摄像镜头都不躲了，利落地带她坐上了早就安排好的车辆直接前往医院，摄制组随后赶到。

为了保护纪溪家人的隐私和安全，阮好风提前给老人转了病房，去了顶层的休养中心。

05

手术还在进行中，距离结束还有一个半小时。

纪溪安静地坐在手术室外的长椅上，她过来时什么都没带，连手机都忘了带，两手空空。

阮好风看了一眼手机里的娱乐新闻报道,今早他们两个手拉手奔出机场的画面已经被媒体拍到了,有人质疑他们在演戏。

"才认识几天,家里人出了事可以一起这样拼命赶回来?有什么立场?"

而之前攻击纪溪的那一批阮好风的粉丝,在"铁证如山"一般的"'溪风'到底有没有恋情不知道,但是关系一定非常好了"的事实下也更加疯狂了,大骂纪溪不知羞耻。

阮好风看得心烦,关闭了手机。

他看着纪溪一副魂不守舍的样子有些心疼,轻声说:"我去给你买点吃的。你早饭还没吃,就算吃不下,多少也吃一点,不然外公还没醒,你就先倒下了。"

纪溪点了点头,阮好风就走出去了。

现在他们被媒体盯着,他自然不可能出去给她买吃的。好在医院的食堂就在另外的楼层,现在正是供应早餐的时间,阮好风便坐电梯下去了。

纪溪盯着手术室门上红色的"手术中"三个字觉得有点眼花,她站起身来想要去洗手间洗个脸。然而,这一层的洗手间和其他楼层不同,在较远的地方,要穿过护士站才能到。

她不愿意浪费太多时间,于是顺着楼梯下去想去楼下的洗手间。

她出来后,在楼梯上听见有人叫自己的名字:"溪溪?"

她的精神状态太差了,以为是阮好风叫她。现在她身边的人,也只有阮好风会这样叫她。

当她停下脚步抬起头时,才发现对方是个陌生人。这个人打扮得很中性,短发,穿着连帽衫,戴着帽子,应该是一个女生。

纪溪没想到会在这个时候碰到粉丝,勉强打起精神微笑着说:"你好。"

那个女生递来一个本子,热切地看着她:"溪溪,可以签个名吗?我喜欢你很久了……之前一直就挺喜欢你的。"

只是最后这一句话说得很模糊。

纪溪的手刚伸过去就听见身后一声厉喝:"溪溪!"

她顿时愣住了,与此同时,陌生人的袖子里寒光一闪,一把折叠式小刀向她刺了过来!

男人如闪电般出现在她面前,将她挡在自己身后,同时伸手用力挥开了眼前的人,小刀哐当一声坠落在地,对方也重重地跌落在地。

纪溪看着那尖利的刀锋,脑子里嗡的一声,往后靠在墙上,双腿发软。

很快,有人听见了他们这边的动静,一个接一个地赶了过来,问:"怎么了?怎么回事?"

阮好风说:"有人持刀蓄意伤人,报警吧。"

当他说出这一句话后,倒在地上本来毫无动静的女生忽而抬起了头,将自己的帽子扯了下来,大声叫道:"阮好风!阮好风!你看看我,我爱你!我比任何人都爱你!我喜欢你好多年了!阮好风!都是这个女人勾引你,你不要被她骗了!"

阮好风没有给她半个眼神,只是压着眼里的怒气转身查看纪溪的情况。

纪溪有点被吓到了,但是整体情况还算好。阮好风转过身把她扶起来,温柔地轻声问道:"伤到没有?别怕,别怕,我在这里。"

纪溪的声音有些沙哑,她伸出一只手抓住阮好风的衣袖,张了张嘴,轻轻地叫他的名字:"阮好风。"

她的眼圈已经红了,亲人重病、舆论攻击……巨大的压力堆在了纪溪的肩头,而她只有二十三岁。

这是阮好风第一次见到她哭,他的心都要碎了,连安慰她的声音都颤抖了:"别怕,别怕,溪溪,我在这里。"

纪溪乖巧地点点头被他牵着走,只是一路上都在不断地流泪。阮好风安静地陪在她身边替她擦拭眼泪,把她抱在怀里,不让媒体拍下她最脆弱的样子。

纪溪无声地哭着,在阮好风的安抚下,慢慢地哭出了声。在他面前,她可以不用那么坚强,因为他已经成了她的堡垒。

阮好风依然温柔地说着:"我在。"

他把他的小姑娘紧紧地拥在怀中。

纪溪哭了一会儿,慢慢地收住了眼泪,又被阮好风哄着吃了点东西。刚吃完,手术室门上的灯转为了绿色。

纪溪猛地站了起来。

阮好风揽着她的肩膀,等到医生出来后,立刻上前问情况:"老人家怎么样了?"

医生看起来很疲惫,声音也十分沙哑:"没问题,病人身体底子好,抢救及时,现在就看恢复情况了。"

这一刹那,心中好像有一块大石头终于放下了,纪溪松了一口气。她看着护士将外公推入无菌室,慢慢地在旁边的长椅上坐了下来。

她又有点想哭了,可是这一次她没有哭出来。

阮好风显然也松了一口气,他说:"溪溪,这里我来负责,你去旁边的陪护室休息一下吧。"

纪溪觉得自己从未这么渴望过睡觉,她明明在飞机上睡了十个小时,可是现在,她依然浑身疲惫,几乎是挨着枕头就能睡着。

陪护室有一个透明的窗子,她从这里能看见坐在外面的阮好风在安静地等待着。于是,她安心地睡了。

她睡了两个小时,起床后想去和阮好风换换,让他也好好休息一下。外公还没有醒来,仪器检测一切正常,护士正在检查体温。

她推门出去,发现阮好风在打电话。

"没什么,就这样,公开后一切后果由我来承担。至于家里先不管,我稍后会解决的。不管用什么办法,我要把网上这些事情尽快压下来。"

当纪溪走到他身后时，他刚好打完电话，发现了她。

她不是故意听他打电话的，可是她听见了一个关键词"公开"，她有一点迷茫，最终还是问了一声："什么公开？"

阮好风的神色有些疲惫，看见她来时却笑了，打开手机给她看。

纪溪揉了揉眼睛，看了看娱乐新闻热搜排行榜上顶端的那个关键词。她看了好多遍，确定自己没有看错，那上面是"溪风领证"。

她点进去一看，阮好风发布了一条动态，是两人的结婚证。上面隐去了身份信息，只留下一张清爽好看的证件照。

现在网上都在讨论这件事，企图找出明确的时间点。然而，无论是哪一天，他们两人结婚的事情已经是板上钉钉了。

一夜之间，针对纪溪的负面话题消失了，粉丝们偃旗息鼓，因为不知道如何应对。

若纪溪只是阮好风的绯闻女友、恋爱综艺节目的搭档，那么他们可以抹黑她、攻击她。可如果她是阮好风的妻子呢？是今后将要陪伴阮好风度过一生的亲人呢？

他们是否依然会这样苛刻？

纪溪愣住了。

公开结婚消息这件事情完全在她的计划之外。包括参加这档恋爱综艺节目的时候，他们定下的计划也只是随着节目进程慢慢地公开两人的恋爱关系，再来考虑公布结婚的消息。

阮好风却在这个时候选择公开，显然是临时起意。

纪溪抬起头，疑惑道："你为什么……"

她的话被打断了，阮好风说："因为我心疼。"

他静静地盯着纪溪，眼睛非常亮，眼神坚定，带着些许霸道和强势："你是我的妻子、我喜欢的人。你应该被当成小公主一样被捧在手心，我不想再让你受这种委屈了。"

第十四章

01

阮好风和纪溪结婚的消息公布后,纪溪在医院遭受攻击的事情也被媒体披露出来了。

那个女孩被警方以故意伤害罪拘留,纪溪跟着去做了笔录后才回到医院。与此同时,纪溪的外公脱离了危险期,从重症监护室转到了普通病房。其间,他醒过一次,还跟纪溪和阮好风说了一会儿话。

针对外界的舆论,阮好风接受了一家报社的采访,坦然承认是今年夏天和纪溪领的证。不过两个人之前确实毫无交集,彼此还不了解。

他的原话是"我欠她一场恋爱和一个婚礼,这也是我邀请她来参加节目的初衷。向大众隐瞒了这个消息的确是我不对,但是我本意也是想保护她。她当时是个没话语权的小演员,又刚转型入行,前路确实十分困难。"

粉丝们翻出了两个人之前的行程排期,发现确实如他所说,纪溪一直在忙,两个人应该连见面的机会都没有。考虑到综艺本身就带着半真半假的表演效果,阮好风的坦然反而赢得了粉丝的理解。

纪溪的粉丝算是扬眉吐气了一回,隔空喊话阮好风的社交账号:"什么时候给她补办婚礼?"

阮好风还真转发了这条消息，承诺道："录完节目之后，马上办。"

纪溪刷着社交平台的消息，有时候看着看着就笑了。短短的时间内，她经历了大起大落，还糊里糊涂地结了婚。

半年之前，她还是一个刚回国的小新人，努力寻找进入演艺圈的办法。阮好风是她生命中的意外，两次改变了她的人生轨迹。

一次是在初中，一次是现在。

紧跟着还有一个好消息传来，国内顶级影视投资方跨国合作了一个将古典音乐剧改编为电影的项目，制作方邀请阮好风和纪溪联合主演。这部电影只要能够提升百分之十五的业绩，那么纪溪作为工作室的法人代表将获得一笔数额不菲的报酬。

而这份报酬，足以偿还她父亲的那一笔债务。

她终于有机会靠自己的努力将家人失去的挣回来，以此来报答他们。

半年不到的时间，她所面临的困难竟然真的一步一步地解决了。

这天，纪溪回家拿资料时给阮好风打了一个电话，想叫他一起出来吃饭，然后再回H国补拍他们错过的第三期综艺节目。

阮好风平常从不会不接她的电话，而且一般都接得很快。如果他实在遇到急事抽不开身，也会给她发条短信说好回电时间。

但是这次纪溪打了三个电话都无人接听，她觉得有点奇怪。接着，她打了周助理的电话，手机占线。她挂了之后才发现刚刚周助理也在给她打电话。屏幕显示着小周来电，她赶紧接了起来。

"小周，怎么了？我打先生的电话，他没有接，是出了什么事情吗？"纪溪问道。

周助理的语气也十分焦急，他道："先生昨天下午说家人让他回去吃饭，然后他就去了，可一直到现在都没见到人。他今天有一个电话会议，已经错过了！我也联系不到他的家人，更联系不到他本人，所以想来问问您，太太您也不知道他的情况吗？"

纪溪愣住了。

她想起来了，阮好风和他的家人早有矛盾。在参加综艺节目时，阮好风看她温习剧本时也提过，他有一个控制欲极强的妈妈，和剧中那个有些病态的母亲一样。

纪溪敏锐地感觉到有什么地方不太对劲，阮好风最近做了什么事情，让家人这样对他大动肝火，甚至要把他扣在家里呢？从现在的情况来看，绝对是阮好风的家人以某种理由把他限制住了。

这段时间以来纪溪和阮好风形影不离，她清楚并没有其他的情况发生。唯一的一件大事，大约只有阮好风向外界公开了他们结婚的消息。

纪溪皱起眉，问周助理："小周，你跟我说实话，尉迟是先生的妈妈给我安排的保镖吗？还是先生给我找的保镖？"

情急时刻，周助理也不敢再瞒着了，他说："先生跟您结婚是瞒着家里的，当时是怕您觉得委屈，连家里人都见不着，所以给您找保镖时就用了这个借口，希望您不要为了这件事不高兴，但是没想到……"

听到这里，纪溪心里已经明白了八成。

阮好风和家里的关系已经破裂成了这个样子，连结婚都不通知家人吗？

她或许理解阮好风这样做的原因。她了解阮好风冷静的外表之下透出的某种矛盾。他随和，喜欢调侃她，也说得出浪漫的话。可是一旦接触久了就会发现，他这个人其实比较古板，像一个老学究一样，有一点可爱。

这样的人，一旦和人发生矛盾，很难主动去与对方说和，他只会固守僵局，显得比较被动。如果对方还是得理不饶人，那就基本没什么和好的余地了，只会越闹越僵。

她又问了小周一些阮好风家人的事情，但是小周一问三不知，最后只提供了一条线索："我跟先生回家拿过资料，知道他住哪里，太太，您记一下地址吧。"

纪溪看了看那个地址,发现不算远,于是让经纪人推掉了所有行程,报备了一下她的去向,准备去阮好风家里拜访。

她有点紧张,不知道过去之后是否会被刁难。"见公婆"这三个字是压在每个女孩心上的大石头,谁不紧张?

纪溪挑选了一套比较保守、正规的小套裙,穿上规规矩矩的小尖头高跟皮鞋,化了一个清淡的妆,再花了几个小时的时间在厨房里做了几个点心,打包收好放进盒子里。

她知道阮好风这样的家庭对于儿媳的要求恐怕是"顾家"两个字。尽管她与这两个字沾不上边,也不是特别擅长做饭,对方或许根本就看不上,但大家如果能坐在一起吃顿饭聊一聊,那么关系就会缓和不少。

02

半个小时的车程之后,纪溪按照地址找到了一个安静的别墅区。

纪溪有些紧张地敲了敲门,门口电子监控的扬声器发出了声音:"你好,请问找谁?"

纪溪怯怯地说:"我找阮好风。"

"夫人,是找少爷的。"那边传来对话的声音,过了一会儿,对方又跟纪溪说,"请问您是谁?"

纪溪咽了咽唾沫,鼓起勇气,小声而坚定地说:"我是他的妻子。"

阮好风得知纪溪来到他家里的时候,纪溪已经在他家待了一个下午了。

工作日,他家中没什么人,他从沉睡中被手机叮咚的信息声吵醒,打开一看,全部是家族群里的消息,他的一众叔伯姑婆全部要回来看他的新婚妻子。

他这才觉得大事不妙,赶紧起床。

昨天,他妈妈大发雷霆,因为他对外界公布了结婚消息却没有跟家人说一声，一顿饭吃得无比沉闷。阮妈妈当着所有人的面摔了碗，并且哭了起来，而他只觉得无比厌烦。

他喝了一点酒，身体却因为这连日的疲劳有点撑不住了，故而一睡就睡了好久。看到消息之后，他才反应过来发生了什么事，连外套都来不及穿直接推门出去了。

他走下楼，却没有看见想象中的满屋狼藉。宽阔敞亮的客厅中放着老电影，两个女人坐在沙发上相谈甚欢。

一个是他妈妈，一个是纪溪。

纪溪裹着一条毯子靠在阮妈妈的肩上，笑着说话。看见他下来后，赶紧挺直了身体，说："你醒了？公司小周给我打电话，说联系不到你，所以我过来找你，顺便看望一下咱妈。"

阮好风愣在当场。

阮妈妈没好气地哼了一声，说："还愣着干什么！收拾好了就去吃饭，人家溪溪等你好久了，你怎么骗得人家女孩子嫁给你的？结婚这么久了还这么不懂事？"

阮好风有点起床气，他不知道发生了什么，眉头一皱，想叫纪溪过来好好问问。但是他还没开口，纪溪就笑盈盈地开口了："妈，是我不懂事，招呼都没打就突然跑过来。估计把他吓到了，我们不管他。"

阮妈妈也立刻说："好，不管他！"

阮好风这下清醒过来了，终于意识到发生了什么。

他走到另一个房间里给纪溪发消息："什么情况？"

四个字里面包含着无限深意。

阮妈妈是舞蹈演员出身，因为生了他而中止了演艺道路。阮好风的父亲也因为一心扑在事业上，忙得没有时间顾及家中妻儿。因此，阮好风成了阮妈妈唯一的精神寄托，她便对他严加管教。

起初还好，等到了高中，在阮妈妈有点神经质的严厉管教下，阮好风终于开始反抗。当时阮好风正值叛逆期，突然想走演艺道路，却无法得到家人的支持和理解。

阮妈妈坚持要他今后从商，读商学院，一口决定了儿子的未来。阮好风忍到了高考结束，然后大一没上完就跑了，去了国外学表演。

其间，阮妈妈断了他所有的经济来源，但是他死都不松口，最后还捧了个国际大奖回国。

母子俩的矛盾一年比一年深，愈演愈烈。阮家又是一个复杂的大家族。他们家族称得上是商业世家，亲戚间打交道也像谈业务。一大家子人住在一起，气氛出奇地压抑，如同一个牢笼。这个牢笼，阮好风无法摧毁，只好选择自己一个人离开。

纪溪很快给他回复了消息："伸手不打笑脸人。你看，我笑起来这么好看，咱妈就不舍得凶我了。"

阮好风失笑，很快给她回复："说实话。"

纪溪却认真起来，打字说："我说的就是实话！我很会哄人的，你别不相信我。"

事实上她真的做到了。

按她的理解，阮妈妈不可能不爱自己的儿子，两个人只是固执己见，不能坐下来好好谈一谈，所以需要一个人从中斡旋。

她一走进门就见到阮妈妈的脸色不好，好像昨天晚上哭过。于是，她先打了招呼，按照礼节把礼物递过去。如同每一个儿媳一样，按部就班地回答阮妈妈的问题。

多大了？什么学校毕业的？家里人是做什么的？两人是什么时候认识的？什么时候领的证？这当中的过程是怎么样的？工作是怎么安排的？

纪溪一五一十地说了出来，只不过在其中做了一些润色。

比如阮好风骗她说尉迟是阮妈妈派来的这件事，她假装仍然不知道，开口就感谢阮妈妈的关心和疼爱。

"阿姨，我妈妈走得早，您是第一个像妈妈一样对我这么好的人。先生说您给我安排了保镖，平时还给我买这么多衣服。我这么久都没有来看您，本来就已经很不礼貌了，可是您还说我工作忙不急着见面，我哪能再信他？"

她言辞恳切，眼睛亮晶晶的，单纯又可爱，一番话下来倒是说得阮妈妈不好意思起来。

纪溪学历高、谈吐好，言行举止中也显示出她良好的家教。她没什么架子，更没有把自己放在婆婆的对立面。

一席话下来，纪溪轻轻松松地就赢得了阮妈妈的好感。

饭桌上，阮妈妈抹着眼泪，止不住地感叹着："他上哪里给我找了这么一个乖儿媳妇，平时做事都不遂我愿，还好人生大事上没有胡来。"

纪溪继续哄她开心，她知道阮妈妈以前是跳舞的，于是故意放出自己在综艺节目中的编舞，请她指教。

阮妈妈虽然已到中年，但是身段还是很好，柔韧性也非常好，当即就开始教纪溪怎么跳。其实纪溪在那之后便请了专业的舞蹈老师教课，已经知道该怎么做了，但她还是默默地听着，配合阮妈妈。

阮好风反而被晾在了一边。

他几度想要插话都被阮妈妈挥开了，嫌弃道："你到一边去，我还没生完气，别打扰我跟溪溪说话。"

口吻却比昨天好了不少。

03

到了晚上，阮好风不得不插进来，说："妈，我要带纪溪回家了，我们还有节目要拍。"

阮妈妈说："这就走？你叔伯他们明天过来，人还没见着，这要怎么办？"

纪溪暗中扯了扯阮好风的袖子。

于是，阮好风说："过几天我再带她来……来看您。"

话音刚落，纪溪立刻甜甜地说了一声："妈，那我们先走了。您注意保重身体，最近天气凉，不要感冒了。"

阮好风也不得不硬着头皮跟着说了一声："妈，保重身体。"

这种对话，在他们母子二人间已经将近九年没有出现了。两人平时见面就要吵架，哪里还会关心这些事情？

回家的路上，阮好风看着坐在副驾驶座上打盹的纪溪，轻声说："有时候我觉得你会魔法，溪溪。"

纪溪努了努嘴说："我也希望我有魔法，过来的时候我快吓死了，还以为阿姨要打我。"过了一会儿，她又说，"可是阿姨很温柔的，你别跟她吵架了。我没有妈妈了，你可别把我第二个妈妈气走了。"

阮好风一时语塞。

纪溪却凑过来要跟他拉钩，撒娇道："好不好？"

嘴上说着是为了自己，然而阮好风心里知道，这个小姑娘其实还是为他好，想帮他缓和他与家人的关系。她那样笨拙地去讨好人，一个内向的女孩逼自己谈笑风生，在那样压抑的环境下把他解救出来，义无反顾地陪着他。

他为她做了许多事情，她何尝不也为了他努力改变着？从前，一直是他在路上领着她，为她保驾护航，现在她学会了治疗他的伤口。

他心软了，轻声应道："嗯。"

纪溪咕哝着："回家就睡觉，明天去补拍节目，又要倒时差，好累的。"

他说："嗯。"

纪溪又说："我还想吃学校外面的面，我们明天早点起来去吃。"

他还是说："嗯。"

纪溪的嘴角带着一抹俏皮的笑意，像一只小狐狸一样，道："阮好风，我想起你是谁了。你老实交代,你是不是在高中的时候就暗恋我了?"

这回他不再说话,只是轻轻地转过头,捏住她的下巴,温柔地吻了下去。

一吻终了,他说:"是。"

两人还是没有睡成。

节目组提前发来策划案,要两个人录下对彼此藏在心底的话,并且要说出对方在自己心底的位置。两个人扭扭捏捏的,都不好意思,推诿了半晌。他们都认识这么久了,家长也见过了,好像不太适合再说这种话了。

纪溪说:"你先说。"

阮好风咳了一声,说:"那好,我先说。"

说完这句话,他的神情变得严肃起来。纪溪见了,忍不住想笑,然而她笑了一下后,很快又讪讪地不笑了,偏过头认真地听着。

阮好风抬头看向她,眼睛里似藏着被日光照耀的深海,深沉而明亮。

他说:"纪溪小姐,你永远是我的小公主。我希望你永远天真、快乐。"

纪溪的脸一下子就红了。

她拿着录音笔想了很久,这才坚定地小声说:"你是我的引路人。"

"引路人?"阮好风问她。

"嗯。"纪溪却没有再解释了,只是微微地笑着,觉得心情犹如天空瞬间放晴一般好。

阮好风是她的引路人,在黑暗里为她照亮前行的路,让她有勇气向前走。

第二天,他们动身前往 H 国补拍了第三期节目。

这一整期的主题仍然是礼物,然而仅过去了几天,他们两个人的身份就已经发生了天翻地覆的变化。

在观众心中,这一对荧幕情侣已经是"夫妻档"了,节目内容自然也要跟着进行一些变动。

之前,他们跟拍了纪溪在医院手术室外等待外公的场景,拍下了纪溪被粉丝袭击以及阮好风救她的全过程,打算剪辑"溪风"两人的单独剧情。谁也没有料到,这对互动最为平淡的搭档,竟然会在节目中后期受到这么多的关注。

这次他们再来H国是补拍之前的内容,也是他们二人在这个综艺节目里的收尾拍摄。

节目组要求拍摄一组他们在星空下牵手漫步的镜头,纪溪和阮好风也不拘谨,手拉着手在摄制组灯光的引导下来到海滩边。他们说着当地的笑话,像孩童一样用沙子堆城堡,把搁浅的小鱼小蟹丢回潮水中。

此时,他们也不必再演"不熟"了,开心时放声大笑,打闹时毫无顾忌,他们的眼中只有彼此。

阮好风兴致勃勃地堆了好几个沙堆城堡,然后又四处找沙里的贝壳,找到了就丢给纪溪,要她看看里面有没有珍珠。

纪溪笑他:"这样小的贝壳,肯定没有珍珠的,能找到什么?"

但是他要她帮忙看,她也就一本正经地看了起来。她觉得花纹好看的就镶嵌在他们的沙子城堡上。

他还在找那些里面空空的海螺壳。

纪溪把这些尖尖的小海螺埋在沙子城堡周围,做成一圈小栅栏。

然而,当阮好风又递给她一枚海螺壳时,纪溪被一个闪亮的东西吸引了注意力。她刚接过这枚海螺壳,有一个亮晶晶的东西掉了下来。

她伸手捡起来,发现那是一枚指环,周围镶着一圈碎钻,亮晶晶的如同此刻他们头顶的星辰。

阮好风看着她笑,说:"我还以为你发现不了,打算把钻石也砌入城堡里。"

而纪溪则是睁大眼睛看着他,有些惊讶,还有一点喜悦,她小声问:"你还送我戒指干什么……你结婚之前不是送过我一个了?"

在那个昏暗的地下车库里,他送给她一枚钻戒。即使那时候他们交往不深，但他也为这样仓促的婚姻准备了求婚的小惊喜。

阮好风眉眼温柔，道："那是订婚戒指，现在这个是送给你的婚礼戒指。我的公主，我想再问你一遍，你是否愿意嫁给我，让我守候你、陪伴你、保护你，成为你生命中重要的家人呢？"

节目组没想到他会突然来这一出，他话音刚落，沙滩边的灯光立刻变得很亮，将这一片沙滩照得如同白昼。灯光明亮，头顶的星星明亮，更亮的还有钻石的璀璨与情人眼中的光华。

纪溪笑了，她大声说："我愿意！"

阮好风将她搂入怀中，笑着吻了吻她的发顶。这个拥抱，被摄像机定格在群星闪耀的夜空之下。

这是最完美的收官。

04

恋爱综艺节目结束了，两个人又变得忙碌起来，他们有各自的事情要做，往后可能经常一两个星期见不了面。此刻是他们很难得的在一起的机会。

然而，横在两人面前的还有很多事情，比如婚礼的计划，纪父和纪玢那边的事情。这些都需要他们静下心来慢慢地处理。

就在他们补录节目回国后不久，纪父托人给纪溪传来消息，说是找到了一些可能有用的线索，他们准备申请再次调查，让她不要担心。

时至今日，纪家突然陷入巨大经济危机中的原因依然迷雾重重。

纪溪并不了解与财务相关的事情，不过有一件事她是清楚的：纪父的公司是现金流出了问题，他们承诺给用户的基础回报无法兑现，只要兑现了事情就好解决。

纪溪的事业正在稳步上升中，终于有机会进一步了解这次事件的始末了。

纪家陷入巨大经济危机之后，纪父和纪玢在娱乐圈人人喊打。他们公司的目标群体是粉丝，不少人就是冲着纪玢去的。粉丝们认为纪家欺骗了他们对一个职业明星的信任和期待，欠所有人一个道歉，并且认为纪家人不配再出现在公众面前。

纪家的风波，让纪溪刚回国时经常被人议论，人们开始关注纪溪后，纪家之前的事就不这么被人注意了。但现在，随着她的知名度渐渐提升，又有人开始翻旧账。

网络上还有人组织网友在各个社交平台里诋毁、辱骂纪溪，辱骂她的家人。纪父和纪玢仍然被困于财产审查中，他们无法脱身去见家人一面，所以能找到一点线索，申请重新审查，就已经是一个天大的好消息了。

阮好风随意地坐在沙发上，他把纪溪抱在怀里，低头将下巴放在她的肩上。纪溪不算矮，但被他这么一抱，也显得格外娇小。

她拿了一个本子背台词、做标记，阮好风就抢了她的笔，在本子的边缘写写画画。

他问她："放假有没有什么计划？"

纪溪想了想，回头冲他眨眼，说："没有，还是工作吧，最近工作室拿到的机会都很珍贵，我想……"她话还没说完就被阮好风逮着在唇上吻了一下，剩下的话也消失在唇齿之间。

"小财迷，成天就想着工作。工作和老公，你选哪个？"阮好风捏着她柔软的脸颊，凶巴巴地问，"仔细思考清楚了再回答，纪小姐。"

纪溪眼睛都没有眨，说："我选和老公一起工作。"

阮好风气得在她干净整齐的笔记本上画了一只小猪。

然而还真被纪溪说中了，一个星期之后，他们两个人进了同一个剧组。

阮好风和纪溪宣布了结婚的消息后，他俩的人气和热度就一直居高不下，这个剧组也想借着这阵东风来宣传一下电影。

这部电影的名字叫《每一天》，讲述了一对年轻男女在为未来奋斗的过程中,尝遍了生活的酸甜苦辣,悲痛过、欢笑过、绝望过,也感动过,并且在最后收获了爱情的故事。这是某个享誉国际的导演从文艺片向商业片转型的处女作。

这个剧组之前就联系过他们,导演对纪溪试镜的效果不是很满意,但是除了她,导演也找不到其他更加合适的演员。尽管有阮好风这个金字招牌在,但是这个电影是传统的爱情片,在各种新题材层出不穷的情况下,已经缺少了许多竞争力,所以演员的事便迟迟没有决定下来。

直到这次纪溪和阮好风的婚讯传出来之后,剧组那边又联系了他们,两边工作室谈了很久才终于把这件事情定下来。纪溪在掌握这一手资源的同时,也和投资方达成了一个极为大胆的协议,其实她就是为了这个协议而来的。

对方财大气粗,承诺给她一笔足以弥补纪家亏空的钱,条件是纪溪要倾尽自己的人气、人脉、演技,尽最大努力让此部电影的票房在保底的基础上利润上浮百分之十五。

这是一场豪赌,对方的需求很明确,他们想成功转型导演商业片并获得巨大利润。这个目标不是不能完成,但对于一个电影界的新人来说,它是一个巨大的挑战。

纪溪很重视这部电影。她知道,无论她能不能完成任务,这都将是她最后一次出现在大众视野中了。

她依然想回去表演音乐剧,她想回到舞台的灯光下吟诵那些古老而瑰丽的歌谣。对于她的想法,阮好风并没有干涉,他只说:"溪溪,去做你想做的事情。"

不让阮家人插手纪家的事情,同样是她自己的想法。她在这件事上保留了她一贯的倔强,她不想把阮家扯进来。

尤其是现在,阮妈妈已经把她当成了半个女儿,她不能在这个时候告诉她,当初她仅仅是为了保护自己才嫁给阮好风,不能告诉她,一开始只是一场冰冷的带有利用性质的婚姻。

纪溪去拜访阮妈妈的时候，只说了两人学生时期偶然的相遇，聊天时也只谈在国外的事情，请阮妈妈教她跳舞。

阮妈妈不在意纪家的变故，甚至屡次表示可以倾尽一切去帮她，但是都被她婉言谢绝了。可阮家其他的长辈亲戚对于这件事情却十分在意，曾几次三番地提出阮好风不应该找这样一个女孩结婚。家族中各方亲戚因这事争执不下，气氛闹得很僵。

这些事情，阮好风和阮妈妈都没有告诉她，可是纪溪能察觉到，因为阮家亲戚长辈对她的态度并不友好。她装作什么都不知道，继续带着明媚的笑容和他们谈笑风生。其实。她只是怕阮妈妈难过，怕阮好风担心。

她已经学会了不在乎。不仅是因为习惯了坚强，更因为她知道自己是快乐、幸福的。即使现在有了工作，两个人还能因为工作天天黏在一起。每天一起醒来、一起讨论戏、一起对台词，去哪里都是出双入对，能够大大方方地牵手，一起低头给粉丝签名。尽管很累，但这样的生活好像蜂蜜兑了水，甜而不腻，永远都能尝出快乐的滋味。

……

三个月的时间一晃而过。

日夜不休的拍摄时光终于结束了。

阮好风还有另一部电影要拍，纪溪也跟着去了，但她不做其他事情，只是安静地陪伴着他。

她现在闲了下来，还是每天听一听音乐剧，翻一翻语言书。《每一天》的定档日期在年底，作为贺岁片上映。在此之前，他们还需要一段时间来进行宣传、制作预告片，纪溪也就难得地懒了下来，等着电影上映的消息。

05

拍完电影一个月后，预告片上线了。

预告片上线的当天阮好风休息，两人本来打算一起睡个懒觉，却同时被电话铃声吵醒了。

各方联系他们的人都有，纪溪趴在阮好风身边听了好一会儿才知道，《每一天》单是预告片就引起了强烈的反响，热度居高不下。导演和投资方有意向直接与他们签约，让他们继续主演下一部电影，撤销了当初第二部电影准备换人的计划。

除此以外，还有更多的人询问他们之后的工作意向，问能不能再邀请他们夫妻二人拍摄类似题材的影片。

阮好风看了一眼纪溪，揉了揉她那凌乱的发丝，轻声说："暂时不考虑，我太太需要时间休息。"

结果第二天就传出"纪溪疑似怀孕"的消息，媒体捕风捉影的能力实在让人咋舌。一句"需要时间休息"，本意是暂时不打算公布纪溪退出娱乐圈的消息，没想到被外人误解成了这个样子。

令人啼笑皆非的是，电影居然因为这个谣言再次产生了话题，还没等到年底，关注度就已经超出了预期。

纪溪为此连续查找了许多数据，想从现有的关注度中推断出电影的票房，但是却理不出个头绪。

不过她很快就知道了大概的结果——电影组通知她，打算直接支付合同中承诺给她的那部分报酬，希望她能够继续出演续作。

纪溪虽然想早日退出，但是知道现在一定要以稳妥为上，她不在乎再多打拼几年。当年她的姐姐为家人打拼，现在换成了她也是一样的。

签完了各种各样的文件，纪溪才后知后觉地问阮好风："对方这么急着要签续作，这个意思是我成了香饽饽吗？"

"是啊，小财迷，你才知道吗？"阮好风捏着她的脸说，"我们可以回家了。"

他这句话说出来的时候，纪溪还没有反应过来其中的意思，她高兴地说:"好像在做梦一样,居然就这样成功了,我家的问题可以解决了。"

她有点雀跃地看着阮好风,阮好风接过她的话,重复了一遍:"溪溪,你可以回家了。"

纪溪回味着他强调了一遍的话,回过神的那一瞬间,她跳了起来扑进了阮好风的怀里。

她可以回家了。

她可以见到她的父亲和姐姐,可以将她的家人解救出来了。

当长久以来的愿望终于成真的时候,反而让人如在云端,生出一种不真实的感觉。

阮好风十分干脆,直接请了假,带着纪溪飞去了Z市。

纪家的公司出了事以后一直处于冻结状态,由于纪溪完全不熟悉公司的运营模式,不知道该如何操作,更不了解方方面面的程序步骤,所以阮好风二话没说就接手了。由于阮好风也开着一家与之营业性质类似的公司,因此对这一切了然于心,处理起事务来就顺手很多。

他帮纪溪准备材料,带着她跑遍了各个地方,走流程,请律师咨询。当中许多复杂情况是难以想象的,阮好风都替她一一摆平了,而纪溪唯一要做的事情就是以纪家现在的股权持有人的身份来签字。

补全资金链的整个过程比她想象中要复杂得多,他们忙完了程序上的事情后,剩下的依然是等待。

一个月后,纪溪收到了对纪家公司的处理回执书,银行解冻了他们的不动产,公司重新开始运营。另一边纪溪的父亲也传来消息,说对他们的监控和指控都已经撤销,但是暂时还不能离开接受调查的场所。还需要观察公司运作的后续发展,确定资金补足情况,等一切确认无误之后,他们就可以回家和纪溪团聚了。

等待期间,纪溪和阮好风一起去探视过纪父和纪玢几次。

纪玢的状态很好,她怕纪溪担心,不停地和纪溪闲聊。两姐妹和以前一样，在一起就开始讨论女孩子间的事情。当然，纪溪也把自己结婚的事情和盘托出，纪玢在圈内时就听说过阮好风的为人和性情，觉得妹妹所托之人"勉强过得去"。

只是纪父好像苍老了不少。他痛心小女儿背负起家里的一切，在应该无忧无虑追梦的年龄开始操心家事，甚至不得不委屈自己。带着这种想法，他一开始连阮好风的存在都不能接受，直到纪溪和阮好风三次登门探望，才让这位父亲相信了女儿匆忙嫁的人是真心爱他女儿的。

然而，即使前路可期，纪父的脸上依然愁容不散。纪溪在第四次去看望他们的时候，他突然问了她一件事："溪溪，你姑妈最近还好吗？"

姑妈？

这两个字让纪溪心头一跳。

她犹豫了一下，还是将自己刚回国时纪安荣打算诱骗她换取利益的事情说了一下，也说了此后两人就没再联系过，她也没有再听说过和这位姑妈有关的任何消息。

纪安荣嫁得早，纪父近年来也没怎么和她联系，所以他这样问，反而让纪溪有些意外。

纪父听罢，长叹一声道："是我们对不起你，溪溪。等爸爸回去了，会帮你讨要一个说法的，我家的姑娘不能受这种气。"

虽说现在公司已经起死回生了，但纪父仍然认为当初纪家的资金链断裂是有人在背后动手脚。他想早点揪出这个幕后黑手，不过纪溪和纪玢劝他，说人能够平安回家就好，至于其他的事情以后再从长计议。

年底，纪父和纪玢被允许回到自己的家中，不过还要保留半年左右的监视期，确认不再有异常波动之后，他们才算彻底恢复自由。

纪溪和阮好风接纪父和纪玢回家的当天晚上，一起请他们吃了一顿饭。席上，他们第一次正式地谈起纪溪和阮好风的婚事，将补办婚礼的事情提上了日程。他们终于有时间真正安心地坐下来，像亲密的家人一样，说一说生活中的琐事。

吃完饭，他们一起去了电影院，观看纪溪和阮好风两人合作的电影。这部电影上映好几天了，纪溪和阮好风因为行程太满而没有去看首映，这还是他们第一次以观众的身份观看自己出演的电影。

纪溪觉得很好看，不带任何立场去评价，这是一部非常成功的商业片。看到影片高潮时，纪溪想在阮好风那里寻求一点看法，却发现阮好风不知道什么时候歪在座椅上睡着了。

他最近在她家的事上所花费的心力不比她少。

纪溪看了他一会儿，昏暗的灯光中，阮好风好像意识到了什么，微微地睁开了眼。望见是她在身边，他下意识地重新闭上了眼睛，却往她这里靠了靠，倚在了她的肩头。

纪溪默不作声，很小心地伸手钩住他的手，让他靠得更加舒服一点。

散场后，纪父和纪玢也都看出阮好风状态不好，催着两个人回去休息。

临出门，阮好风又接了一个电话，说是公司还有一些事情要处理，要坐今晚的航班飞回B市。

纪溪陪他去机场，安检之前，阮好风俯身在她脸上轻轻地吻了吻，说："我很快回来。先乖乖的，好不好？"

她很乖地说："好。"

走出机场，纪溪叫了一辆出租车。回家的路程很长，纪溪低头玩手机，听见司机问："小姐，今天很冷，我把窗户关了，空调温度开高点吧。"

司机说话的声音很沉闷，像闷在竖起的领子里说话一样。车窗关上后，空调吹出的热浪扑向她的面庞，同时伴随着一股难以形容的气味，有点类似水果的甜味，但是闻起来又让人觉得很不舒服。

纪溪迟疑了两三秒，突然从后视镜里瞥见了戴着隔离口罩的司机。

对方正透过镜子狠狠地盯着她！

那眼神让她不寒而栗。纪溪立刻反应过来,探身攀住车门把手,想强行打开车门,甚至连车辆还在行驶中都顾不上了。

现在还在闹市区,如果一会儿被带到偏僻无人的地方,那就连任何呼救的可能都没有了。

她努力地想屏住呼吸,然而已经来不及了,气体早已被吸入,她的手脚越来越不听使唤。

她用最大的力气去开门,可越来越力不从心,直到最后一丝力气也消失了,她那细长的手指从门把手上缓缓垂落,手指甚至因为用力而被刮出了一道伤口。

她被绑架了。

尾声

01

昏昏沉沉中，纪溪茫然地睁开眼，眼前是一片黑暗。她的第一反应是自己看不见了，接着才发现是自己的眼睛被黏住了。

与此同时，她感觉到自己正躺在柔软的地方，可能是床，也可能是沙发之类的。她的肩膀和脚踝都很疼，轻轻动了一下，才发现有人用结实的绳子紧紧地绑住了她的双手双脚。

她感觉不到房间中是否还有其他人。

她适应了一下周围的环境，然后做出了两个判断：第一，对方没有伤害她，甚至给了她一个比较好的环境；第二，对方对她的行程了如指掌，绑架她的人很有可能就是她认识的人。

纪溪成立工作室之后，被经纪人告知过类似的事情。明星会面临的问题，除了极端粉丝会有极端行为、舆论会带来负面影响外，绑架案也是很有可能发生的。

他们工作室有一整套应急方案，平时也会给她配备保镖。但是偏偏今天，她因为要见家人，所以没有让保镖随行。

工作室既然对这种情况有所准备，她现在需要做的就是拖延时间，安心等待救援即可。想到这里,她便打算继续装睡,可是突然有一只冰凉的手伸过来,捏住了她的下巴。

有一个女人凑近了,抬起她的脸,略带嘲讽地说:"眼珠在动,早该醒了吧,小公主。"

这一刹那,纪溪听出了对方的声音,顿时如坠冰窟。是纪安荣的声音。

她亲爱的姑妈,小时候,她曾经视其为半个母亲的姑妈。

纪安荣直接动手,撕下了她眼上的黑色胶带!剧烈的疼痛和强烈的灯光让纪溪整个人都抖了一下,她睁不开眼,被强光刺激得满眼泪水。

在一片朦胧中,她看见纪安荣站在她面前,桌上摆放着一些零散的文件,门口守着两个她不认识的男人。

看她的确是清醒了,纪安荣又笑了笑。和上次见她的时候一样,她穿着得体,雍容华贵,此刻正以一个优雅的姿态坐在了她对面的沙发上。

她的语气中甚至还带着一点怜惜,她说:"你放心,溪溪,你是我看着长大的孩子,姑妈绝对不会为难你。只要你按我说的做,我保证你能平平安安地回去。"

纪溪抬起头看她。

纪安荣指了指桌上的文件,说:"现在你家的股份还在你手上吧?只要你把这些东西签了,我就放你走。"

她走过来,温柔地把纪溪扶起来,将那些文件逐一摊开摆在纪溪眼前,让纪溪快速地扫了几眼。随后,她很快将文件抽了回去,双手交叠放在膝上,居高临下地看着纪溪说:"如何?"

如果放在一年前,纪溪根本不会知道这些文件背后所代表的意义。然而现在,她跟在阮好风身边看了许多,也听了许多,知道了这些复杂的合同代表着什么。

纪溪看得出来,这些合同都牵涉另一家公司,纪安荣想让她把手上所有的股权转让过去。

而这家公司让她觉得眼熟,她突然想起来,这个公司的法人代表是当初纪安荣为她推荐的结婚对象,而且她曾经从她父亲和姐姐的口中听说过这家公司的名字。

这家公司是纪家在业内的主要竞争对手,曾经在纪家几次融资过程中拼命使绊子,让纪家人很头疼。纪安荣不知道什么时候和对方搭上了关系,竟然早在她刚回国的时候就想通过控制她来占有他们纪家的家业!

但是这次事件中还透着重重迷雾,绑架这样极端的行为已经不是正常的竞争手段了。纪溪隐约觉得,这可能是纪安荣的私人计划。

见她一动不动,纪安荣以为她被吓到了,又开始好言好语地哄她:"溪溪,你年纪还小,这些东西交到大人手里我们才能放心。姑妈是不得已才采用这种手段的,你看,我都没让他们碰你一下。

"再说了,你为你家里付出这么多,你爸和你姐在乎吗?他们在娱乐圈里打拼闯荡,偏偏把你丢给外公外婆,还让你去H国那么远的地方上学,你甘心吗?你这么好的条件,早几年跟着去娱乐圈,有他们扶一把,你早就红了。

"溪溪啊,他们根本不在乎你。你姐才是你家的摇钱树,懂了吗?你这个傻丫头,何必那么拼地去给他们筹钱……"

她一面说,一面观察纪溪的反应。在她的预想中,纪溪不过是一个没见过世面、没吃过苦的娇气小公主。

回国时纪溪拒绝她,无非是还怀揣着学生时代那些无用的锐气和骄傲。现在她在娱乐圈里摸爬滚打了一年,至少也该掂量出几分轻重,知道要在这一行发展下去并不是那么容易的事情。

一个天真的小公主和一个脱节了许多年的家庭,要离间起来是轻而易举的事情,纪安荣不认为自己会失败。

如她所料,纪溪好像慢慢地被她说动了。纪溪露出脆弱的样子,眼圈变红,慢慢地掉起了眼泪,小声地抽泣起来。

纪安荣知道猎物或许即将上钩，于是耐心地等待着。

她听见纪溪开口了，平常甜美的嗓音变得有些沙哑，透露出委屈："是，我爸……我爸从来都不关心我，他只喜欢我姐。我……我十五岁时他们就把我送出去了，可是我根本不想出国。我也根本不想唱音乐剧，就是因为外公外婆喜欢，所以要我去……"

她哭得很难受，几度说不出话来。自从她离家赴 H 国上学之后，纪安荣就和她慢慢联系得少了，并不知道她出国留学的始末，纪溪几乎把自己所有的演技和经验都用在了这一刻。

她得为前来救援她的人争取时间，她要为阮好风、为纪家坚守下去。

那些在夏夜的晚风里传来的低语和祝福，那些温柔的陪伴与承诺，那些来自阮好风的带着温柔笑意的声音，她一刻都没有忘记。她要怀着再次看见他的希望努力下去，向他们交出一份完美的成长答卷。

更何况，他们还有一场未完成的婚礼。她哭得越来越厉害，犹如山洪暴发一样不可控制。

纪溪这样崩溃的情绪有点出乎纪安荣的意料——眼前的姑娘比她预想中的还要脆弱，现在直接哭得失去了说话能力，她几次想要哄纪溪安静下来，但都以失败告终。最终她哄得都不耐烦了，但一时间又不好冲纪溪发火，只得冷下脸出去了，说让纪溪一个人静一静。

纪溪哭着哭着，假装哭累了又睡了过去。

02

"睡梦"中，她听见姑妈在走廊上踱步的声音，还有大声打电话的声音。女人的语气焦急而迫切，反复对电话中的某个人保证道："快了，就快了，小姑娘已经服软了，但就是因为太娇气，现在也只顾着哭，没办法再催她，再催她说不定还要反悔……"

过了一会儿，她又抬高了声音，说："我当然知道时间紧迫！但是没办法了,他们家眼看着就要东山再起,这还等得了吗?除了这次以外,还有别的机会吗?"

她不断地跟电话另一头的人吵架,好像对面的人正在斥责她不该鲁莽行事。之后纪安荣像怕她听见,进房里看了看她,看到她的确是睡着了之后又走出去接着打电话。

房间昏暗,灯被关掉了,她不知道确切的时间,大概是后半夜。

他们没有给她食物,也没有放松对她的监视。纪溪默默地在心里计算着,虽不知道过了多久,但她送阮好风去机场是晚上,现在应该过了七八个小时了吧?他们应该发现她失踪了吧?

她被反绑着手腕,整条手臂已经失去了知觉,脚踝倒是一抽一抽地疼。她已经一天没有进食了,刚刚又消耗了大量的体力。纪溪浑身冒着冷汗,太阳穴犹如炸裂般剧痛不止。

她闭着眼睛,尽管一再告诫自己不要睡过去,可是意志操控不了她的身体,她昏昏沉沉地闭上了眼睛。等她再醒来时,周围依然昏暗,只是好像比上次醒来时要亮一点。纪溪睁开眼,她听不见任何声音,屋里空荡荡的,好像只剩下她一个人了。她试探性地叫了几声"姑妈",但是没有人回应。

纪溪等待了一会儿后努力地坐直了身体,然后又慢慢低下头蜷缩起来,她想用自己的力量反转身体,将手从背后转移到前面来。

她有舞蹈的底子,身体的柔韧性很好,要完成这个动作并不难。之前因为见家人的原因,她穿的是休闲装,脚上穿着一双普通的系带鞋。现在她低头用牙齿咬住一条鞋带,穿过绑着手腕的尼龙绳,然后再艰难地将这根鞋带和另一只鞋子的鞋带绑在一起。

随后,她忍着疼痛,努力地踩踏起来。收紧的鞋带在尼龙绳上反复磨蹭,不一会儿,纪溪手上一松,尼龙绳被磨断了。

这个动作非常消耗体力,纪溪前后花了大概半个小时,冷汗涔涔,才终于将自己的手解脱出来。

这种危急时刻的自救方法，还是她拍网络剧的时候去当地警局录制安全宣传片时学会的，没有想到竟然在此刻用上了。

她很快解开了自己脚上的绳子，活动了一下僵硬的四肢，终于能够下地自由走动了。

不知道为什么，这里一个人都没有。纪溪找了一下，先是找到了一瓶水，勉强喝了一点之后，她借着微弱的光很小心地观察了一下周围，跌跌撞撞地开门走出去。

她在一个类似郊区工厂的办公室里，这里静谧、空旷，毫无人迹，像空置已久。

看见没有人，纪溪鼓足勇气直接以最快的速度跑了出去。她不知道这是哪里，也不知道那些人把她的手机放到了哪里。她看见工厂外的停车场上还有汽油滴落的痕迹，明白他们是开车走了。这就意味着，纪安荣他们随时可能再回来。

纪溪一刻都不敢耽误，她顺着公路的方向一路奔跑，心脏都快要从胸腔中蹦出来了。跑了很久之后，她终于看见了一个加油站，拼尽最后一丝力气走了过去，只来得及说了一句"请帮我报警"便昏倒了。

昏迷中，她隐约听见了警笛的声音，但是不敢确定。

葡萄糖注射液慢慢地顺着针管流入体内，有声音在她身边响起："是的，谢谢，她平时是有低血糖，我会让她回家好好休息的，谢谢医生。"

是阮好风的声音。他坐在她身边，握着她的一只手。

纪溪勉强睁开眼睛，努力眨巴了几下，想控制自己不要再次睡过去，声音有些沙哑地问他："我们到家了吗？"

阮好风弯下身抱了抱她，随后给她掖好床单，说："还没有，溪溪，我们在救护车上，一会儿送你去医院。"

闻言，纪溪努力地向外看了看。救护车正在平稳地行驶，后面跟了几辆警车。她轻声问："现在几点了？是在我报警后你们赶过来的吗？"

阮好风说:"你只睡了十五分钟,溪溪。加油站工作人员打报警电话的时候,我们正在往这边赶。什么都不用担心,警察会保护我们的。"

"你们是怎么找到我的?"

他们是怎么找到她的?纪玢发现纪溪迟迟没有回来,打电话也不接后便开始担心起来。等阮好风的飞机落地,双方得知都联系不上纪溪的时候,都着急了起来。

同时,有目击者称见到一个疑似纪溪的人上了一辆出租车,并且司机戴着口罩,神情古怪,这引起了警方的重视。在纪溪的人身安全极有可能遭受重大威胁的时候,警方调用了机场附近的监控,监控画面拍到了纪溪上的那辆车,从而进行了排查搜索。

纪安荣是雇人绑架纪溪的,绑架者在这方面并没有什么经验。发现警方的搜查后绑架者便立即逃跑,还立刻让人给车换了喷漆,甚至换了牌照,但是车型改变不了,一样被列入了排查范围。

警方在这辆车的后座车门把手上检测出了血液,直接把绑架者和主使者纪安荣控制了起来。纪安荣没见过这种场面,脸都吓白了,当即对自己犯下的罪行供认不讳,并且交代了纪溪所在的位置。

阮好风把这些事情告诉纪溪后,她眨了眨眼睛,小声地告诉他:"我是故意那样做的,我知道你们要是找我的话,一定最先从车开始找,所以我故意把手指弄破了,留了一点血迹在上面。"

这个场景何其相似,就像在影视基地的沙漠中,他们刚认识不久的那次。从危险中走出来的女孩子,不在意地笑着,眉眼弯弯,告诉他:"我录音了!"

阮好低声说:"不要说了。"这样严肃的口吻,反而把纪溪吓得愣了愣。

"以后不会再有这样的事情发生了。"阮好风看着她,"我的魂都要被吓丢了,溪溪。"

他用力地把她拥入怀中,纪溪埋在他肩头,感到他有些颤抖。

纪溪安静下来，把脸埋在他怀中，小声说："好。"

03

这件事情的调查结果出来了，纪溪也慢慢地了解了她被绑架这件事的始末。

纪安荣早在很多年前就已经被纪家的竞争对手收买了，她暗地里为对方提供纪家的情报，对方许诺给她相应的报酬。她以纪家人的身份在暗中活动，四处插手纪家公司的运作，作为"老板的亲戚"，也没人怀疑她。

纪家的资金链断了，大部分原因是竞争对手动的手脚。

而纪安荣所做的这一切，则是因为她不满当年纪家父辈对于儿女的安排。纪溪的爷爷奶奶将财产全部留给了纪溪的父亲，只给女儿相了一门好亲事。兄妹俩的关系就此渐渐地疏远了，纪安荣表面上什么都不说，还是和平常一样与他们相处，却暗自怀恨在心，怨恨日复一日地加深。

纪溪想起了她被绑架的那天，纪安荣对她说的话，她问，你甘心吗？

父亲偏心，她甘心吗？这话好像在问她，又好像在问纪安荣自己。

当初纪溪回国的时候，没有人认为这个小姑娘能掀起什么风浪。然而一年以后，纪溪居然凭着个人的力量扭转了一切。

眼看着纪家即将东山再起，纪安荣首先坐不住了，这才做出如此莽撞的行为，直接把纪溪绑了过来。不料，不仅没能把纪溪哄到手，反而供出了背后的大老板。

随着事件的深入调查，之前纪家资金链断裂的种种细节也得到了重新的认定。纪家随之召开了新闻发布会，澄清事实，还给众人一个真相。

之后，网络舆论又掀起了新的高潮。

虽然亏空的资金补足了，但是纪玢和纪父仍然得为公司的经营不善出来道歉，并且解释了其中的缘由，公布了一个让人满意的方案。纪家选择采用不回避、不避重就轻的态度解决了这件事，在公众中引发了一致好评。

一夜之间，纪溪和纪玢的粉丝纷纷拍手叫好，更有一些情绪接近失控的粉丝激动地道："一年多了，一年多了，纪玢不说了，那纪溪呢？她一个女孩子被骂了整整一年！我们粉丝跟着被骂了一年，那些不分是非黑白的人会出来道歉吗！"网上论战愈发激烈，而纪溪对此浑然不觉。

她入院观察治疗几天之后，继续回去工作了。公司仍然是纪父和纪玢在运作，而纪溪渐渐地推掉了其他的邀约，专心准备加入《每一天》的续集拍摄。

与此同时，她也回到了音乐剧的舞台上。在名气如日中天之时急流勇退，并不是人人都可以理解的，然而她依然固执地做出了这样的决定。这一年中她的所学所见，同样促进了她在音乐剧上的成长。

纪溪先后通过了几部音乐剧的试镜，其中最重要的一个剧目也是纪溪非常喜欢的一部音乐剧。在故事中，她饰演一只美丽的猫，她去了人类的世界中，饱尝世态炎凉，再度回来的时候，已经衰朽丑陋。

阮好风和阮妈妈一起观看了她回国后的第一场音乐剧演出。

自从她踏入阮家大门之后，阮好风和阮妈妈的关系渐渐缓和了。两个人有了纪溪这个中间人斡旋，渐渐地也能从冷漠的关系中走出来，努力修补这段缺失的亲情。

阮好风母子坐在一楼靠近舞台一侧的贵宾包厢中聊着天，气氛融洽。

音乐响起后，阮妈妈看了一会儿，见到台上有许多人，都是化着夸张妆容的各种各样的演员，她不停地问道："溪溪呢？溪溪在哪里？"

阮好风笑道："还没到她上场，您再等等。"

灯光幽暗，变幻无穷，角落里，一个穿着黑色礼服、踩着高跟鞋的瘦弱女孩上场了。

她身着脏兮兮的礼服长裙，却掩不住她美丽的容颜。她想要随着音乐起舞，却发现衰朽的肢体已经再也跳不出漂亮完美的舞步。她在台上转起了圈，唱起来，眼神温柔，看的正好是阮好风所在的方向。

纪溪轻声唱着。她的声音微微沙哑，旋律却触动人心。

歌声停止，全场的人都微微失神。

剧终，纪溪吊着威亚从台上慢慢升起，再从侧边走上来谢幕，掌声经久不息。演出获得了巨大的成功，散场之后，她换回了自己的衣服，卸了妆，兴冲冲地去找阮家母子。

阮妈妈隔着老远就叫她："溪溪！"

纪溪跑过来，先扑进阮妈妈怀里和她抱了抱，回头看见阮好风也对她张开了双臂。因为有长辈在跟前，她不好意思扑过去，只是轻轻地拉了拉他的手。

纪溪说："妈妈，我们先找个地方吃饭吧。演出时间这么长，你们一定都饿了。"

她的声音沙哑得厉害。

阮妈妈被吓了一跳，赶紧问是怎么回事。

纪溪说："有一点小感冒，不要紧的，回去喝一点热水就能好。"

她还大大方方地伸出脚，让他们看自己藏在长裙之下的脚踝。前几天的排练中，威亚钢丝断裂，她在下落的时候直接崴了脚，肿了好几天，几乎连路都走不了。她像个爱撒娇的普通女孩，向妈妈寻求安慰和表扬。

这次上台，她打了封闭针镇痛，才完成演出。

她不说还好，一说，阮妈妈听得眼泪都要掉下来了。她蹲下去看纪溪的伤处，红着眼睛数落她："跳舞的小姑娘，一双脚最重要了，你这丫头，怎么能这样不当一回事呢？别走了，让好风背你。"

阮妈妈看阮好风还愣在那里，往他后背一拍，道："去！你自己的媳妇，自己不心疼？"

阮好风赶紧蹲下来，让纪溪爬了上来。

他长得高，走得又平稳，而纪溪却有些害羞，把脸埋在他的肩头，躲避行人的目光。他们就像再普通不过的一对年轻夫妻，母亲数落儿子也和一般人家一样。

虽然平常,却是可以握在手中的幸福。

等人少的时候,纪溪又心安理得地圈住阮好风的脖子,偷偷地亲他,吻他的耳朵。

阮好风被她闹得没有办法,他想要掩饰自己的脸红,于是换了一个话题,说:"有时候我怀疑你才是我妈亲生的,纪小姐。"

"这可不怪我,你没有我讨人喜欢。"纪溪说完,转头大声问阮妈妈,"妈,你说是不是?"

阮妈妈笑眯眯地说:"那是,咱们家溪溪最讨人喜欢。"

阮好风笑了,也跟着说:"好,我的溪溪最讨人喜欢。"

他歪过头,轻声说:"我最喜欢你了。"

纪溪低下头笑了,也轻声说:"我也是。"

他们的婚礼定在一月,地点在南方一个四季如春且可以看到海的城市。

此刻,离他们公布结婚消息的那天,已经过去了整整半年时间。这段时间,足够阮家隆重地布置一场盛大的婚礼。

婚礼当天,风和日丽。纪溪挽着父亲的手臂,一步一步地走向阮好风,眼里映着天空与海洋。

他们身边是深爱着他们,并为他们送上祝福的亲人们。纪玢的目光一直跟随着妹妹移动,红着眼圈鼓掌;阮妈妈不停地笑着,笑着笑着又开始抹眼泪,去给这对新人拍照;大病初愈的外公捧着花和气球,笑得像一个孩子。

一步又一步,他们带着笑走向彼此,心里知道,对方会是自己唯一的目的地。

在无人期待的舞台上独自跳舞的女孩,和在大雨中无声等待的男孩,终于重逢了。